江苏青年批评家文丛

风格的图谱

臧晴 著

江苏凤凰文艺出版社

图书在版编目（CIP）数据

风格的图谱 / 臧晴著. —南京：江苏凤凰文艺出版社，2023.12
（江苏青年批评家文丛）
ISBN 978-7-5594-7763-7

Ⅰ.①风… Ⅱ.①臧… Ⅲ.①中国文学-当代文学-文学评论-文集 Ⅳ.①I206.7-53

中国国家版本馆 CIP 数据核字（2023）第 090766 号

风格的图谱

臧晴 著

出 版 人	张在健
总 顾 问	丁 帆
主 编	郑 焱
执行主编	丁 捷
责任编辑	孙建兵
特约编辑	王晓彤
责任印制	杨 丹
出版发行	江苏凤凰文艺出版社
	南京市中央路 165 号，邮编：210009
网 址	http://www.jswenyi.com
印 刷	江苏凤凰通达印刷有限公司
开 本	880 毫米×1230 毫米 1/32
印 张	8.375
字 数	183 千字
版 次	2023 年 12 月第 1 版
印 次	2023 年 12 月第 1 次印刷
书 号	ISBN 978-7-5594-7763-7
定 价	52.00 元

江苏凤凰文艺版图书凡印刷、装订错误，可向出版社调换，联系电话 025-83280257

江苏青年批评家文丛

编 委 会

主 任　徐　宁

副主任　毕飞宇　郑　焱

委　员　丁　捷　贾梦玮　鲁　敏

　　　　杨发孟　高　民

前　言

江苏是创作大省，也是评论强省，有着一批勇立潮头的当代文学批评领军人物。前辈学者不仅有陈瘦竹、吴奔星、叶子铭、许志英、曾华鹏、陈辽、范伯群、董健、叶橹、黄毓璜等批评界先驱，其后继、师承者，如丁帆、朱晓进、王尧、王彬彬、汪政、丁晓原、季进、何平等，如今也都是学术界的翘楚和骨干。继往开来，承前启后，学术实践的推进、引领，向来需要更为年轻的队伍为其不断补充新鲜的营养、血液。这意味着，青年批评家的成长必须作为一个要紧的方向性问题得到把握、关注。

客观地讲，与青年作家的培养、成长相比，青年批评家的培养和成长要更为复杂和艰难。有鉴于此，为进一步培育江苏青年批评新力量，打造江苏青年批评新方阵，系统加强江苏青年批评人才的推介力度，展示新一代批评家的成绩和风采，2022年，在省委宣传部的大力支持下，江苏省作协经专家评选论证、党组书记处审议通过"江苏首批青年批评拔尖人才名单"，沈杏培、何同彬、李玮、李章斌、叶子、韩松刚、臧晴、刘阳扬等8位"80后"青年批评家入选。

作为江苏青年批评的代表，他们的"集体亮相"，不仅标志着江苏青年批评家群体的初露峥嵘，更意味着新一代批评家已经有了相当的学术积累,具备了相对稳定、成熟的批评风格。他们虽在当代文学现场同场竞技,但却各有专擅,各具锋芒。很大程度上,他们的成长不仅参与、见证了当代文学研究、批评格局的建构,也促进了当代文学研究、批评领域的对话、交流,集中体现了江苏青年批评家在介入当代文学的"当下问题""文学现场"时,所保持的学术锋芒与责任担当。

本套《江苏青年批评家文丛》共推出8名入选"江苏首批青年批评拔尖人才"队伍的青年批评家,每人收录一部彰显其风格与水平的作品,共计8本,他们有思想、有态度、有锐气、有实力,不仅是江苏青年批评的中坚力量,也是中国当代文学批评的青年代表。我们真诚地希望这套书能够成为他们各自成长的一次回顾和见证,同时,也能够成为中国当代文学批评的重要成果和收获。

2017年,江苏省作协与江苏当代作家研究中心联合推出《江苏当代文学批评家文丛》(20卷),现今,《江苏青年批评家文丛》(8本)也将付梓出版。这其中,既能够看到江苏文学批评历史代际之间的血脉联系和学术传承,也能够见出青年批评家们在文学理念、学术路径、批评方法等方面,不断精进、沉潜转化的内在轨迹。我们相信,在前辈学人的指引和带领下,在新一代批评家的努力和奋斗下,江苏的文学批评也必将焕发更新的活力,产生更大的影响。

江苏青年批评家文丛编委会

2023年11月

目录

第一辑

3　先锋的遗产与风格的养成
　　——论毕飞宇的小说创作
19　平衡的探索与经典的可能
　　——论新世纪的苏童长篇小说创作
38　姑苏情结的书写演进：
　　论范小青《家在古城》
52　都市荒漠的守望者
　　——论潘向黎的小说创作
60　救赎如何可能
　　——"女知青回城"题材的书写景象
76　个人话语的犹疑与消解
　　——论"重评路遥现象"
84　意义追问与互文混响：论叶弥的小说创作
89　小说写作：如何拓展地理文化空间
　　——从葛芳《白色之城》说开去

96 真实与虚构间的张力
　　——朱斌峰《玻璃房》阅读断想

第二辑

105 多元的历史图景与共生的互动空间
　　——论《哈佛新编中国现代文学史》的书写形态
120 幽暗意识下的三重跨越
　　——读王德威《为什么小说在当代中国如此重要》
134 论海外"《解密》热"现象
146 新世纪以来北美地区的中国古代通俗文学研究

第三辑

155 女性婚恋书写中的双重反差
　　——从《爱,是不能忘记的》到《一个冬天的童话》
167 "个人化"与二十世纪九十年代女性文学
183 女性书写"理论渗透创作"的可能性
　　——以徐坤为例
194 新时期初期女性写作"向内转"的失败
　　——从《三生石》到《北极光》
213 有限的拆解与分裂的自我
　　——论八十年代的女性书写
229 当代女性文学研究范式的反思与重构
　　——以戴锦华、贺桂梅为例
241 性别叙事中的悲剧意识
　　——论《狂人日记》与《金锁记》的疯癫形象

256 后记

第一辑

先锋的遗产与风格的养成
——论毕飞宇的小说创作

毕飞宇在文坛的出现始于众声喧哗的1990年代，新世纪后进入创作的高峰阶段，但他似乎始终难以被典型地归入到某一个群体中去。对于先锋小说，他从不回避自己的写作起步于此，但也有过余生也晚、没赶上趟的喟叹；对于"晚生代"的称呼，他自认为与这批想要通过重回现实潮流而越过先锋高地的新生力量"一点关系也没有"。有评论曾将这个阶段概括为"前风格时期"："这样的前风格阶段是以毕飞宇的'多风格'为前提的"[1]，但"多风格"恰恰意味着"无个人风格"，此时的毕飞宇更多地是以先锋浪潮的余晖出现，还谈不上有什么独门秘籍。然而，搭车虽然迟了，下车的步子却踩得很准。至1990年代中期，成名未多时的毕飞宇已经看到了先锋书写的穷途末路，要与前辈们一道告别"博尔赫斯时代"，用他自己的话说，"80年代'参军'了，这时开始考虑'退伍'"[2]。

---

1 汪政、晓华：《选择与可能——毕飞宇小说的前风格阶段》，《山花》1996年第9期。
2 张均、毕飞宇：《通向"中国"的写作道路——毕飞宇访谈录》，《小说评论》2006年第2期。

如今回看毕飞宇的"退伍",无论是时机的选择还是道路的转向,无疑都是相当成功的,即他的写作是"越来越姓毕了"。许多研究以世纪之交的《青衣》《玉米》为界,将毕飞宇的小说创作分为前后两期:一方面,讨论的重心大多集中在后期,关注其个人风格的符码,包括"'文革'书写""朴素的现实主义"等这一类"写什么""怎么写"的问题。这类研究将其1990年代的前期创作视为练习与积淀意义上的写作"前史",并且强调与后期之间的断裂性,鲜少涉及其中的延续性。事实上,以《孤岛》《叙事》《是谁在深夜说话》为代表的早期作品所涉及的"权力""人性""历史"等关键词是贯穿毕飞宇创作始终的母题,他所偏好使用的荒诞、寓言与心理分析等手法也在几番锤炼中得到了变相的发展。另一方面,研究相对忽视了毕飞宇在1995—2000年间的过渡期写作,这段创作处在前后两个高峰之间,他曾短暂地从对历史的执迷中抽离出来,转而聚焦都市生活与现实生存;也曾从中外文学作品的形式受到启发,做出了多种向度上的尝试。尽管作者本人及研究者都不看好这一过渡时期的创作,但从《家里乱了》《那个夏季,那个秋天》等作品中可以清晰地看到毕飞宇对先锋书写的反思痕迹,以及努力开拓个人风格的尝试路径。可以想见,作为一个高度自省的写作者,毕飞宇在这个过程中经历了怎样的曲折,这其中必定有前进,有欣喜,也有试错,有犹疑,凡此种种,才能最终百炼成钢,完成自我突破。

一

1991年,27岁的毕飞宇在《花城》上发表了《孤岛》,但在此前的四五年,他已开始了持续的小说写作,并遭遇了反复的投稿、退稿、再投稿的过程,也就是说,他的写作始于先锋派身处文坛主流的高光时刻。而所谓先锋，其本质就是中国的一场现代主义运动，是在世界视野下中西文化碰撞的结果。这一代书写者虽则长在红旗下，却多是"喝狼奶的一代"——政治话语是他们的童年母语，青春期的养料则来自西方文学，他们的文学视野形成在一个亟需睁眼看世界的时代，而所谓"世界"，即为"现代西方"，所谓"先锋性"，即为"现代性"。

可以说，先锋书写的出现恰逢社会文化在有限的松动环境下呼唤陌生新鲜的趣味，其核心即是用现代主义的复杂表现手段来重新进入现实与历史。一方面，它们以叛逆的姿态来表达介入的冲动，在思想内核上呈现出极强的叛逆性，即通过对权力、历史等一切既定话语的质疑来重新获得自我存在的意义与价值。毕飞宇自述，"西方的现代主义对我的影响已经不是一个语言的问题了，是世界观的问题，是如何面对生活和生命的问题"[1]。他的处女作《孤岛》（1991）将小说背景设立在"扬子岛"，一场龙卷风带来了几个人，他们明争暗斗的权力斗争使得这个原本远离人类的孤岛产生了"历史"。小说用一出出权力与阴谋的好戏来剖析人性，又以看似严密扎实的《扬子史鉴》来戳破历史的面目。这样的书写让人很容易联想起同年诞生的另两个作品——余华的《在细雨中呼喊》和苏童的《米》，先锋作家们通过潜入历史内部来反观自身，在对当下的隐喻中表现人性深处的奥秘，从而试图重建起历史与个体的深度意识。

另一方面，先锋书写以破坏性的形式来表达艺术上的革新，即通过对既有表达方式的颠覆来重新建立小说的规范与价值。这其中

---

[1] 沈杏培、毕飞宇：《"介入的愿望会伴随我的一生"——与作家毕飞宇的文学访谈》，《文艺争鸣》2014 年第 2 期。

的内在逻辑即为现代性焦虑所驱动的唯新论，尽管文学史内部始终存在着艺术形式内部变革的自觉需求，但在当时巨大的外来文化冲击下，"创新的狗"对写作者显示出空前的吸引力，那一套套颠覆性的叙事方法和语言风格对初学小说者如毕飞宇有着致命的诱惑。《雨天的棉花糖》（1994）描述了主人公红豆在性别、文化、现实与社会中的错位人生，作为一位女性化的男性，他阴差阳错地上了战场，在被认定为"烈士"后又以"逃兵"的身份重新出现，而这种思想内涵上的"错位"恰恰是用错位的艺术形式来实现的。小说采用倒叙的手法，从红豆之死开始，最终以红豆之死结束，在整个叙事过程中有意打乱了时间链条，并不断通过回忆、幻觉、梦境的闪回，将过去与现实、虚构与真实交织起来，对造成种种错位的社会文化构成了强有力的怀疑与消解。这一类文本策略可以追溯到先锋小说的先驱之作——马原的《拉萨河女神》和格非的《褐色鸟群》，大段大段的哲学思考与重复性的叙述结构筑起叙事的迷宫，写作者在回忆与历史、幻想与现实的来回穿梭中拷问存在的意义。

1990年代中期，先锋小说在历经三十多年的演化后进入了终结的时刻，似乎是在一夕之间，"转型"成了一代先锋作家的集体选择。从外部社会环境来看，彼时的中国社会经历了重大的历史转折，"因为社会观念的结构性松动，原来的新旧对立迅即瓦解，先锋文学所产生和赖以存在的紧张情境陡然消失了，社会仿佛一夜之间迅速地接纳了十几年来一直被迫暗流涌动、潜滋暗长的先锋文学，人们对所有陌生新鲜的趣味忽然都不再感到新鲜"[1]。在急剧变化的社会

---

[1] 张清华：《先锋的终结与幻化——关于近三十年文学演变的一个视角》，《文艺研究》2016年第4期。

现实面前,先锋作家们所操演的现代价值体系和话语方式面临着无所适从的尴尬境地:一边是前现代、现代与后现代交错运动在同一片土地上,另一边是全球化和民族主义、商品逻辑与传统思维并行下割裂的生存体验。纷繁严峻的外部历史情境促成写作者重新思考"写什么"与"怎么写"的问题。从文学内部发展规律来看,先锋书写也在一路高歌猛进后开始正视自身的困境。一方面,形式创新的狂欢最终走向了对形式的厌倦,写作者开始意识到,无论书写如何在形式实验上翻陈出新,其对意义的加持始终是有限的。在传统的文学观中,书写形态上的变形、夸张、抽象和复杂,本质上都是"曲线救国"——为了更深刻地来表现真实。然而,先锋作家将对形式的革新与对意义的怀疑相结合,使得反叛本身也成了一种形式与姿态,也就反过来消解了意义的深度。另一方面,在漫长的模仿期之后,先锋一代对外来文化的心态进入到调整阶段,开始在"影响的焦虑"中反思本土化的路径,在经历了"现代派"与"伪现代派"之争、寻根运动、人文精神大讨论等一波波浪潮之后,他们开始意识到对形式的重视并不意味着形式高于一切,真正"有意味的形式"并不以消除小说的故事、情节、细节等基本元素为代价,而是应当与之互相渗透、有机融合。

从整体上看,毕飞宇和一代先锋作家在这场转型大潮中经历了同步的焦灼与阵痛。尽管如今我们在讨论其创作节点时总离不开两个偶然性事件,一是他自述在1995年夏天的某一个深夜,突然在阅读中对博尔赫斯产生了厌倦[1],二是他在回顾代表作《玉米》的创作

---

[1] 毕飞宇:《自序》,《毕飞宇文集·轮子是圆的》,江苏文艺出版社2004年版,第4页。

灵感时,提到了1999年某天在电视上所看到的臧天朔演唱[1],但这些灵光一闪的瞬间并不是凭空出现的,而是来自这两个时间点之间漫长而苦闷的尝试与积累。1995—2000年,经历了一段徘徊期的毕飞宇最终在"朴素的现实主义"中找到了出路。他在新世纪初的访谈中回顾了自己的这段摸索历程并提出了这一概念,将"朴素"解释为"从海拔零度开始""睁开眼睛,低下头来,从最基本的生活写起。它的依据是我所走过的路"[2]。事实上,"朴素"首先针对的是"典型",即他的现实主义并不是巴尔扎克式的现实主义或19世纪的批判现实主义,而是力图让小说人物遵循生活本身的逻辑,让他们作为个人而生活;而且,"朴素"也有别于当时风头正健的"新写实",他提出"写作不高于生活,不低于生活",即并不是用毛茸茸的现实原生态来刺激读者,而是强调在书写中保留人的精神性存在。"朴素的现实主义"成功地将毕飞宇引领到书写的新天地,但需要指出的是,这种转变更多地运用了写实的方法,借鉴了现实的精神,其核心仍坚守在现代主义之上。首先,从《是谁在深夜说话》(1995)、《手指与枪》(1998)到《怀念妹妹小青》(1999),毕飞宇进一步探讨上个阶段所迷恋的"权力""历史"等问题,写起来也越发得心应手,而这些作品无疑成了新世纪后包括"《玉米》三部曲"、《平原》《地球上的王家庄》等"王家庄系列"作品的先声。通过对写实手法的开拓,毕飞宇将政治生活置入日常生活的肌理中加以诠释,但其精神内核仍坚定不移地瞄准了平原世界中的权力与人性,

---

[1] 毕飞宇:《后记》,《玉米》,人民文学出版社2017年版,第273页。
[2] 姜广平、毕飞宇:《"我们是一条船上的"——毕飞宇访谈录》,《花城》2001年第4期。

他以先锋一代知识者与写作者的典型面目出现，以反讽、质疑和解构的方式来执着地寻找"个人"和追问"意义"。其次，从《哺乳期的女人》（1996）、《遥控》（1997）到《蛐蛐蛐蛐》（2000），毕飞宇对寓言的运用越发熟稔，本体与喻体间的勾连更为自然，叙述也随之开拓出更为广阔的语义场。而且，即使是离开了"历史的脚手架"，毕飞宇在现实题材作品中的不少神来之笔也显然是来自先锋时代的遗产。比如《推拿》（2008），小马在"咔嚓咔嚓"的台钟声中学会了"玩时间"，理解了时间的含义，"时间有它的物质性，具体，具象，有它的周长，有它的面积，有它的体积，还有它的质地和重量"，最终领悟到"看不见是一种局限，看得见同样是一种局限"。又如《相爱的日子》（2007），他与她萍水相逢，小说以性的气味来展开两人的关系，"动人、热烈、蓬勃，近乎烫，有了强烈的发散性"，故事的最后，他们在"无限地欣喜、无限地缠绵"之后心照不宣地告别，他捡起了她的头发，"他就把头发撸了下来，用打火机点着了。人去楼空，可空气里全是她。她真香啊！"盲人通过时间理解命运，恋人通过气味来体认爱意，毕飞宇用"感官"这一现代性的表达方式来使主体获得存在的在场感，这些浸润了先锋技术的细节描写不但使得小说在无损于叙事结构的同时增加了质感，更呈现出作为故事背景的当下生存现实所独有的幻灭感与漂浮感。

如果说，毕飞宇早期对先锋的追随是源于时代洪流的裹挟，那么，在经历了漫长的过渡期后，他对现实主义的引入和对现代主义的坚守，则是内省下再出发的结果。正如有研究者所指出，毕飞宇的小说诗学即在于"一方面继承现实主义的遗产，追求宏大庄严，另一方面以先锋精神改写了现实主义的内核"[1]。

---

1 申霞艳：《后先锋时代小说的生长——毕飞宇论》，《文艺研究》2017年第2期。

二

如果以题材来划分毕飞宇的小说创作，则大体可以将其分为历史与现实两大类：前者是他起家的本领，并通过有意识的自我调整率先成了树立个人风格的突破口；后者一度被认为是他写作的短板，在几经尝试后终于找到了与个人风格有效对接的方式。这两类题材在毕飞宇的创作生涯中呈现出此起彼伏的交叉发展路径，在分别经历了反思与变形后共同构筑起"姓毕的"艺术世界。

一代先锋作家对历史题材都有着近乎偏执的迷恋，他们都渴望在对历史的反思中重新寻求个体的精神家园，其所借助的手段则是千奇百怪、标新立异的形式革命，即通过在文字上呈现出玄之又玄的深奥，以期建立起通往无限阐释可能的桥梁。尽管受限于历史题材的表现空间，但这类作品背后大多可以清晰地看到写作者近乎亢奋的身影，他们激情澎湃的言说欲望与炫技冲动，以及铆足了劲、不断给文本"加料"的狂热，所以，文本本身也就会呈现出意义过剩乃至溢出甚至无法消化的形态。早期的毕飞宇也是这场大潮中的一员，他使出浑身解数来诘问历史的可靠性、嘲讽历史的偶然性，企图用各种花式技巧来说明历史不过是一场叙述，任何一种历史的书写都不过是人对于历史的主观阐释。在1990年代前期的作品中，我们可以看到他穷尽力气地打乱、拼接时间线索（《楚水》《祖宗》），大段大段地插入各类知识、哲思断想（《叙事》），以及兴致勃勃地引用外国诗歌甚至插入手绘图案（《雨天的棉花糖》）。但当写作者和读者共同跨过了那个"小说原来还可以这样写"的震撼期，很快会发现意义的过剩其实也就是意义的混乱，当作品中充斥着对各种概念、意义的阐释，各类过于直露、拥挤的思辨话语，以及各种以解构为目的的形式时，最终就会使文本迷失在意义的系统里，而无法抵达所指的彼岸。

自1990年代开始，决心寻求解决之道的先锋作家们陆续踏上了"祛魅"的旅程，他们在历史书写中非常鲜明地增加了故事的完整度和细节的实感，通过探讨个体在历史中的境遇、人性与社会伦理道德的冲突，来挖掘历史内部所呈现出的人性与社会、文化、权力的冲突。值得注意的是，他们在主体性思考的背后仍潜藏着历史的中心话语，因为这一代写作者的童年大多在"文革"中度过，新时期以来的启蒙话语是其最重要的精神资源，"大写的'人'"成了贯穿一生的潜在文化规约，他们的写作无法摆脱历史意识与主体命运纠葛的母胎记忆。毕飞宇也不外如是，在经过了近十年的沉迷、磨炼与反思后，他在1995—2000年开始有意地给自己的写作"做减法"。《哺乳期的女人》（1996）与《怀念妹妹小青》（1999）是这一时期的佳作，作者带着私语的感伤和追忆的柔情来到断桥镇和"我们村"，娓娓诉说着个体的命运与历史的秘密。他的笔调明显不再那么紧绷和局促、不再那么充满言说焦虑了，似乎也就不再那么"先锋"了。但也正是在他松弛下来之后，所谓的"意义"反而被轻松而有效地带出了：一方面，他刻意地"压着写"，通过放缓叙事节奏来配合紧张的情节冲突，个人被历史所异化的压抑便在这种审美的张力中显得空前庞大；另一方面，他将抽象、虚构的历史镜像落实到具体、实在的历史阶段——二十世纪六七十年代的中国乡镇社会，通过一段段童年往事和成长记忆来描摹时代政治与精神症候：旺旺与乳房、小青与双手，折射出了革命年代的非理性疯狂。但是，如果写作只停留在这个层面，毕飞宇终究也难以在大量的同质书写中彰显自己的姓名，他能走向"姓毕的"关键还在于进一步把这个具体的历史阶段落实到"关系"中来展开，由此将书写带向了深处：断桥镇一夜间的窃窃私语、村民和外来者的异样目光,越过了革命本身而进入到更深广的社会文化心理,这不但是孕育革命的土壤,也是革命所留下的后遗症,革命的思维定式在整个社会以各种"带菌者"的面目延续,潜藏于社会的各个角落和人们的思想深处。

"关系",即毕飞宇口中的"私人关系"或"屋檐下的关系",可以说是他率先在历史书写中开启的突破口。他认为,"五四以来宏伟的、诗史的、大气的、正统的、康庄的公共关系"是信不过的,人物只有在这种"屋檐下的关系"中才能"具有真货的'包浆',印证出本原的质地"[1]。也就是说,只有进入个体的私领域,才能显示出人性的本来面目。从毕飞宇近年来对自己阅读生涯的总结来看,这一转变应该与他对传统文化的借鉴有关,通过对《红楼梦》《聊斋志异》《水浒传》等经典的重读,他对人的理解从现代性中的主体性延伸到了中国传统的伦理关系之上。在现代性所诞生的西方,以个人主义为核心的信仰是基督教世界的原动力,而在中国传统社会中,抽象的人并不存在,天心即人心,重视的是人的伦理,即人与人的关系。由此,毕飞宇选择将"关系"作为中国社会的基本单位来进入历史与社会,并把"关系"的核心定位在情感之上,更具体而言,是冷漠和残忍,并最终指向了伤害。

进入转型阶段的毕飞宇不但写出了对"人在人上"这个鬼文化的批判,更写出了这种鬼文化下沉为一种普遍性文化心理的过程本身。无论是旺旺、小青,还是玉米三姐妹、端方,他们的童年伴随着"文革"成长,"文革"成了他们的童年记忆,建构了他们的精神气质,也塑造了他们对世界固有的思考方式;在以王家庄为代表的

---

[1] 毕飞宇:《〈平原〉的一些题外话》,《平原》,人民文学出版社2012年版,第5页。

平原大地上，与"文革"相关的思维模式、行为方式、人际关系与社会心态已经渗透进了柴米油盐的日常，成了根深蒂固、颠扑不破的真理。在毕飞宇看来，"战争结束了，但'文革'作为一种方式已经液化了，染红了，变成了中国的血液，我们的每一滴血都学会了仇恨"[1]。特殊年代给人留下的不仅仅在于当时的身心创伤，更可怕的还在于思维的养成：革命的血统论与民间的等级制互相勾连，以成分论的面目重新出现在了革命年代，并在漫长的岁月变迁与社会变革中始终如不死的幽灵一般飘荡在时代的上空。

通过以"关系"为视点的书写，这种文化心理从产生、壮大乃至渗入日常的过程被具象化地呈现在文本世界中。人首先是权力规训的结果。毕飞宇放弃了权力与宏大叙事相勾连的文学传统，而是力图在日常生活中展现权力的痕迹，通过其对人内心渗透与控制过程的描摹，展现出其无处不在、深入人心的威慑力量。《玉米》的故事从一个骄傲的女孩展开，"玉米这样的家境，这样的模样，两条胳膊随便一张就是两只凤凰的翅膀"。但随着王连方被双开，一连串的厄运降临到王家的儿女身上，由此她看清了权力运行的机制，即如果没有办法从父亲那里继承革命（权力）的血统，那只能找一个革命（权力）的丈夫来力挽狂澜。人同时也是权力内化的产物。《玉秧》里原本"呆人有呆福"的女孩曾一度被无边的权力所伤害，可她不但没有奋起反抗，反而在被侮辱与被损害之中认可、接受了权力的逻辑，并急切地参与到对权力的追逐中去，"玉秧惊奇地发现，对这份'工作'，玉秧有一种难以割舍的喜爱。'工作'多好，那样地富有魅力，叫人上瘾，都有点爱不释手了"。通过规训与内化，权

---

[1] 毕飞宇：《〈玉米〉法文版自序》，《玉米》，人民出版社2013年版，第280页。

力在毕飞宇的平原世界里成了一只看不见的手，成了生活方式与思维模式的一部分，甚至成了一种意识形态。同时，它也形成了一套简单粗暴的丛林法则："谁也别想过得好"，但"不残忍活不下去"。这样的权力意识在"关系"中不断被调动、发酵，最终在时间与空间的演进中不断地更新与进化，成为一种超稳定的心理结构，也成了横亘在整个社会面前的文化怪物。

三

在先锋小说的书写脉络上，现实题材始终是相对薄弱的一环，提到先锋作家，似乎总能联想起"处理不好与现实的关系""现实空缺""无力表现""写实失真"等类似的诟病。事实上，这种批评是一种典型的偏见，写作群体并没有在题材或是手法上成为多面手的义务，他们之所以能够作为某一个群体而聚合，则一定是因为显示出在某些方面的共性和偏向；具体到个体的创作上就更没有"两手都要抓"的责任了，书写在本质上是出于言说的冲动，而非要表达某一种主义或是成为横跨各个领域的全能冠军。更何况，先锋作家并非不关注现实，他们是通过历史这个中间物来间接地表现对现实主体的理解，这不仅是他们所选择的诠释方式使然，也是迫于言说环境限制的结果。

也许是出于对走出舒适区的尝试，又或许是出于挑战写作困境的雄心，1990年代后半期，先锋一代普遍出现了转向现实的倾向，如余华的《活着》《许三观卖血记》，苏童的《蛇为什么会飞》等，都从早期的寓言写作纷纷转入写实轨道。1995—2000年，毕飞宇转而聚焦都市中人的众生相，通过对个体当下即时状态的关注来逼近现实，如《好的故事》（1996）围绕着师范学校的一潭死水展开，不厌其烦地描写了一群知识分子为了蝇头小利而明争暗斗的猥琐与自私《林红的假日》(1997)则详尽描述了林红躁动又犹疑的出轨心态,以表现一个对生活失去了新鲜感的知识女性想要寻求心理刺激的精神危机。但这一类作品不但没能在这场"向现实转"的集体运动中留下印记,甚至在毕飞宇的整个创作生涯中也并不突出,其原因即在于这些作品并没有脱离当时作为文坛大潮的"新写实主义"的框架,而此时的"新写实"已经越过了高峰期,显示出衰颓的迹象,暴露出重大问题:这一类书写旨在表现人在当下现代化进程中精神无意义的状态,从而以"小写的人"来瓦解"大写的人",但在近十年的反复拓写以及市场经济消费潮的催化下逐步走向了将人矮化的书写泥潭。在全球化的现代化进程中,向外多元散发的"个人"在核心上逐渐虚无化,形成了一个内在意义真空的自我世界。消费文化的兴起极大地刺激了个人的物质欲望、抽空了人的精神内涵,如大量评论所指出的,"个人"的书写不但精神疲乏、缺乏理性辨析和冷静审视、丧失了反击力量,"甚至无意中对精神文化的解构的方式承担了帮凶"[1]。此外,更重要的是,全球化的浪潮使得时间与空间上的无限性暴露在人们面前,而无孔不入的现代传媒与市场行为又时时刻刻提醒着人们的在场感,个体感知到了前所未有的渺小与无力,并在此冲击下顿时迷失了方向。"同质性,是全球化的实质。在文化—精神层面,'无限发展'是全球化的基本意识形态,因为'无限'在根本意义上的未定型和不可完成性,这个意识形态运动必然形成发展意识形态对地域性意识形态的普遍抽象,使地域性文

---

[1] 贺仲明:《重审文学中的个人主义》,《山花》2013年第19期。

化—精神持续面临意义（价值）虚无的危机。"[1]于是，个人如何在这个离散化的世界中面对被虚空化了的自己、如何在全球化的语境中重构个体认同，成了"新写实"所面临的困境：意义的真空化。当感觉是如此之真实与震撼，这种感觉本身的模糊性、平面化与碎片化就被悄然掩盖了，写作的思想内核反而遭到了前所未有的压抑和打击。在有关1990年代文学的描述中，大量的作品被用来举证意义的流动性、书写的"边缘化"，但值得注意的是，这种努力向边缘游走的个体，其本身的核心乃至其所对抗的"中心"，事实上都是缺席的存在。这种缺席即为吉登斯（Anthony Giddens）所谓的"生存的孤立"："个人的无意义感，即那种觉得生活没有提供任何有价值的东西的感受。"[2]而意义的缺席则恰恰是与先锋文学企图介入现实的写作初衷直接相抵牾的，正如有研究者指出："先锋作家是想操用一种无意义的方式来表达生活的无意义，因为生活可能是无意义的，但作品的无意义并不能表达生活的无意义。设若作品与生活一样都无意义可言，那么，文学存在的理由是什么呢？文学反抗生存危机的力量又在哪里呢？"[3]同时，先锋作家也越来越意识到这种吉登斯式的"生存的孤独"或者卡夫卡式的精神困境并不能被简单地套用到对当下生活的书写中。因为即使同为现代性的语境，中西方社会乃至个体并不处在可以互相比拟的水平线上，中国社会背负着几千年沉重的前历史，在几十年间囫囵吞枣地消化了西方几百年来走过的现代

---

1 肖鹰：《九十年代中国文学：全球化与自我认同》，《文学评论》2000年第2期。
2 ［英］安东尼·吉登斯：《现代性与自我认同：现代晚期的自我与社会》，赵旭东、方文译，生活·读书·新知三联书店1998年版，第9页。
3 谢有顺：《终止游戏与继续生存——先锋长篇小说论》，《文学评论》1994年第3期。

化历程，个体在其间所感受到的无意义和虚空化有着更为复杂的本土因素，所以，写作者不但需要挖掘出个体在当下社会复杂而切肤的生存感受，更要找到打开这一精神症候的个人书写支点。

毕飞宇的支点即在于"关系"，他有效地借鉴了自己在历史书写中所开拓的这一书写向度，于2008年带来了《推拿》，在一个小小的推拿店中管窥到了当下社会的生存境遇与精神向度。小说的每一章都以一个人物命名，他们有的是全盲，有的是半盲，有的是先天盲人，还有的是后天致盲，每一个盲人都带着他们的前世今生进入"沙宗琪推拿中心"，共同构成了这个看不见又不常被看见的世界。一些关键人物在小说的章节中反复出现，毕飞宇并没有止步于刻画人物本身，而是着力于打造人物关系网，通过人与人的复杂关系来推进人物的动作，从而实现"命运决定性格"。小说虽然是一个关于盲人的小小世界，但权力这一文化怪物照样无孔不入：三角的恋爱纠葛，"老乡"与"提携者"之间的摇摆不定，两个老板间的权力斗争……"羊肉事件"戳破了沙复明和张宗琪勉强维持的和平表象并迫使所有人做出选择，"你不是'沙的人'，就是'张的人'，没有第三条路可以走。站队总是困难的，没有人知道哪一支队伍有可能活着"。他们在一个小小的推拿店较劲、筹谋、博弈、暗战，甚至韬光养晦、反攻倒算，这张权力的关系网推动着他们的命运向未知处行进，也带出了人性中更为复杂的向度：王大夫为了早点让小孔当上老板娘的坚忍，金嫣对爱情的理解和对婚礼的憧憬，都红的告别钢琴与告别推拿时的"别再把我扯进去了，我挺好的。犯不着为我流泪"……他们一个个无不以独立和尊严提醒着个体自我的存在，尽管在这个过程中，他们常常好像在某一时刻发现了一个命运的突破口，但最终又发现什么也改变不了、迎面撞上无疾而终这一存在的本来面目。毕飞宇通过心理分析强化了他"冷面情感"的写作方式，即他刻意以舒缓、节制的笔触来描写盲人间紧张、急迫的利益斗争，使得文本呈现出胶着、黏滞的质地，最终传达出好似"挨了一闷棍"的隐痛感：一边是压抑的、动弹不得的、令人窒息的沉重现实，另一边则是个体一旦面临机会还是会本能地奋起反抗，他们的归顺与抗争显示出人性深处的弱点和刹那间的光辉之处。

毕飞宇曾提出"写作是阅读的儿子"[1]，并在阅读与写作的双向通道中形成了独特的书写方式。从他的阅读史来看，他从西方文学中建立起了普世的价值观，"西方文学对我的最大影响还是精神上的，这就牵扯到精神上的成长问题，自由、平等、公平、正义、尊严、法的精神、理性、民主、人权、启蒙、公民、人道主义，包括专制、集权、异化"[2]；又从中国古典文学中建立起了对人物和意境的自觉，比如他曾谈到唐诗对短篇小说创作的帮助[3]，以及从《水浒传》中所得到的有关塑造人物的启发。当这些高强度的阅读与思考渗入到个体的写作中时，便促成了二者间的相互激荡和彼此滋养：通过对"关系"的挖掘，他的写作在意义深度以及美学风格上都获得了强有力的延伸；通过对现实的把握，他为中国文学的现代化找到了更为有效的落地方式，从而，他在历史与现实两大类题材中先后找到了自己独有的话语方式，实现了对先锋遗产的继承与超越，也最终为作品打上了"姓毕的"的印记。

---

1 毕飞宇、张莉：《写作是阅读的儿子》，《天涯》2015年第1期。
2 毕飞宇、张莉：《牙齿是检验真理的第二标准》，人民文学出版社2015年版，第386页。
3 毕飞宇：《小说课》，人民文学出版社2017年版，第197页。

平衡的探索与经典的可能
——论新世纪的苏童长篇小说创作

新世纪以后的苏童一直在尝试与过去的自己告别。他自述:"许多作家在完成他的大作品之后,都有这样一个过程,那就是割断与过去自己的联系,破坏自己,而不会是延续自己,对我来说,这种念头更强烈,因为过去的我太商标化了,一看就知道是苏童。"[1]这也许就是每一个成熟作家都会悬挂在自己头顶的达摩克利斯之剑,即写作者在成名的同时也就意味着个人标签的形成,这也许是一个金字招牌,但长此以往,也就变成了一个金灿灿的牢笼。书写若不能在深度上进一步挖掘,那至少也要把眼光放得更宽一些,这是出于不愿被定型的自我更新与创造,也是每一个自省的写作者都会有的自我要求与期待。

想要描绘苏童近年来"去商标化"的轨迹,其长篇创作是极为理想的讨论对象。一方面,从《蛇为什么会飞》到《碧奴》,再到《河岸》《黄雀记》,这四部新世纪以后的长篇小说不但走出了"曾经的苏童",甚至这四部作品本身的跨度也是相当之大的,显示出作者在不

---

[1] 徐颖、苏童:《访谈录》,苏童:《蛇为什么会飞》,云南人民出版社2002年版,第271页。

同维度上寻求突破的努力。另一方面,苏童一向是一个以短篇小说见长的作家,也是成名作家里较少的执迷于深耕短篇的作家,但其长篇小说每每问世便会引发疑问与争议,反倒为讨论提供了极大的空间。

从苏童新世纪以后的长篇创作来看,这是一个曾经的先锋作家向新的写作向度发起冲击进而迈向经典化道路的摸索过程。一方面,"创新之狗"的焦虑始终在这代人的上空挥之不去;另一方面,走出舒适区,甚至是冒着暴露短板的危险也要突破自我,恰恰是衡量一个写作者是否具有"先锋性"、能否走向"经典化"的重要标准。尽管如今在关于经典化的讨论中,建构性的理论几乎压倒了本质化的评判标准,文学市场、批评家、文学教科书等外部因素的重要性被认为要远远高于内部的美学特质,但具体到苏童本人的艺术探求中,问题仍然集中在他能否找到新的美学风格上。因为苏童的写作有着一以贯之的关注点,那就是他并不太关心故事是什么,而是将全副热情放在如何讲述故事之上,即他对于驾驭故事话语的兴趣要远胜于故事本身所传递的意义,即小说如果走出湿气氤氲的南方和漂浮不定的历史,告别唯美颓废的情调和精致典雅的语言,那么,故事还能在什么样的层面上,又被如何讲述,这是苏童在新世纪所面临的挑战。

一

进入新世纪后,摆在苏童面前的第一个问题就是如何平衡想象与现实的关系。苏童擅长想象与幻想,王安忆曾将他概括为"拥有虚构能力的写作者",而"虚构是想象力的活动"。[1]他的小说通过想象来叙述日常生活,又通过幻想进入到人的本真状态,使得事物的

---

1 王安忆:《虚构》,《东吴学术》2012年第1期。

本来面目与他笔下的艺术变形构成形式上的审美距离与意义上的互文对话。那些以《我的帝王生涯》《米》为代表的历史题材自不必说，即使是《菩萨蛮》《城北地带》这样的当下题材也是通过鬼魂、幽灵这样的超现实因素来拉开与现实的距离。可以说，想象是他构筑笔下世界的方式，也是他看待世界的视角。

2002年，苏童推出长篇小说《蛇为什么会飞》，以向现实靠拢的方式来尝试突破自我。小说将视角转向了当下社会与人生，以火车站这个小广场来辐射世纪末中国社会的"大世界"；在呈现方式上也尽可能地采用对客观现实的白描，脚踏实地地来"写真实"。而这其中的悖谬就在于，书写如果向现实靠得太近，就必然会挤压想象的空间，但包括苏童在内的一批先锋派作家是不愿意也可能做不到完全地贴着现实去写作，所以小说仍以一些零星的象征传递出"苏童制造"的信号，如唯一的非写实因素"蛇"，再如永远踩不准时间的"世纪钟"。然而，这些元素突兀地漂浮在文本所着力表现的残酷社会与惨淡人生之上，显示出与小说整体互不适应的狼狈。因为苏童小说的象征与意象从来就不是孤立而局部的，而是串联在一起互相助长、互相催化，最终以整体意象群的方式发力，创造出独特的小说情境，正如研究者所指出的，"他并非从谋求隐喻、象征、荒诞、幻化的局部效应出发，局部性地设置单个意象，对实在生活形象进行点缀和补充，他是从艺术构建的整体上进行意象的系列编队，实施对小说情境的全局占领"[1]。所以，书写如果以再现真实的代价而强行牺牲想象的因素，造成意象群的破碎，那于苏童而言就会有

---

[1] 黄毓璜：《面对共同的历史——周梅森、叶兆言、苏童比较谈》，《钟山》1991年第2期。

丧失既定风格,削弱现实表现力的危险。

2006年,作为"重述神话"系列的第一部中国作品,《碧奴》在北京国际图书博览会首发。这一次,苏童来了个一百八十度大转弯,借"孟姜女哭长城"的古老故事实现对浪漫的热情拥抱。围绕着眼泪展开夸张、幻想和自由抒情,以浪漫主义手法大联展的气势显示出"悲伤到顶,浪漫到顶"的叙事是如何可能被实现的。在小说自序中,苏童将神话定义为"飞翔的现实","飞翔"在汪洋恣肆的想象中充分实现了,但作为"民间的情感生活"和"民间哲学"[1]的"现实"却似乎被湮没在了排山倒海的浪漫之中,引发了叙事空白和情感空洞的争议。事实上,在"重述神话"这一全球性计划中,不少作家都选择了以颠覆和解构的方式来进入神话原型,比如玛格丽特·阿特伍德的《珀涅罗珀记》和简妮特·温特森的《重量》,也许在稳定的民族心理结构面前,只有"大破"才能有所"大立"。但苏童反其道而行之,他把故事的原型与结局保留在民间传说的原有框架之内,而将重心放在演绎方式之上——以极致的浪漫来实现对原有神话的超越。

可以说,这两个作品是苏童通过在现实主义和浪漫主义中汲取养分,来寻找新的书写支点的尝试。而这样的探索能否行之有效,一方面取决于作者如何在既有风格中找到新元素的适配空间,另一方面也要衡量其艺术探求路径与当下文化语境的关系,即如果一部作品在美学特质上具有了成为经典的潜能,那么其最终实现还必须期待读者或评论界能有相匹配的美学性情与之相遇。20世纪80年代中后期,苏童作为先锋派的代表人物登上文坛。尽管本土的先锋

---

[1] 苏童:《自序》,《碧奴》,重庆出版社2006年版,第1页。

派本身也是一个被建构和聚合的群体,其内部书写特征与指向性也不尽相同,但其整体上的美学风格可以被概括为现代主义与后现代主义的杂糅体,而这恰是由其所处的社会历史阶段所决定的。不同于西方"农业社会—工业社会—后工业社会"的线性历史走向,中国在80年代后期开始同步出现了农业文明向工业文明、工业文明向后工业文明的转型,投射到本土的文学与文化变化上,产生了"现代性"与"后现代性"的交错运动:[1]一方面,"现代性"的深入催生了对抗传统和正统思想控制的文化转型;另一方面,"后现代性"的萌芽又引发了对个体存在悖谬性的反思。这两股力量互相缠绕、彼此渗透,构成了先锋派混杂的美学风格——我们从中既能看到象征主义、意识流、颓废美学之类的现代主义元素,也能找到黑色幽默、碎片化、文字游戏之类的后现代主义身影。以苏童为代表的先锋派的兴起及其迅速走向经典,是中国文学在特殊时代境遇下对相应美学风格选择的结果。

但反过来也可以说,具体的美学风格也只有在相应的时代背景中才会较易被接受。进入新世纪后,现代主义与后现代主义的关系出现了更为复杂的变化,从原来的"你中有我,我中有你"走向了后者对前者的挤压与调整,但这并不是后现代主义否定、取代了现代主义,在总体上,二者仍是共时并存,并始终占据着时代主潮的位置。哈桑曾以刮去原先书写后仍会留下依稀印记的羊皮纸为喻,认为后现代是在历史的羊皮纸上,在原有的现代性上所进行的延续

---

[1] 丁帆:《"现代性"与"后现代性"同步渗透中的文学》,《文学评论》2001年第3期。

和新生。[1]正如拉克路所言:"后现代不是对现代性的简单拒绝,后现代是对现代性的命题和概念做一番不同的调整。"[2]先锋派的成员们敏锐地感受到了时代的变化,也意识到荒诞、离奇这类侵略性的叙事并不能成为永远的支撑,写作必须还要找到在其他向度上展开的可能性。在他们的探索中,如果书写能大体不脱离现代主义和后现代主义的范围,其转型就容易被认可,比如莫言的《生死疲劳》通过历史变形记的方式将生存的荒诞推向顶点,又如格非的《敌人》以自我意识的变幻来表达对主体性的怀疑。反之,则有可能引起比较大的争议,比如余华的《兄弟》和苏童的《蛇为什么会飞》对现实的转向。除了小说自身的因素之外,也与现实主义在当下的境遇有关,自新时期往后,现实主义不断受到现代主义与后现代主义的挑战与冲击,以变形为新写实、魔幻现实主义等方式来重新寻找出路,"社会书记员"型的巴尔扎克式现实主义不再能引起文坛的兴趣。再比如苏童的《碧奴》,80年代以来的新启蒙主义以及消费社会带来的实用主义销蚀了浪漫主义精神,使得浪漫书写在当代文学史上逐渐衰微,可以说,《碧奴》与张炜《你在高原》所遭受的冷遇是相似的,其本质都是浪漫主义在新世纪被进一步边缘化的结果。

当然,这并不是说写作只有迎合时代主潮才可能走向经典化,毕竟在眼下这个多元化的时代,任何一种风格都可以找到自己的立足点,"路遥热"的高烧不退和张承志小说有广泛受众即是证明。但

---

1 [法]让-弗·利奥塔等:《后现代主义》,赵一凡译,社会科学文献出版社1999年版,第118页。
2 Ernesto Laclau, "Politics and the Limits of Modernity", in Andrew Rossed, *Universal Abandon: The Politics of Postmodernism*, Minneapolis: University of Minnesota Press, 1988, p. 65.

当代文学史，尤其是进入到新世纪以后，是浪漫主义、现实主义逐步被现代主义、后现代主义侵蚀、代替的历史，逆流而上的书写也许能找到自己的生长空间，但其被接受的路径却注定会更加曲折而艰难。

二

如果说《蛇为什么会飞》是与现实贴得太紧、损失了个人风格中的"飞翔性"，《碧奴》又在浪漫中飘得太远，使得叙述话语压倒了精神建构，那么，到了《河岸》与《黄雀记》，苏童逐渐找到了现实与想象之间比较理想的尺度，但在具体的书写调整中也随即引发了第二个问题：小说该如何处理故事与背景的距离。

苏童小说从来都是架空历史的，即故事与背景总是离得比较远。这是先锋派的普遍特点，即通过淡化历史背景的方式来为主观化和破坏性的叙述腾出表演空间。苏童也是如此，他坦陈这是刻意为之的文本策略，"这就是我觉得最适合我自己艺术表达的方式，所谓'指东画西'，这是京剧表演中常见的形体语言，我把它变成小说思维。我的终极目标不是描绘旧时代，只是因为我的这个老故事放在老背景和老房子中最为有效"[1]。他的小说背景总是年代不详的模糊历史地带，好似一片缥缈的底色，为那些浓墨重彩的前景故事提供了宽阔的舞台，即背景越是虚化，故事本身的质感也就显得越强。而背景的虚无历史、模糊现实又与故事中的暴虐青春、糜烂人性相碰撞，与舒缓绵密的语言共同营造出叙述上的飘忽感，进一步强化了个人风格。

---

[1] 苏童、王宏图：《苏童王宏图对话录》，苏州大学出版社2003版，第51页。

2010年《河岸》出版，2013年《黄雀记》问世，这两部小说与此前的苏童呈现出"和而不同"的感觉，读者可以从中轻而易举地辨认出"苏童制造"的印记，但同时也能感受到一些欣喜的变化，即小说中的故事与背景靠得更近了。《河岸》中的少年故事与"文革"背景几乎是水乳交融，库东亮的成长经历根植于其所处的历史时代，与政治运动的推进相辅相成，共同构成了文本的线性时间。小说所涉及的重大主题，比如身份原罪、自我阉割、革命对伦理的颠覆、政治对个人的消解，也只有在"文革"这一叙述背景中才能成立。到了《黄雀记》中，苏童似乎又把小说背景往外推了一把，与故事离得更远了一些，但较之《河岸》以前的作品，文本的现实底色还是更为清晰了，保润的"下海"、白小姐的公关生涯、马戏团倒闭变卖动物资产、精神病院里大官和大款打擂台，都折射出了背后那个急剧变化的转型期社会现实。可以说，这是苏童对文本所做的"焦距调试"——通过拉近拉远的尝试来寻找最适宜呈现故事的距离，但总体上背景是与故事贴得更紧了，历史与现实的轮廓被描摹得更为清晰，从而加深了故事的逻辑性与连贯性，也为文本在反思与追问层面上实现纵向开掘提供了可能性。

但苏童是清醒的，他知道自己的天性与优长就是在虚构背景上生发想象，所以即便《河岸》与《黄雀记》有意拉近了故事与背景的距离，二者间的关系也还是松散而游离的。也许是从《蛇为什么会飞》与《碧奴》中总结了经验，他对背景底色能加深到什么程度、故事想象能上升到什么高度持有审慎的态度，而恰是这份审慎的距离感实现了苏童在求新求变与自我延续之间的基本平衡，具体来说，是通过三个方式实现的。

首先是物象牵引。苏童好用物象，并擅长以物象来牵引叙事的整体推进。在他的小说中，故事与背景不是直接发生联系的，而是被物象这个"二传手"隔开，从而实现意义的真空化与审美的陌生化。正如研究者所指出的，"这些物象构成一个故事坚硬的内核，称为某种叙事意图的寄托物，'形'与'意'构成'显'与'隐'的'互文关系'"[1]。苏童的物象往往是反复出现的，通过一遍遍的再阐述来实现变异与增殖。比如《河岸》的核心象征即是河与岸，它最早出现在1986年的《青石与河流》中，与性、人性、死亡、命运等主题建立起了勾连，然后又在多个作品中出现，衍生出包括水、鱼、水葫芦、船等一系列象征在内的意象群。到了《河流》的"文革"题材中，河是自由、混杂与边缘的人性，而革命的岸却总想要限定、约束进而放逐河水。苏童在同年发表的散文《河流的秘密》几乎可以被看作是对这个物象的自我注释："岸以为它是河流的管辖者和统治者，但河流并不这么想。""那是河流对这个世界的一年一度的倾诉，它告诉河岸，水是自由的不可束缚的，你不可拦截不可筑坝，你必须让我奔腾而下。河流告诉岸上的人群：你们之中，没有人的信仰比水更坚定，没有人比水更幸运。河流的信仰是海洋，多么纯朴的信仰啊！"[2]"河"与"岸"在特殊的历史时期中成了自由个体与意识形态的化身，使得围绕其上的一连串衍生物象都有了新的意义：拷问革命血缘的鱼形胎记、被宣判为社会异类的船队、水葫芦对向阳花永不能及的爱……这个庞大的物象群统领着叙事一路而下，显示出在"历史让人变得不像人甚至人吃人"一类的历史牵引叙事、"革命与性相勾连"一类的故事牵引叙事之外，还有另一种进入"文

---

[1] 张学昕：《苏童文学年谱》，复旦大学出版社2015年版，第125页。
[2] 苏童：《河流的秘密》，作家出版社2009年版，第29页。

革"叙述的美学方式。

其次是语言张力。苏童的语言一向以敏感细腻、舒缓雅致而著称,进入新世纪后,他更简化了早期创作中所好用的长句、复杂句,以简化语言程序的方式进一步夯实了个人语言风格。而当这样的语言与特殊历史题材相碰撞时,就会形成极大的叙述张力,从而拉开故事与背景的距离。在《河岸》中,当抒情绵密的语言被用于描绘一个暴力、残酷而扭曲的世界时,语言本身就与那段历史形成了极大的反差。同时,粗暴的革命语言又化身为人物语言,与抒情的叙述语言形成了二次碰撞,进一步扩大了文本张力。"秋后算账""坦白从宽、抗拒从严""千万不要忘记阶级斗争"之类的革命话语时不时地刺破叙述语言的整一性,而这些革命话语又在形形色色的人物口中变调,比如母亲对父亲的隔离审查、赵春堂对慧仙的思想工作,甚至是孙喜明对父亲的上岸动员,形成了滑稽而荒诞的效果,进而与叙述语言产生深层的震荡。

最后是以人为中心。苏童的小说是以人物为叙事内核的,即无论小说中的现实与历史被增添了多少实感,都不会超出文本背景的范围,其故事的中心始终还是人。他曾在访谈中自述:"我写作上的冲动不是因为那个旧时代而萌发,使我产生冲动的是一组具体的人物,一种人物关系的组合纽结非常吸引人,一潭死水的腐朽的生活,滋生出令人窒息的冲突。"[1]从这个意义上说,苏童的写作更接近西方小说,即文本以人物为中心来展开叙述,最终以个体经验串联成历史,而不似传统的中国小说以历史作为中心,将个人的语言行动视为其背后历史逻辑的结果。从早期《桑园留念》中对青春状态的关

---

[1] 苏童、王宏图:《苏童王宏图对话录》,苏州大学出版社2003年版,第52页。

注,到《米》阐发的人性幻想,再到《菩萨蛮》所表达的平民孤独,苏童小说始终围绕着个体存在的各个侧面展开。尽管新世纪后的书写更新了对历史与现实的呈现方式,但故事的核心仍然是"人"本身。《蛇为什么会飞》塑造了克渊这个"空气"人物,"这个人其实很滑稽,他自以为是个人物,可别人都把他当空气的",这一形象进入到特殊历史期后,则以"空屁"的新面目重新登场。《河流》一开场,"烈属"库东亮就成了"空屁"。因为一段说不清道不明的革命血缘关系,一个人瞬间成了一个"无",这固然是对政治强压下个体破碎的隐喻,但小说并没有把"空屁"的意义停留在此,而是随着故事的推进将范畴拓宽到了个体存在普遍意义的层面上。当抓到阄的库东亮迫不得已送走慧仙时,他用最恶毒的言辞羞辱了自己的父亲,朝着暗红色的河水怒吼了一声"空屁!"他的愤怒中有对时代的质疑,但更是一种自我的宣泄——他震惊于人性深处黑暗与残忍的本质,但又对此无能为力。他将这样的自己形容成"胆小鬼","那两件棉毛衫令我睹物伤情,我突然就想明白了,我干的事情和谁都没关系,怪我自己,我是胆小鬼,世界上左右的胆小鬼都一样——只敢发泄自己的恨,不敢公开自己的爱,他们敢于发泄自己的恨,只因为要掩藏自己的爱"。他知道,这怯懦不仅源于革命的挤压,更来自于自己,"人们说,我是被父亲困在船上了",但他明白,"我,是被自己的影子困在船上了"。如果说,"空屁"的命运是从革命身份的被剥夺开始的,那么,个体存在所面临的变形与异化的困境最终还是"自我空屁化"的结果。

三

对一个作家如何更新美学风格的考察,固然可以具体到想象与

29

现实的关系、背景与故事距离等文本策略之上,但从宏观上说,都是关于如何处理既定风格与新生元素的关系。而对一个作家能否走向经典化道路的评判,尽管离不开文学撰史背后强势话语的霸权和权力的运作机制,但从本质上看,其终极问题就在于如何在自我突破中实现"有所为"与"有所不为"的平衡。自《河岸》起,苏童似乎明白了回望过去与面向未来并不是非此即彼的关系;到了《黄雀记》中,他进一步领悟到顺从自身艺术天性的重要性,即对于他个人而言,小碎步地在一方天地中打转也许比大跨步向前更适合自己,"在不变中寻找变"才是实现自我增殖的有效途径。

《黄雀记》尝试着用新方法来讲述香椿树街的老故事,其中最为显著的变化即在于叙事结构的转换。相对于在意象运用上的极尽繁复,苏童在结构处理上一向比较简单,他自陈好用封闭视角,"结构上一般不会太复杂,叙述一次转换,一次折叠"。《黄雀记》对此做了更新,小说在整体上分为三个部分——"保润的春天""柳生的秋天"和"白小姐的夏天"。一方面,每一部分的叙事视角分别从这三部分的核心人物,即保润、柳生、白小姐(仙女)来展开;另一方面,这三个视角又分别与三个季节相对应,使季节的轮转更替对应人生世事的兴衰变迁。这是作者精心打磨的一个三角结构,"我想象《黄雀记》的结构是三段体的,如果说形状,很像一个三角形。保润、柳生和白小姐是三个角,当然是锐角,失魂的祖父,则是这三角形的中心,或者底色。如果这三角形确实架构成功了,它理应是对立而统一的"[1]。三个人物在这个三角形的结构中相互追赶,又不断逃离,诠释出"螳螂捕蝉,黄雀在后"这一主题:保润随祖父进了井亭医院,开始觊觎仙女;仙女被保润所缚,不曾料到柳生的强

---

[1] 傅小平、苏童:《充满敬意地书写"孤独"》,《文学报》2013年7月25日。

暴和对保润的嫁祸；仙女走投无路重回故里，柳生又杀死了其守护者保润。三个视角间的来回切换打破了传统线性框架，实现了时间上的空白、重复与错置，不但与人生无常、世事难料的主题构成形式上的呼应，也在整体风格上与过去暴烈晦暗、欲望横流的香椿树街故事显出较大差异。

但相对于这些突破，《黄雀记》与过去的承继性更为突出。小说中几乎所有的人物都能找到对应的谱系：保润可以被视作《我的帝王生涯》中的少年、《河岸》中库东亮的重新投胎；柳生身上则可以找到《城北地带》的红旗、《蛇为什么会飞》中克渊的影子；而仙女则从《桑园留念》的丹玉脱胎而来，与《妻妾成群》的颂莲、《红粉》的小萼和《河岸》的慧仙，共同构成了苏童最擅长塑造的一类女性——叽叽喳喳、不安于室的陋室明娟们在时代的洪流中竭尽所能地发挥着自己的小聪明，但终究没能逃出命运的掌心。而小说中的象征也是各种自我重复与变调，比如脱缰的白马是由《祭奠红马》而来，红脸的耻婴延续了《拾婴记》和《巨婴》所传递的歧视与侮辱，供着大佛的水塔则是《蛇为什么会飞》里的世纪钟、《河岸》里革命烈士纪念碑的再现。甚至于小说本身就建立在对香椿树街故事的重写之上，破旧颓败的街景与潮湿黏腻的氛围一如过去，残酷青春、性的诱惑与堕落、罪与罚、复仇与和解等主题被再一次书写。

可见，在"有所为"与"有所不为"间寻找尺度的探索道路上，苏童的创作不断寻求着自我突破，但他极为清醒地保持了与同时期其他作家作品的区分度，即无论主题被如何阐发、方法被怎样更新，苏童在驾驭话语叙述时始终没有脱离自身的基本风格，并且在近年来有意识地将其保留与强化。可以说，"构成自我"并进而在更新中

"成全自我",这是一个作家能否经典化的重要标志。因为无论是在文学的内部还是外部,所谓经典化并不存在固定的标准或规则,文学史无论被如何书写,也不可能化约每一个"主义"。从写作者的角度而言,只有当"自我"能强大到成为一种标准或规则,并经受住了时间的选择,成为一种历史的"水落石出",才有可能成为最终的经典。那么,写作者如何在反复的耕耘中开掘出新的美学与意义空间,从而升华为一种有效的个人风格?具体到苏童而言,是通过两个途径来实现的。

首先是在同一个地理文化空间上反复拓写。《黄雀记》曾引发了对苏童"一个作家怎么可能一辈子陷在'香椿树街'里头"的质疑,他对此回应道:"我所担心的问题不是陷在这里面的问题,而是陷得好不好的问题,而是能否守住一条街,是陷在这里究竟能写多少有价值的东西的问题。要写好这条街,对于我来说是一个非常大的命题,几乎是我的哲学问题。"[1]从某种意义上说,香椿树街与枫杨树乡之于苏童,正如约克纳帕塔法之于福克纳、高密东北乡之于莫言。福克纳曾将家乡这个"邮票般大小的地方"描述为"宇宙的拱顶石","打从写《沙多里斯》开始,我发现我家乡的那块邮票般小小的地方倒也值得一写,只怕我一辈子也写它不完,我只要化实为虚,就可以放手充分发挥我那点小小的才华。这块地虽然打开的是别人的财源,我自己至少可以创造一个自己的天地吧"。

苏童认可福克纳对"邮票"的迷恋,并将自己的创作与之相对照,"一个作家如果有一张好'邮票',此生足矣,但是因为怀疑这

---

[1] 苏童、张学昕:《回忆·想象·叙述·写作的发生》,张学昕:《南方想象的诗学》,复旦大学出版社2009年版,第218页。

邮票不够好，于是一张不够，还要第二张、第三张"。"我的短篇小说，从 80 年代写到现在，已经面目全非，但是我有意识地保留了'香椿树街'和'枫杨树乡'这两个地名，是有点机械的、本能的，似乎是一次次地自我灌溉，拾掇自己的园子，写一篇好的，可以忘了一篇不满意的，就像种一棵新的树去遮盖另一棵丑陋的枯树，我想让自己的园子有生机，还要好看，没有别的途径。其实不是我触及那两个地方就有灵感，是我一旦写得满意了，忍不住要把故事强加在'香椿树街'和'枫杨树乡'头上。"[1]可以说，"香椿树街"与"枫杨树乡"曾是他的灵感源泉，如今又成了他有意识进行反复拓写的地理文化空间。无论书写想要阐述什么样的新主题、运用什么样的新方法、展示出什么样的新姿态，都可以在同一个空间坐标里重复进行，即每一次绘画都不是在一片白纸上重新开始，而是在此前的印记上展开，通过彼此间的重叠与对话来达到延异的效果，进而实现自我的有效增殖。

而对于"邮票"的所指，苏童也与福克纳类似，将书写的终极目的指向了人性与人的命运。如前所述，苏童小说始终关注的是人的问题，进入新世纪后，更延伸到对于苦难作为人的一种生命状态与生存经历的关注。《碧奴》以眼泪的九种哭法将传统故事中的寻夫之旅变成了破解人生困境的追寻之路，实现了从原有的爱情、阶级题材向人与命运主题的转换。《黄雀记》的故事从祖父的"丢魂"开始，通过他的各种花样被缚与执着寻找来折射出人生的存在困境与冲不破的命运苦难，青春的"小拉"好似一段人生的招魂曲，为这些在冥冥命运下徒劳的挣扎和无谓的癫狂而叹息。三个人物彼此交

---

[1] 张学昕、苏童：《感受自己在小说世界里的目光》，《当代作家评论》2008 年第 6 期。

换着蝉、螳螂、黄雀的位置,但他们的一举一动实则掌握在猎人手中——命运在上空不动声色地凝视着这些红尘儿女。正如本雅明对所谓"经典"的讨论并不从具体美学条件或者外部生产场域着手,而是将经典描述为"超越时间连续性后直接向上帝传达自身的理念的客观化",经典的存在就在于可译性,也就是呈现了纯粹语言或"上帝之道的辉光"的真理内容。[1] 即抛却了种种标准之后,文学最终还是要有穿透各种"主义"的力量,而人性、人的命运仍被证明是最有效的途径。

其次是在文学性与现实性的平衡实践中有意识地偏向前者。如何以最合适的姿态切入生活,仍然是摆在当代作家面前的一大难题:如果写作离文学性靠得太近,那么就很难与曾经那一代注重形式实验、排斥直接表现的先锋文学拉开距离;但如果写作一味向当代性看齐,就会有牺牲文学美感与文化深度的危险,比如上述的《蛇为什么会飞》,再比如曾经同为先锋旗手的余华进入新世纪后所推出的《兄弟》《第七天》。怎样在具体的创作实践中找到最适宜个人风格的平衡点?在反思现实与想象的关系、调整故事与背景的距离之后,苏童做出了新的尝试:以风格的"不变"来应对题材与书写对象的"变"。

《河岸》刚问世时曾引起极大的轰动,文坛对苏童首度用长篇创作来直面"文革"这一重大历史题材感到极为兴奋,但又很快发现小说本质上还是那个苏童,对历史"直面得还不够"。事实

---

[1] G. Scholem, and T. W. Adorno, eds., *The Correspondence of Walter Benjamin, 1910—1940*, Chicago: The University of Chicago Press, 1994, p. 224.

上，联系此前的几部长篇小说，可以看出，这是苏童刻意为之的结果。一方面，在特殊历史题材面前，读者总觉得怎样的号叫与眼泪都不过分；另一方面，当代文学对苦难的书写基本被集中到了"骇人的创伤"与"反讽的戏谑"这两大类之上。在这样的前提下，如何找到一种表达方式，使其不但能有别于一众"文革"书写与苦难书写，还能葆有独立的个人风格？对此，苏童有意回避了"重回历史现场"式的真实感，通过抒情的笔调与克制的情感展现出一种新的可能性。比如，当库东亮在河里寻找负碑投河的父亲时，文字的宁静诗意与历史的狂虐残暴两相对立，不动声色地完成了批判与颠覆。

《蛇为什么会飞》也以一个细节给出了一个极为有效的答案。小说塑造了一个"空气"人物克渊，空间的逼仄、火车的轰鸣、生活的压力长期挤压着他的生存与精神空间，使其获得了一个不雅的外号"三十秒"——以性无能的方式隐喻了生存苦难对人性的阉割。这个类似的情节曾经出现在江灏的小说《纸床》[1]中，三口之家挤在七平方米的房子里共睡一张床，父母在长期的性压抑下突然爆发，这一幕又恰被女儿窥见，让他们尴尬而无地自容。女儿长大后愈发感到愧疚，认为是自己的存在阻碍了父母的正常生活。不久后，女儿因白血病离开人世，母亲将分房申请书叠成一张纸床放在骨灰盒上，让她终于在阴间有了一张自己的床。后者这个类似的苦难隐喻虽能以惨痛的故事迎合大众的心理宣泄、激起怜悯的泪水，但并不能进一步传递出悲剧所应有的崇高感。相反，在《蛇为什么会飞》中，克渊在被命运几经捉弄、濒临崩溃之际迎来了与金发女郎的相

---

[1] 江灏：《纸床》，《中国作家》1988年第4期。

遇，两个被嘲笑、侮辱和践踏的灵魂在红灯区这个荒诞的境遇中擦出火花，而克渊"三十秒"的性无能又让整个故事戛然而出，从而流露出这些"吃社会饭的小混混""流落烟花的小太妹"等底层人物在灵魂深处的崇高之处。这让人想起陀思妥耶夫斯基的《白夜》，写作者们以极强的自省与自觉进入苦难题材，在诗意化的写作中有意无意地流露出人性之圣洁与小人物之高尚，从而在强烈的个人风格中完成人性挖掘与精神重建。

从《蛇为什么会飞》到《碧奴》，再到《河岸》《黄雀记》，新世纪以后的苏童有意识地整合了自己的优秀元素，又逐渐找到了与新元素有效对接的方法。毕竟，苏童擅长讲故事，而"故事是小说的基本面"[1]，在这个大前提下，他找到了变与不变、有所为与有所不为之间的分寸感，正如巴赫金对长篇小说的概括，"小说所必需的一个前提，就是思想世界在语言和涵义上的非集中化"，"即话语和思想世界不再归属于一个中心"[2]。

从这个意义上说，苏童已然走在了经典化的道路上，其新世纪的长篇创作显示出极强的艺术自觉与良好的精神独立：既没有在昔日的辉煌之上踟蹰不前、故步自封，也没有在一代先锋作家的转型之痛中闻风而动、丧失自我，他避免重复的成功，也承担失败的风险，通过不断的试验逐渐找到了最适合安置内心的方式。苏童常说自己不明白作家为什么要写长篇小说，但每隔几年，他还是忍不住就要尝试一次，并把这个过程称为"去远航"。从《河岸》到《黄雀

---

[1] [英]爱·摩·福斯特：《小说面面观》，苏炳文译，花城出版社1984年版，第24页。

[2] [俄]巴赫金：《史诗与长篇小说》，靳戈译，《小说的艺术：小说创作论述》，社会科学文献出版社1999年版，第88页。

记》,他从六七十年代写到了八九十年代,也许下一个长篇会将时间聚焦在新世纪后的当下,他如何在艺术探索的远航中再次摸索书写上的平衡点,我们将拭目以待。

姑苏情结的书写演进：
论范小青《家在古城》

在当代中国作家的谱系中，范小青的勤勉与高产可堪翘首。自1980年发表处女作《夜归》开始，四十余年的笔耕不辍为她积累了一张长长的创作年表，其中仅小说部分就包括了20余部长篇小说和400余篇中短篇小说。对于创作体量如此之巨的写作者，研究往往以"分段论"的框架来加以把握。于是长期以来，在对范小青创作生涯的整体概括和阐释中最为通行的即为"三段论"：认为其创作的第一阶段为八十年代到九十年代中期，主要以知青生活和苏州的市井文化风情为表现对象，代表作为《顾氏传人》《瑞云》《裤裆巷风流记》等；第二阶段为九十年代后期到新世纪初期，主要以转型期的社会结构变化为背景，代表作有《百日阳光》《城市表情》等；第三阶段则是最近十余年，主要关注都市中的民工生活和权力体系，代表作有《城乡简史》《女同志》《赤脚医生万泉和》等。[1] 这样的阶段论思路固然可以帮助我们快速地了解一位写作者的基本创作历程，但在对其具体文本的讨论上却是一种束缚：先行将具体文本置于某

---

1 洪治纲：《范小青论》，《钟山》2008年第6期。

个阶段而加以阐述，并认为个体的创作一定是"一浪高过一浪""后作胜于前作"的，这种简单粗暴的逻辑忽略了创作主体内部的多样性和复杂性，其本身就是反历史的。

对于范小青这样始终对现实生活保持高度热情的写作者而言，其作品自然会随时代脉搏而呈现出不同主题与对象的演进，但在内在精神维度上却是高度稳定的。在新的社会现实或创作潮流面前，她总能在跟上脚步的同时又逸出其外，最终兜兜转转仍回到自己观察世界与人生的方式，而这一方式也始终在自省中不断予以调整。这也解释了为何她的创作似乎曾经与知青小说、苏味小说、新写实小说甚至是官场小说等林林总总的名号不无关系，但准确来说又并不能归于哪个阵营。可以说，范小青创作的延续性是高于断裂性的，她与写作潮流之间的关系也始终是若即若离的，对其具体作品的讨论不应仅在阶段特征或是流派风格的"前结构"下进行。

一

2022年，范小青的《家在古城》似乎是赶上了最前沿的时髦。一方面，范小青一改其所熟稔的小说创作形态，首次采用当下最为前沿的非虚构方式来切入苏州古城，其形式令人耳目一新；另一方面，作品又与非虚构浪潮下的"城市传记热"不无关系，连同当下的叶兆言《南京传》、邱华栋《北京传》、叶曙明《广州传》和孔见《海南岛传》等作品一并受到文坛瞩目。

全书共分为"家在古城""前世今生""姑苏图卷"三大部分，作者用脚步丈量苏州古城的角角落落，又在今昔变化中展现了城市的历史、地理与文化渊源，从而串联起这座古城千年来的发展与变迁。第一部分"家在古城"从作者童年时曾居住过的民国建筑街区

（同德里、五卅路、同益里等）出发，通过重访孩提时代的旧地与故人，使得过往记忆与当下景观交相呼应，在沧海桑田的喟叹中将古城保护这一主题徐徐展开。第二部分"前世今生"的注意力则从小巷转移到了旧宅，不仅介绍钮家巷3号"状元府"、费仲琛故居、墨客园和潘祖荫故居等私人老宅的衍变与更迭，也描述了文庙、藏书楼和全晋会馆等公共旧居的古今命运，由此阐明了古城保护背后的文化价值。第三部分"姑苏图卷"则聚焦姑苏城最具代表性的三个地标：平江路、山塘街和老阊门，介绍了重点工程"平江路风貌保护和环境整治工程""山塘历史文化保护区保护性修复工程"以及围绕老阊门、南浩街、西中市、观前街、盘门和葑门等处的抢救、修复和保护工作，从而将古城保护背后的苏式生活逻辑娓娓道来，也将全文的版图由点及面地扩展到整个苏州古城。

姑苏古城、小巷旧宅、古城保护……于读者而言，这部新书是一个"熟悉的陌生人"，其所囊括的对象和聚焦的问题并没有脱出范小青一贯的创作序列，不仅使人联想起《小巷静悄悄》《瑞云》等旧作，更似乎是对《百日阳光》《城市民谣》的重新演绎。《家在古城》之所以让人读来耳目一新，首先即在于其所采用的非虚构手法。全文运用了大量的纪实材料以增加写作的真实性和现场感，包括采访实录、史料、地方志、诗文、政策、档案、网络发帖、座谈会实录等等，这类"沉浸式"的写作能使大众读者产生亲历事件全过程的"在场感"，从而将"古城保护"这一议题的公共性进一步放大。比如在以消灭古城马桶为目标的"城市居民改厕工程"中，作者从同德里的儿时伙伴胡敏入手，通过对其的探访引出了老宅居住中的这个头号民生难题；紧接着，她援引《姑苏晚报》等本地媒体的通讯和报道，不但回顾了"三桶一炉"（马桶、浴桶、吊桶和煤炉）的古城日常生活风景，更将这一工程背后的推手——"改厕办"，即姑苏区居民家庭改厕工程指挥部的工作推向了前台。这其中既有对政府工作方案的直接摘录，也有对具体数据的实况呈现，还通过苏州12345便民网站（寒山闻钟）上你来我往的投诉发帖与政府回复再现了这项工程在"拔稀"和扫尾工作中的艰难进程，甚至还采访了作家潘文龙"寻找马桶绝唱"的故事，将马桶与记忆、乡愁联系了起来，最终，作者又回到了胡敏自掏腰包率先改厕的故事，将这个旷日持久的马桶攻坚战指向了把人留在古城老家、把姑苏的精气神留在这些老宅旧院小巷的主题。

此外，文中还出现了不少"画外音"，以各种"自言自语"式的思绪、感受、情感或体悟插入并冲破原有的叙事结构，从而产生出互相补充、彼此交融的互文效果。比如在双塔街道座谈会的部分实录中，作者不仅以参与者的身份记录了包括自己在内的各位居民的发言，更密集地插入了两段画外音，其一是当居民们谈到动迁问题时，作者发现了老百姓对此的态度早已由从前的不满和抵触变成了期待与欢迎，"我想，这种变化，既是群众对美好生活的殷切向往，也是古城人民对多年来政府保护古城改善民生工作的肯定和新的希望"[1]。其二是当街道书记提到设施改造提档升级的要求时，作者也随着徐阿姨情不自禁地激动起来，"因为徐阿姨的激动，我也有点激动，因为我真切地看到了人民群众对于美好生活的具体的实在的追求和期盼"[2]。这两段画外音分别以理性的个人思考和感性的情感体悟为座谈会做出了补充，并通过这份直抒胸臆与激情澎湃赋予了文

---

1 范小青：《家在古城》，江苏凤凰文艺出版社2022年版，第36页。
2 范小青：《家在古城》，江苏凤凰文艺出版社2022年版，第37页。

本强烈的情感渲染力。

　　这些纪实材料与"画外音"的意义，最为直接的即是为文本提供了非虚构文本的范式特征——"讲述真实的故事"[1]、叙写真人真事，但范小青的探索显然并不止于此。比如在其"画外音"中还出现一些特殊的声音，即作者"自说自话""自我控制"乃至"自我叫停"的痕迹，而这样的控制是基于对自己此前小说的联想和比较之上的。比如在探寻"中张家巷"的名称由来时，她先是引用了小说中曾杜撰的"中吴家巷"的片段，随即又把这段想象与虚构拉回到现实，"——这就走得野豁豁了，写小说可以天马行空，但是现在在我笔下行走的是非虚构的文字，我不能想当然地再编一个什么中什么家巷出来"[2]。同样的手法还出现在了她对平江路香洲扇坊的造访之后，在联想起了自己在小说《城市片段》中的片段后，她似是猛然间惊醒："打住打住，思想再野出来，文字再飞出去，就离平江路更远了，我们还是回到平江路，回到平江路106号的香洲扇坊吧。"[3]这类笔触看似兴之所至、一泻千里，实则是"一步三回头"式的自省：在叙述主体之外分裂出一个"反思主体"，对笔下的非虚构文字与此前的虚构小说进行纵向与横向的比照。更具有代表性的即为作者在描述钮家巷3号的状元府纱帽厅时，大段地引述了小说《裤裆巷风流记》的片段，不但与她1985年第一次探访纱帽厅的旧时印象做出了勾连，还与《苏州名人故居》的介绍、潘家后人潘裕洽的自述文章形成对照，生动地展现了她对非虚构书写与小说创作的两大基石——生活真实与艺术真实的探索与认知。一些研究指出，"非虚

1　[美]马克·克雷默、温迪·考尔：《前言》，《怎样讲好一个故事》，王宇光等译，中国文史出版社2015年版，第Ⅷ页。
2　范小青：《家在古城》，江苏凤凰文艺出版社2022年版，第177页。
3　范小青：《家在古城》，江苏凤凰文艺出版社2022年版，第361页。

构只在忠于真实事件这一点上，与虚构文学形成异质分野。而在叙述手法的选择、经营，情节的营造，语言的优美诗性追求上，与虚构文学并无二致，这使其比单纯新闻和社会学、人类学文本更富于审美意境"[1]。但我们从范小青两幅笔墨的对比参照中显然可以得出不同的结论，即由于《家在古城》这样的非虚构作品容纳了大量的各色材料，并不断穿插出现夹叙夹议的声音，整个文本在语义系统上形成了细节丰茂、旁逸斜出的效果，各处（看似）闲笔让作品生发出枝枝蔓蔓、生机勃勃的态势，这种野蛮生长的劲头显然是小说这类"精致的瓮"所不具备的。

范小青曾自述《家在古城》的长度最终远超设想的15至20万字，"收不住了，写了35万字"[2]，而这种澎湃的激情洋溢在字里行间，自然与范小青此前以"静水深流"闻名的个人风格拉了差距。可以说，这正是范小青创作中令人敬畏之处。作为一个成熟的写作者，她从来没有停留在自己的舒适区，也没有忘乎所以地追赶时髦，而是始终在自省中前行。所以，与其说《家在古城》是一个非虚构文本，不如说是一个小说写作者探索非虚构的文本，而范小青的写作路径也并不能简单用"求新求变"来概括，她的每一段旅途都没有离开此前的个人写作谱系，其尝新或试错都带有鲜明的自省性。

二

在当下的一众城市传记中，《家在古城》凭借着其突出的"范式印记"显得颇为出挑。叶兆言的《南京传》以朝代为章，以两千年

---

1 杨联芬、李双：《当代非虚构写作的内涵及问题》，《中国当代文学研究》2023年第2期。
2 孔小平：《范小青：我的文字有苏州性格》，《扬子晚报》2022年9月27日。

前秣陵的一株小树苗展开回溯，从三国烽火、六朝金粉、南唐挽歌写到明清隆替、民国风云，通过为南京立史作传而远眺中国历史；邱华栋的《北京传》则通过不同时空下城市与历史、科技、文化的交织，记录了北京城数千年的变迁轨迹；相较而言，范小青《家在古城》的传记性、历史性并不典型，而是有意以古今交织、层累增殖的书写路径来重新进入她纠葛已久的姑苏情结。

《家在古城》有意以历史与当下彼此交织、来回穿梭的方式来展开古城长卷，叙述主体在历史性的回望和在场性的亲历之间频繁切换，通过往昔与今日的彼此对照、相互交融来探索古城保护的出路。作品甫一开篇，就阐明了其写作是一场"寻根"之旅，因为一部电视剧的热播而开始寻找一段私人的记忆："在写作《家在古城》的过程中，我找了很多人，找到了很多人，也想起了很多人，这种寻找，这样的想起，并不是在每个时段每个人身上都会发生的。感谢《家在古城》给了我寻找和思念的入口。"[1]作者引出了其寻找的终极目标——赋予我们历史滋养和文化浸润的"老家"："于是，沿着城市的天际线，我们回到了老家。""老家，就是苏州古城。"[2]范小青笔下的历史既包括苏州古城的历史、古城保护40年的历程和她个人的创作史，而她所写的当下也涵盖了小巷旧城的新貌、现代苏州人的生活世相以及她对于何为姑苏、何为家的新见。作者的脚步在新旧之间反复对照、来回腾挪，使得有关姑苏古城、有关家的语义不断堆叠与层累，并在交汇中进而增殖，形成了混响的艺术效果。比如作者在叙写双塔影园的故事时首先回顾了袁学澜的自述，由此遥想了

---

[1] 范小青：《家在古城》，江苏凤凰文艺出版社2022年版，第20页。
[2] 范小青：《家在古城》，江苏凤凰文艺出版社2022年版，第88页。

他当年在此课业子弟、写作诗词、汇聚朋友的日子，紧接着，她笔锋一转，开始记录史建华相隔两百年后重新修缮这一古宅的艰难经历，最后，坐在杏花春雨楼里的作者对着春意盎然、轩廊相对的园子似乎恍惚起来："坐在这里的，是我们自己呢，还是袁学澜和他的诗友呢？"又如作品所反复提及的状元府及其主人"贵潘"的传奇往事，除了在状元府对往事的追忆和对潘家后人的采访，作者还记录了潘家老太太于危难间守护国宝大盂鼎、大克鼎的经历，甚至在引述了一段《裤裆巷风流记》中对纱帽厅的描述后回顾起了自己的创作生涯：

> 我的第一步，好像就是从钮家巷3号开始的。在1985年以前，我创作小说的题材，多半是知青生活和大学生生活或者就是东一榔头西一棒。
>
> 那一天，我沿着钮家巷走过去，从此，就十分喜爱穿行在苏州的小巷老街，也没想到，这一走，竟然就不再想出来，即便是走了出来，也还是想着要回去的。[1]

这既是对自己四十年写作经历的一段回望，也是对其姑苏情结的重新思考和再次确认：曾经因缘际会地走了进去又不想出来，那是一段人生历程的起始，而如今走了出来却还要再回去，其观感与心态早已时过境迁。但这进进出出并不是翻天覆地的巨变与割裂，而是在同一个底本上的改写与拓印、解构与重组，如文中所援引的《伦敦传》名言"在遥远的过去就已经为今天的马路铺垫方向"。

---

[1] 范小青：《家在古城》，江苏凤凰文艺出版社2022年版，第138页。

而姑苏城又何尝不是如此，范小青在《家在古城》中意识到，这座千年古城的过去与将来也并不是断裂的，古城保护本身亦是一种层累和增殖的过程。当作者在双塔影园里感叹"从某种意义上说，修复了的，何止是一座双塔影园，是为我们追回失落的历史，重新撑起差一点倒塌了的精神支柱"[1]，她已然比《百日阳光》《城市表情》时期的范小青更进一步。她不再一遍遍地描摹传统市井生活与现代社会的矛盾冲突，也不再反复探索"如何对抗现代性对个性的侵蚀"这样的问题，而是借用阮仪三为平江历史街区定下的指导方针——"整旧如故，以存其真"，即延续过去的风貌和文脉，留住老百姓的身心和情感，使其在现代的时空下找到有机的结合方式，以此强调人与城、传统与现实的协调和共生。

这些变化在范小青对"井"的前后书写中可窥一斑。在三十余年前的短篇小说《蓬莱古井》里，范小青讲述了井这个旧事物在新时代遭受冷遇的故事。文管会在地名普查中找到了苏州著名的蓬莱古井，史志记载"此井常有幻景浮出，有吉祥之气"。但如今这个井被违章建筑盖成的小房子圈在里面，房主认为这只是一口没有什么价值的破井。而且，如果这口井真的是蓬莱古井、被认定为国家保护文物，那么房主和住户就会被动员拆房子，于是他们对此百般阻挠。最终，真正的蓬莱古井在另一条街上被发现，整个事情不了了之。小说中还穿插了一条年轻人宁愿去酒店工作也不想去文管局、认为那是抱死人骷髅头的副线。尽管整个小说以范小青当时典型的"零度"态度收尾，有意克制了主观性议论的抒发，也没有给出任何解决方案，但作者对苏州旧日时光的追忆、对传统在当时所受冷遇

---

[1] 范小青：《家在古城》，江苏凤凰文艺出版社2022年版，第188页。

的痛心是力透纸背、不言而喻的。在三十余年后的《家在古城》中，范小青再一次写到了水井这一姑苏的象征，其方式与心态均已隐然不同。她先是借"老平江"李永明的研究介绍了平江路地区水井的整体情况，然后引出了张英缨所组织的"古井文化宣传队党支部"，记叙了他们如何利用三年时间调查研究，再对这些进行数据分析，然后对街道上每一口井重新恢复、加盖、建立档案的过程，最终，这样的经验被推广到古城区的720口水井，使其得以全面修复。在追溯了这一段鲜为人知的"古井保卫战"后，范小青加入了一处闲笔，记叙了自己在平江路偶然间与一口古井相遇的故事，这口"万斛泉"静静地站在石子路上，却似有一股力量猛然间进入了她的生命，进而她因为这口井关注到了其所在的"和府捞面"，感叹道"我记住了'和府捞面'"。相比起《蓬莱古井》时期挽歌式的哀叹，如今的范小青因一口被修复善待的水井而记住一个快销品牌的名字，其对同一个问题的执着追问和解答方案的不断进化自在其中。

三

如何书写纷繁复杂、急剧变化的现实，这是每一个写作者伴其一生的困惑，这种困惑也许是技术性上的，比如当文坛出现一种新的文体——非虚构、新的主题——城市传记时，写作者该做出怎样的反应；但这种困惑更多的是历史的、社会的和文化的，即写作者的认识与情感如何适应日新月异的生活，并不断调整自己的步伐以重新找到安放之处。

在相当长的一段时间内，范小青被置于地域文化书写的框架中加以讨论，一些研究往往在细数其作品中的亭台楼阁、小巷石桥、评弹昆曲、吴侬软语后得出其创作脱胎于陆文夫所开创的苏味小说、执着于对吴文化的书写等结论。这样的判断显然是不够准确的。如王尧指出,"苏州作家写苏州自有许多相同之处,但差异其实是主要的。如果从文化身份来讲,陆文夫的主体是'文人',而范小青则是'知青'。所以,以阅读陆文夫的方式阅读范小青同样错位"[1]。更重要的是,所谓"地域文化特色"并不等同于地方风物、方言土语、地方文化传统等元素的叠加,而在于其地方性书写背后的思维方式、情感的反应方式以及在文化传统与现代文明之前所采取的价值呈现方式等,即周作人在《地方与文艺》中认为新文学"太抽象化了""只有一个单调",从而倡导的"自由地发表那从土里滋长出来的个性"[2]。

范小青的"从土里滋长出来的个性"自然与其姑苏情结相关,并经历了萌芽、发展和增殖的复杂过程,一路从挽歌式的留恋、冲突中的行进走到了整旧如故的共生,但自始至终没有离开"城与人"关系这一落脚点。在《家在古城》中,范小青再次重申了此前的观点,即人与城并不对立且不可分离。她以平江路的风貌保护和环境整治为例,强调人必须是改造中的第一要素,"人没有了,街区的氛围也就完全改变了。人在,鲜活的现实生活才在;人在,独特的文化气韵才在"[3]。她一度在小巷里流连忘返,因为"我一次次提醒自己要回到'故居',可是走了几步,又被'故人'吸引了"[4],她领悟到人与宅、城与人实在应当是密不可分的,让人联想起《说文解字》

---

[1] 王尧:《转型前后:阅读范小青》,《当代作家评论》2008年第1期。
[2] 周作人:《地方与文艺》,钟叔河编:《周作人散文全集》第3卷,广西师范大学出版社2009年版,第101—102页。
[3] 范小青:《家在古城》,江苏凤凰文艺出版社2022年版,第332页。
[4] 范小青:《家在古城》,江苏凤凰文艺出版社2022年版,第213页。

对"城"的解读,"城,以盛民也"。在此基础上,范小青更进一步认识到,城与人不但是相伴相随的,更是相生相长的,换言之,城与人彼此塑形、互为生命,城的性格即是人的性格。比如在"天下有学自吴郡始"中,她指出崇文重教不仅是苏州的城市风格和社会风尚,更是苏州人一以贯之的读书性格与人文精神。她先追溯了苏州由"蛮"转"文"的历史,然后重点叙写了范仲淹与苏州文庙的渊源,更从文庙的大成殿联想起过云楼这样的藏书阁以及如今遍布大街小巷的各类书店,由此说明城的性格、宅的性格与人的性格其实是浑然一体的。此外,范小青更再度提及了此前在小说中一再强调的"糯""韧"的苏州(人)性格,她期待着这种精卫填海、愚公移山的精神能让这座城与生活在其间的人们在当下的时空中找到新的平衡点,如鲍德里亚所说,"在以往的所有文明中,能够在一代一代人之后存在下来的是物,是经久不衰的工具或建筑物;而今天,看到物的产生、完善与消亡的却是我们自己"[1]。即我们已然告别了人靠物质来传递文明的过去,应当努力迈入人成为物质进化标尺的新时代。

  在对"人与城"关系问题的认识上,《家在古城》已至少处于范小青姑苏情结的第三个阶段了。她早在《裤裆巷风流记》时期便认识到,地理空间不仅仅是人安身立命的物质基础和空间所在,其在"有天地然后有万物,有万物然后有男女"之外,更是一个"人化"的文化空间。到了《城市表情》时期,范小青开始强调地理空间中"人化"的意义,即个体通过对这个空间的外在感知而形成自己的价

---

[1] [法]让·鲍德里亚:《消费社会》,刘成富、全志刚译,南京大学出版社2014年版,第2页。

值和理解,正是这些主观性和情感性的内容构成了其个体世界中最为重要的一部分意义。这与人文地理学的观点不谋而合,"地方不仅仅是地球上的一些地点,每一个地方代表的是一整套文化。它不仅表明你住在哪儿,你来自何方,而且说明你是谁"[1]。及至当下的《家在古城》,她开始强调人与地之间跨越千年的情感纽带,即所谓"恋地情结"。段义孚曾借用这个概念来阐释人与地是如何相依的,其重点在于人直接经验的生活世界和环境的社会建构,强调人性、人情、意义、价值和目的,关注人的终极命运,进而发现人类在生态整体中的定位以及人类与环境的本质关系。[2]这样的恋地情结实则与范小青所一贯关注的身份认同问题有关,人在现代城市与生活中的无所适从逐步演化为缺乏安全感和认同感的身份焦虑,如许纪霖所言,"传统社会是以实践为脉络,传统的血缘、地缘关系的根源无不再历史之中,个人的自我认同是在寻找历史的脉络感中实现的。相比之下,现代社会则更多地是以空间为核心"[3]。于是,如何寻找与认同自己的社会身份,成了范小青书写的一大主题。如果说范小青在此前的《灭籍记》中指出了身份的变化、失去和社会这个共同体与个人的压制是身份焦虑的核心原因,那么如今的她用《家在古城》开出了药方:一方面,书写城市的变迁即是书写城市与人共同的精神史与心灵史,其被内心的爱与尊重、依恋感和归属感所驱动,召唤着书写者通过脚下的文化依托区域去挖掘此间的人性与民族性,

---

[1] [英]迈克·克朗:《文化地理学》,杨淑华译,南京大学出版社2003年版,第131页。
[2] [美]段义孚:《恋地情结:对环境感知、态度和价值》,志丞、刘苏译,商务印书馆2018年版,第2页。
[3] 许纪霖:《大时代中的知识人》,中华书局2012年版,第126页。

于是，城市成了有情的空间，人所书写的亦是有情的历史；另一方面，在全球化、逆全球化、现代性、后现代性并存的复杂当下，人在混沌、模糊、分裂和不确定性面前无所适从，如何在这样的"无土时代"平衡恋地情结与城市化之间的脆弱关系，其对策即在于人的记忆、情感和价值。

纵观这一路变化，范小青确实称得上是一个积极拥抱现实的写作者，这不仅在于其关注点始终与社会重大问题同步共振，更在于她能在持续变化的"物"面前，不断寻求"词"的积极应对。此间的微妙变化说来容易，实则包含了漫长岁月的总结与反思，这其中既包括写作者对现实生活变化的敏锐捕捉，"所有这些变化，并不是我在很清醒的前提下实现的，恰恰相反，我只注重生活给我的感受，甚至可以说，生活要让我变，我不得不变"[1]，也包含了对这些变化背后问题的持续思考，"我写作的文化背景是传统文化和现代文化交织的一张网，我既生活在一个传统文化积淀深厚的古城，又习惯现代意识的思维"[2]。人常说，垦新地比种熟地容易，从这个意义上说，范小青的写作是在不断迎难而上的。当然，生活也馈赠她这样的自省者以丰硕的果实，在这经年的观察和思考中，范小青的个人风格不断被强化、塑形，显示出了别样的书写气象。

---

1 范小青：《变〈创作谈〉》，《山花》2006 年第 1 期。
2 范小青：《关于成长和写作》，《小说评论》2010 年第 5 期。

都市荒漠的守望者
——论潘向黎的小说创作

一

一直以来，潘向黎的小说都被认为是现代都市生活的真实写照，她笔下那些霓虹闪烁、流光溢彩的百货店橱窗，紧张忙碌、咖啡氤氲的白领生活，以及轻抹蔻丹、顾盼生辉的摩登女郎……共同构成了一派繁华质感的都市景象。尽管消费社会到来后，"频繁而致命的无聊与失望就接踵而来"[1]。但是潘向黎的创作却既非流连于物欲狂欢的"小资文学"，也不属于痛陈堕落、追思乡土的后现代写作。在她的小说世界里，都市的斑斓光影背后往往是一片情感荒瘠的沙漠，没有谜语的时代注定了悬念、余地和意义的缺席，如她在《我爱小王子》中所言："我们的人生一览无余，像无边无际的沙漠，没有方向，没有路标。"[2]外表是喧腾纵恣的都市生活，内核是沙漠般荒芜的世道人心，于是，钝感的神经如何恢复知觉，寡淡的人生又如何再起微澜，成了潘向黎一以贯之的写作起点。陌生人在不期然间产生了生命的交集、展开一段或长或短的旅程，这一类"萍水相逢"的

---

1 [德]齐奥尔特·西美尔：《时尚的哲学》，文化艺术出版社2001年版，第10页。
2 潘向黎：《我爱小王子》，《白水青菜》，山东文艺出版社2007年版，第39页。

故事是潘向黎小说中佳作频出的题材。在这个系列里，我们看到将身体的每一个角落都能体贴得细致入微的美容师与在商业社会中疲于奔命的女白领（《轻触微温》），身世坎坷的居酒屋老板娘与漂泊他乡的异国女郎（《他乡夜雨》），以及落寞而胆怯的中年男子与纯真又迷蒙的青春少女（《缅桂花》）……相遇双方本各自在苦涩的人生中渐渐窒息，却因缘际会地踏上了同一叶扁舟，他们借着碰擦出的微弱火花温暖了彼此孤寂的人生。

邂逅的故事在文学书写中并不新鲜，而潘向黎的独特之处即在于，她并不刻意渲染相遇的传奇性，也不试图将这段旅途引向何方，而是任其花开花落、缘聚缘散，她所关心的是在这无目的漂泊的扁舟上所吐露和挖掘的自我。《倾听夜色》中，两个自始至终不曾相见的陌生人因一个随手拨打的电话而相识，他们一个是"梦"，一个是"眠"，摆脱了白天嘈杂喧嚣的尘世，在深夜中通过倾诉与聆听走进了彼此的生活，更重新审视起自己早已麻木钝感的内心。他们聊红酒、聊樱花、聊人生，摘下了理性秩序下的沉重面具，翻检出死亡与背叛的尘封往事。当他们在电波两端彼此依靠，只觉得天地玄黄、宇宙洪荒的那一瞬间，便重新恢复了对感性的捕捉，恢复了作为"人"的生存经验。而当他们的情缘戛然而止时，好像什么都未曾改变，但又似乎一切都已然不同了，那空余下的一抹"斜晖脉脉水悠悠"的怅然成了人类整体精神困境的绝佳隐喻。

潘向黎的另一类拿手题材则是写围城内女性的"突发奇想"。人到中年的家庭女性忽然意识到"生活要有滋味"，也想要"作"一把。于是，为了在不堪的生活中寻求奇迹，就产生了围绕着一碗白水青菜汤的较量（《白水青菜》），摔倒后可以爬起亦可以躺下的感悟（《重重跌倒》），以及在圣诞节疯狂一场的奇遇（《奇迹乘着雪橇来》）。与大部分同类题材的小说所不同的是，潘向黎无意扛起大旗、振臂高呼"女性觉醒"，更不愿涕泪俱下地渲染都市女性在"家庭女"和"社会人"之间左右两难的尴尬处境，而是在一片雾蒙蒙的感伤中尝试着探索平庸生活的无限可能性。《满月同行》中，混沌的夜色看着女人踟蹰出走，既不欢欣鼓舞也不义愤填膺，而当女人浑浑噩噩地踏上了火车后，却得出了"人和日子，还要决一胜负"的感悟，因为至少"不知道期望什么，也还是可以期望的"，只要还有着梦想的能力，梦想总还是能再生长出来的。在潘向黎这里，"娜拉出走后怎么办"的百年难题既没有走向堕落，也并不指向回归家庭的惨淡生活，而是跳开了既有的框框，惊觉到"整个晚上都在昏昏的乱走，竟不知道天上一直有这么一轮月亮"。生活中并不缺少美，而是缺少发现美的眼睛。这一轮平庸生活中不曾注意到的清辉指向了"突发奇想"后的诗意回归，成了一声意味深长的咏叹。

二

及至 2009 年潘向黎写就长篇小说《穿心莲》时，则又是另一派景致。这部脱胎于其早期中篇小说《弥城》的作品在延续了作者呼唤钝感恢复的主题之外，更进一步阐释了对"爱与自由"现代精神的追求，其古典诗意的美学趣味也在文本中得以彰显。

小说以女作家深蓝的情感历程为主线，讲述了都市人对情感的再挖掘。深蓝本以为"人生的许多感情，就像去掉了莲心的穿心莲子，你可以一直珍藏着，但不能指望它真的发芽"。但在一段刻骨铭心的婚外恋情后，她惊觉即使是穿心的莲子，有朝一日也能抽出碧绿的叶子。然而，潘向黎并无意以"冒天下之大不韪"的乖张姿态触犯道德的禁锢，也无意以逡巡自恋的感伤叙述让读者掬一把泪，而是由情及人乃至人生。小说前半部分通过两个内置文本——深蓝为时尚杂志所写的连载小说《等红灯时谁在微笑》《白石清泉公寓》与正文中深蓝百无聊赖的生活相呼应,以互文的手法阐释了现代人在生存困境前的可能选择。被忙碌而市侩的生活消磨得"重症爱无力"的男女们,在各种人情世故中被过早催熟的年轻人们,以及在消费社会中蝇营狗苟的都市人生、芸芸众生中,人们"什么也没干,什么也干不成,只是活着",只有磨掉浑身的棱角、穿上厚厚的铠甲,才能以"哀莫大于心死"的策略来躲避痛苦的来袭。然而,"生老病死都不能掌控,而爱和死一样突兀","笨女人"的死让整个文本急转直下,《白石清泉公寓》迎来了废墟上的相逢,深蓝的人生也因漆玄青的出现而重新恢复了对爱的感知能力。

"废墟上的重建"几乎成为一个贯穿文本始终的隐喻,它在《白石清泉公寓》结局里两人不期然的相逢中,在深蓝观看完日出后"旧的我死去""只觉得自己通体透明,好像刚刚出生的婴儿"的新生中,更在深蓝那一个"轰隆"一声长出大树的梦境里。这个"新生"的主题呼唤的是对"爱与自由"的坚守——还相信爱情作为人生的价值,相信温暖的阳光能穿透黑暗阴冷的现实人生,相信埋葬了一部分自己后还能在血泪中迎来凤凰涅槃……这穿心的莲子或许是不伦的恋情,或许是重逢的老友,又或许是陌生的际遇,它们的骤然发芽唤醒了被理性秩序规训到麻木的现代人。小说绕开了道德命题的无止境纠缠,进入了对现代人心态的感悟与揭示之中。

尽管以《穿心莲》为代表的一大批潘向黎作品都在反复诉说着对"爱"与"自由"这一现代精神的追求,但与之相映成趣的是,潘向黎的作品具有极为鲜明的古典诗意。她的小说具有温润、婉约与轻盈的诗意特质,感伤而不沉重、浪漫而不滥情,其节制而内省的美学追求在《穿心莲》首尾呼应的那树"无心的璀璨"的梨花中得以彰显。

> 漫无目的地乱走,突然一抬头,一树梨花。我想到了一个词:璀璨。真是璀璨,好像是用银子碾得薄薄的做出来的,上面还有月光照着。但是这么耀眼确实无心的,所以毫不做作,自在得很。不由得呆了起来。站久了,居然看到几瓣飘了下来,像绝色女子在静夜无人时的一声叹息,不要人听见,但若听见了就不能忘记。

> 那种光线,那种湿度,那种微微的明艳和茫茫的惆怅,有一个现成的名字,叫做春阴。春阴,真是好听。本来那么俗气的"春",加上一个"阴"字,顿时就变了一副模样,有了七分婉约姿色,还有三分让人揣想的气质。[1]

这种自由而明媚却又带着茫茫惆怅的美可谓潘向黎美学趣味的最佳写照,它半盛半颓、含蓄委婉,所追求的是无心的惊艳与张弛的平衡。它是绣花鞋被濡湿后带着雨意更滋润鲜活的五彩花样(《穿心莲》),它是缥缈水月中若有如无、萦绕心头的馥郁花香(《缅桂花》),它也是阅尽千帆、淡去人生悲喜的谢秋娘(《永远的谢秋娘》)。这种审美趣味的终极体现即在那一碗白水青菜汤——看似平平无奇,实则大有乾坤,讲工夫,重火候,才酿就这一碗不动声色的张力之美。

---

[1] 潘向黎:《穿心莲》,人民文学出版社2010年版,第2页。

三

事实上,"讲故事"从来就不是潘向黎的特长。她的小说几乎局限于某几类故事——追爱的独立女性,挣扎的三角关系,以及如梦似幻的邂逅……这些主题在其早期作品中就已初露端倪。从《恋人日记》到《秋天如此辽阔》,从《告别蔷薇》到《最后一次无辜》,这些洋溢着少女气质的作品都以哀婉动人的笔调描写了成长时期的懵懂与伤痛,异国情缘的迷蒙与痛苦,属于典型的"以情感人"的创作。正如作者自己所言,她曾经的写作理想即为"欲天下哭则哭,欲天下歌则歌"[1]。这类纯粹而清丽的作品虽能以真挚的少女情怀动人心弦,但也难免因作者全身心地发力而落下"无法抽身"的后遗症,并进而因题材的同质性而落入陈旧和俗套。

可以说,以《无梦相随》《小妖》为代表的"女白领系列"使潘向黎的创作进入了转型期,故事节奏加快,也更接地气,写得"好看"起来。难能可贵的是,当她转而以"生活的旁观者"出现时,其创作便平添了一份不流于骄矜和造作的世俗味。更令人惊喜的是,她既不全景俯瞰式地描摹上海的老弄堂、石库门,也不饶有意味地怀想明日黄花的"老克勒"生活,却通过了流转于百货商场、写字楼、咖啡厅的女白领生活,在不经意间营造出了浓郁的上海味道。《一路芬芳》中,李思锦身上的香水味随着故事的前行从辛辣的姜味变成了甜腻的草莓味,最终停留在了沁人的花香,一路铺垫了她的心路历程,将这个百转千回之中"那人却在、灯火阑珊处"的故事衬托得精致而传奇。《女上司》则通过两个女人从"凌厉的女上司与讨好她的女下属"到"刹那间惺惺相惜的朋友",再到"无阵之阵中

---

[1] 潘向黎:《我不识见曾梦见》,《白水青菜》,山东文艺出版社2007年版,第3页。

的假想敌"的关系变化,以饭桌上剑拔弩张的错位碰擦展现出了都市白领女性的真实心理状态。尽管潘向黎所讲的故事大多并不新鲜,但她确实能绘声绘色地把那些看似老套的故事写得让人感觉似曾相识却又浑然不同,其原因即在于她实在是一个以情思见长的写作者。即便其创作风格鲜有变化,小说主题也趋于稳定,甚至不擅长讲述故事,但潘向黎无疑是一个能"抓住读者"的书写者。一方面,她的小说在波澜不惊的平静水面下蕴藏着丝丝的自嘲与无奈,常常在细微处妙语连珠,引起读者尤其是女性读者的强烈共鸣。比如"女人一生都需要安全感和在爱中失去重心飘落的感觉,只不过她们通常是交替出现在不同的阶段"(《倾听夜色》),比如"她只好微笑了,这微笑像一朵千瓣的莲花,开在夜的水面上,一瓣是责备,一瓣是怜惜,一瓣是无奈,一瓣是迷茫,一瓣是苦涩,又一瓣是感动"(《绯闻》)。另一方面,潘向黎是文坛中少见的纯粹的爱情书写者,这与她一贯注重也擅长描写心理变化、感性经验与过程本身有关。她的小说往往为写爱情而写爱情,无所谓从哪来,更不求往哪去,以极为真实、细腻的口吻来讲述无数个细微处见真章的瞬间——爱情初来乍到的欢喜与心悸,离去的无力与苦痛,以及追思的憧憬与惆怅。在她的世界里,爱情不再是思辨言说的手段,也不再是为宏大叙事作喻的傀儡,而是现代社会中每一个红尘男女的人性深处,你我他真真切切的情感体验。所以,她笔下的爱情更为贴近爱情本身,更细腻、更微妙,也就更纯粹、更动人。

潘向黎曾在短篇小说集《无梦相随》的后记中坦言自己不愿被归入"新市民小说"[1]。确实,她不属于哪一派,也无意于自成一派。

---

[1] 潘向黎:《无梦相随》,上海书店出版社1998年版,第269页。

她的写作不践行什么深奥的理想、玄虚的实验，所以不属于传统意义上的"学院派"写作，但也并非以离奇的故事或几句俏皮话来博人一笑的"快餐文学"。她笔耕不辍地写了二十余年都市女性的故事，却从不以"女性主义作家"或"我不是女性主义者"的姿态出现——对她而言，被认为是什么并不重要，重要的是她是什么。她与任何时髦的"主义"没有也不想有关系，她不赶任何潮流，也不会被任何潮流卷走。如果一定要说她相信着什么"主义"，毋宁说，她信仰的就是真善美。但当她贴不上任何标签的时候，也许其本身就成了某一个标签。当读者能被她的轻盈和执着打动，于当下快速到麻木的都市生活中感到一丝未泯的希望，在心头栽上一棵郁郁葱葱的大树，或许午夜梦回时分再开上一树璀璨的梨花，这不就足够了吗？

救赎如何可能
——"女知青回城"题材的书写景象

一

在新时期文学的书写脉络中,十年"文革"是最直接也最重要的历史文化传统。其中,知青题材不仅涉及以"五七作家群"为代表的一大批作家的身份认同与个体经历,更触及"青年"这一书写母题,成为新时期文学中的一大书写景观。

及至"文革"后期,当年热烈响应毛泽东"广阔天地,大有作为"[1]的一大批下乡知青已被残酷的现实和渺茫的前途惊醒,满腔热血化作昂首盼回城的煎熬与苦涩。于是,围绕着"知青回城"展现了几个书写方向。有的着力表现等待回城的辛酸与无奈,营造出为时代民族牺牲青春的自我崇高感,80年代的文本如徐乃建的《"杨柏"的污染》和叶辛的《我们这一代的年轻人》;有的则剥去知青的华丽外衣,揭露了他们为回城不择手段、尔虞我诈的丑陋面目,90年代的文本如王明皓的《快刀》和刘醒龙的《大树还小》;还有大量的"伤痕文学"作品以触目惊心、痛心疾首的姿态书写了手无缚鸡

1《人民日报》社论,1968年12月22日。

之力、家无半点关系的女知青为回城而被迫"献身"的苦难故事,其中,竹林创作于1979年的《生活的路》[1]可谓代表之作。

小说中的女知青娟娟在大队党支书崔海赢的威逼利诱下,背叛了善良正直的老支书,卷入了偷换公有财产的阴谋中,并进而为回城而委身于崔海赢。故事的最后,以身体换来招生登记表的娟娟因怀孕而丧失了回城机会,在重重打击下走上了绝路。小说展现了女性无奈辛酸的心路历程,刻画了胁迫方道貌岸然嘴脸下的险恶用心……《生活的路》从故事情节到思想内涵都代表了当时这一题材普遍的书写模式与思考深度。

突出男性的伪善与胁迫,渲染女性的幼稚与软弱是这一类文本普遍采用的书写策略。正如当时一篇对《生活的路》的代表性研究论文所指出的,"娟娟的年青而短促的一生是一场悲剧。不用讳言,她是一个被邪恶势力迫害致死的悲剧人物"。而悲剧原因在于"娟娟那么年青、纯真,缺乏生活经验和斗争阅历,很缺乏对付这种邪恶势力的防御能力和清醒头脑"以及崔海赢这个"戴着伪善的面具的两面派""革命队伍里的蛀虫"。[2] 这种采用两相对比,以男性之恶与强反衬女性之善与弱的"脸谱化"书写方法实则仍是"样板戏"文艺思路的延续,虽能以字字血泪、凄惨悲怆的力量给读者以强烈的情感冲击,但也不出意料地落入"少数坏人迫害好人"、契合大众审美趣味与宣泄需求[3]的窠臼。

---

[1] 竹林:《生活的路》,人民文学出版社1979年版。
[2] 王云缦:《知识青年问题应该得到真实反映——读〈生活的路〉》,《读书》1980年第1期。
[3] 许子东:《为了忘却的集体记忆:解读50篇"文革"小说》,生活·读书·新知三联书店2000年版,第168页。

这一自1942年《讲话》奠定的延安文艺模式延续至"女知青回城"书写，已逐步走向极端。反面人物往往甫一出场，其丑恶本性就已昭然若揭。如在《飞天》[1]中，谢政委初遇飞天就"边说边打量飞天"，"两眼还是盯着飞天，又问出了什么事"，并忙不迭地伸出魔爪，表示"要是回家确实有困难，可以到部队当兵嘛"。而正面人物则愈发孱弱无力、渺小可怜，个人的有限性和无奈感被渲染得无以复加。如在《生活的路》中，娟娟对崔海嬴的屈从不单是因为"招生登记表还在崔海嬴的手里，怎么能就这样得罪了他啊"，而且"生活教会了她，使她认识到，无论是谁，纵有天大的本事，就是想在这偏僻的小山沟里，掀起一个浪头的话，不借助社会上的风，也是无济于事的"。

然而，女知青何以回不了城？为回城而献身的逻辑从何而来？如果说，这种权色交易确是通往回城的有效路径，那么，受过良好教育的知识女青年们又如何体认乃至认同这一逻辑的存在？以《生活的路》为代表的一大批"伤痕文学"作品都没有做出进一步思考与探寻。

这些作品中的男主人公不但都外表猥琐、无耻狡诈，他们往往还有另一重共同身份——"干部"。无论是《飞天》中的"政委"、《生活的路》中的"大队党支部书记"，还是《天浴》中的"场部的人"、《岗上的世纪》中的"小队长"，男主人公都纷纷利用主流意识形态所赋予自己的官方身份（及所代表的特权），在知青返城的浪潮中换取垂涎已久的女性身体，满足以肉欲为旨归的男权需求。

在这一场场权色交易中，男权话语体系如何与主流话语体系合

---

1 刘克：《飞天》，《十月》1979年第3期。

谋并攫取利益？而女性又如何对此产生认同？作者们往往视而不见或避而不谈，似乎这一逻辑是与生俱来、不证自明的。他们有意无意地放弃了拷问与探寻，将这一题材置于"少数坏人迫害好人"的道德二元对立逻辑下，以突出个人道德善恶的策略掩盖其背后深重的政治话语乃至社会现实问题。所以，这也从一个侧面说明了尽管"伤痕文学"具有动人心弦的力量，使人读之潸然泪下，但也仅能止步于此。这种停留在对"革命队伍"中的"个别坏分子"做出控诉与批判的思维使作者往往囿于对具体个人的道德审判，落脚在一己的情感宣泄上，因此缺乏对"人"的深层反思，遑论女性视角的开拓与挖掘、对社会政治的反思与质疑。如果说，这些文本以切肤之痛所揭示出的女知青凄惨遭遇多少触到了五四"发现人""尊重人"的"人的文学"的精神传统，那么，其反思力量与问题意识的缺失也决定了其难以回到"五四"的起跑线上。于是，对于这些"失足女性"何去何从、她们的救赎如何可能，这些"伤痕文学"作品也往往给不出一个答案。若干年后，一些作品开始走出这一思维困境，尝试着做出探索与解答，典型代表即是严歌苓的《天浴》与王安忆的《岗上的世纪》，尽管二者的路径与指向截然不同。

二

因怀孕而回城无望的娟娟失去了人生的方向，"她在心里大声责问：起伏的丘陵呀，绿色的青纱帐呀，我的路哪里呢？生活为什么这样的不公道呢"，并一步步走向了河流深处。从表面上看，女知青回城心切，在献身干部后仍夙愿难偿，继而自绝于世，《天浴》[1]中的文秀仿佛是草原上的另一个娟娟。然而，严歌苓摒弃了对女知青挣

---

[1] 严歌苓：《天浴》，九歌出版社1998年版。

扎心路的渲染和对男干部以权相逼的批判，转而着眼于展现文秀对权色交易逻辑的认同过程，从而挣脱了对个人进行道德审判的枷锁，进入了对大时代背景的揭露与反思。对于推动自己命运前行的真正原因是什么，文秀经历了一个从蒙昧到认知乃至觉醒的过程。起初，她将这原因归结于老金个人——他对她的偶然选择，"文秀仍是仇恨老金，要不是老金捡上她，她就伙着几百知青留在奶粉加工厂了"。她一片赤诚地相信着场部对她的允诺，"六个月了嘛，说好六个月我就能回场部的！今天刚好一百八十天——我数到过的"。"你说他们今天会不会来接我回场部？"场部来接她的人久候不至，却等来了真相，"从半年前，军马场的知青就开始返城了"——她被主流意识形态有意无意地欺骗或遗忘了。

  供销员的出现助推了文秀的"觉醒"，使她意识到自己被主流话语欺骗了的命运。1968年12月22日，毛泽东发出"知识青年上山下乡"的号召，原因是"接受贫下中农再教育很有必要"[1]。三天后，《人民日报》社论更将上山下乡运动升格为重大政治思想问题，"愿意不愿意上山下乡，走不走与工农相结合的道路，是忠不忠于毛主席革命路线的大问题"[2]。

  当然，对这一事实的认知与反思并不在书写范围内，但《天浴》至少已经跳出了对供销员、场部干部的个人道德审判。意识到被主流意识形态欺骗、遗忘的文秀开始奋起反抗她逐步滑向边缘的命运。"逛过天下"的转业军人带来了真相（尽管这真相同样值得怀疑），"先走的是家里有靠山的，后走的是在场部人缘好的，女知青走得差

---

[1]《人民日报》社论，1968年12月22日。
[2]《人民日报》社论，1968年12月25日。

不多了,女知青们个个都有个好人缘在场部"。文秀自知"娘老子帮不上她",所以"只有靠她自己打门路"。在这个"关系"社会里,没有天然的家庭关系,则唯有靠创造肉体关系——身体是唯一的资本。至此,文本逻辑被完整清晰地展现出来,这是一场以男权话语的牺牲品换取主流意识形态关注与垂青的权色交易。

与大量伤痕文学作品反复渲染女知青献身时踟蹰、苦痛的心理不同,《天浴》中的文秀对"靠身体回城"这一潜规则并没有表现出太多抵触情绪。对于性,她似乎有着天然的淡化态度,持有一种十分奇特的"还原"思维。

> 到马场没多久,几个人在她身上摸过,都是学上马下马的时候。过后文秀自己也悄悄摸一下,好像自己这一来,东西便还了原。

这种"还原"思维一直延伸到她进入权色交易之后。在主流话语的背叛和无情现实的挤压之下,她几乎是逆来顺受甚或心甘情愿地投身其中。在第一次被供销员引诱后,她的反应是掏出获赠的苹果,"笑一下。开始'咔嚓咔嚓'啃那只苹果",进而感叹"'我太晚了——那些女知青几年前就这样在场部打开门路,现在她们在成都工作都找到了,想想嘛,一个女娃儿,莫得钱,莫得势,还不就剩这点老本?'她说着两只眼皮往上一撩,天经地义得很"。文秀的特殊之处只在于她坚持"洗",从第一次被玷污后"她不洗过不得,尤其今天",并"走得很远,把那盆水泼出去",到最后遗体被老金放进水池中,"她合着眼,身体在浓白的水雾中像寺庙壁画中的仙子"。研究者普遍认为,"水"被严歌苓赋予了荡涤罪恶、漂洗灵魂的救赎意味。[1]确实，于文秀而言，"洗"或"水"是另一种"还原"的方式，她相信水能使自己的身体乃至灵魂从肮脏的权色交易中"还原"。

然而，与其说作者试图以"水"为救赎途径荡涤时代的罪恶，不如说，严歌苓将希望寄托在了以"水"为象征的自然力量上。这自然不但蕴含了"水"所象征的原始、纯粹与生生不息的坚韧，更直接以游牧文明为具体指向。

在已有的研究论述中，老金往往是一个被忽略的人物。其实，不论是在文本的着墨篇幅，还是在推进故事逻辑的前进力量中，老金都是一个与文秀不分伯仲的重要存在。他的善良、敦厚、粗犷、纯真反衬了现实政治世界的丑恶、污浊、矫饰、龌龊，表现了作者对游牧文明的向往与寄托。小说中，文秀虽然痛恨老金，但却很爱他的歌声。

> 有时她恨起来：恨跟老金同放马，同住一个帐篷，她就巴望老金死，歌别死。实在不死，她就走；老金别跟她走，光歌跟她走。

这个大草原上"有时像马哭，有时像羊笑"的声音浑然天成、发乎真心地"唱他自己的心事和梦"，文秀觉得这没有丝毫目的性的歌唱远胜于锣鼓喧天的政治话语宣传，"比场部大喇叭里唱得好过两条街去"。从千方百计、不辞辛苦地从远方为文秀弄水洗澡，到最后

---

[1] 胡辙：《撕裂与重构——严歌苓〈天浴〉解析》，《江西广播电视大学学报》2007年第2期。

在文秀的要求下开枪打死了她，老金始终以"文秀的帮助者"这一身份存在，作者企图依赖他所代表的游牧文明，以其纯净、本真的原始力量为浊世中的文秀们寻找一条救赎之路。

只不过，如同老金被阉割的身体所隐喻的，作者自己都已意识到，她所向往的游牧文明早已是一个失根的时代，它于丑陋肮脏的时代环境中早已回天乏术。文秀的"还原"法很快就不管用了，断水数天后，"老金见她两眼红艳艳的，眼珠上是血团网。他还嗅到她身上一股不可思议的气味。如此的断水使她没了最后的尊严和理性"。

事实上，以"水""歌声"所代表的游牧文明为救赎途径非但注定是无效的，其对"尊严""理性"这些现代文明所倡导的价值（虽则在那个年代早已被压抑为无声的存在）的救赎本身就是一个大大的悖谬。严歌苓在对山林草原的想象中构筑起一个文字的乌托邦，企图凭借原始之力荡涤现代文明的罪恶，同时保留其所倡导的"理性""尊严"等"进步"价值观念，这样的愿景显然只是一场痴人说梦。

意识到此路不通的作者进退维谷，只能重回道德审判的旧地。在文本之初的文秀看来，老金不过是一头牲畜，他会"低低地吼"，"还有种牲畜般的温存"。很快，这一根据文明程度区分"牲畜"与"人"的标准随着文秀的献身而急转直下，"文秀'忽'地一下蹲到他面前，大衣下摆被架空，能露不能露的都露出来。似乎在牲口面前，人没什么不能露的，人的廉耻是多余的"。"廉耻"成了新的判断标准，因主动献身而失去廉耻的文秀才更像是一头牲畜。在文本结束的高潮部分，开枪打死文秀的老金将脱净了的文秀放进水池，然后选择了自尽。此时，他"仔细看一眼不齐全的自己，又看看安静的文秀"，"老金感到自己是齐全的"。通过救赎文秀、坚守人性美而在自己不齐全的身体中感到了齐全的老金进一步将作者的道德判断立场揭示得淋漓尽致。

对于文秀与老金的双双死去，现有对《天浴》的解读基本将其视为"在死亡中获得重生与超越"[1]。其实，与其说寻找不到出路的文秀选择了死亡，不如说，找不到救赎力量的严歌苓只能让这一切走向毁灭。这一场无出路救赎的毁灭看似悲壮而唯美，实则隐含了作者给不出答案的无奈，落入了在道德控诉后"白茫茫一片真干净"的虚无之中。至此，曾想以展现权色交易逻辑、将救赎之路寄希望于游牧文明的严歌苓不但重回道德评判的泥地，更使整个文本落入了虚无之中，尽管这比控诉个人道德败坏的"伤痕文学"作品已高明不少。

三

同样是重生，严歌苓借"旧皮褪去，新肉长出"反讽了文秀"由人转向牲畜"的堕落；而在王安忆的《岗上的世纪》[2]中，同为回城而献身的女知青李小琴则获得了"创世"般的真正新生。

《天浴》中的文秀对造成自己"有城回不得"的原因有一个由懵懂逐渐清醒的过程，《岗上的世纪》中的李小琴则是自文本伊始就意识到自己正被主流意识形态逐步边缘化的境地。第一次招工挨不上她，眼见着第二次招工依然很可能又没有自己的份，在此情形下，尽管"李小琴有些着急"，但她自始至终都不曾相信过主流意识形态那些冠冕堂皇的话语。即便她劳动好，"做什么事都有个利索劲"，

---

1 王君：《论严歌苓小说中的女性生命创伤主题》，扬州大学硕士毕业论文，2007年。
2 王安忆：《岗上的世纪》，《钟山》1989年第1期。

比姓杨的学生更得全村乡亲们的赏识,但她深知这并不能成为赢得招工名额的理由,要想回城,只能另辟蹊径。她想,"她没有姓王的后台和能量,也没有姓杨的权宜之计,可是她想:我比她俩长得都好。这使她很骄傲"。既然没有后台,也想不出别人的权宜之计,那只有靠自己的身体。李小琴对权色交易逻辑的体认与认同一览无遗。

相较于文秀的"还原"思维,李小琴对"性"的淡化态度则更为彻底,大有颠覆"伤痕文学"女主人公的态势。于她而言,性就是回城的筹码,且现实情况愈是紧迫,她对自己身体的利用意图就愈发强烈。权色交易的逻辑在招工日期的日益逼近下被逐渐强化。在她最初与杨绪国你来我往的调情挑逗中,目的性已十分明确,"李小琴想:可别弄巧成拙了"。"不料杨绪国心里也在想同样的话,不过换了一种说法,叫作:可别吃不着羊肉,反惹一身膻。"一个想得到回城的"巧",一个不想惹付出代价的"膻",两人虚虚实实、你进我退地展开了一场围绕回城和情欲的拉锯战。她很明确,这个小乡村"再好我也不稀罕",于是,被几番挑逗后仍按兵不动的杨绪国使得"她心里十分发愁,不知道下一步该怎么办。该做的她都已经做到,如今已黔驴技穷了"。在某日回城探亲时,"李小琴看见城里一片热腾腾的气象,又敏感地发现城里女孩的穿戴又有了微妙的变化,心里窝了一团火似的,很焦急又很兴奋"。联想到即将与杨绪国一起返回大杨庄,"她隐隐地感觉到这是一个很好又很难得的机会,如果错过就不会再有了"。而当她终于成功献身后,面对杨绪国闪烁其词的"我们研究研究","李小琴心想,'不能叫他那么便宜了!'"王安忆将性与回城等价交换的过程交代得清晰明朗。

对于权色交易中的李小琴,王安忆不但不渲染、暗示其所受的身心巨创,更反其道而行之,写出了一个在努力利用身体中享受此过程,甚至欢乐得将这"身体经济学"抛诸脑后的"异类"女性。李小琴与杨绪国抱着互相利用的目的走到了一起,却在性与回城的较量中升华出一个美丽新世界。在两人逐步深入的性关系中,王安忆渐渐抹去了"小队长""学生"的称呼,而只以"男人""女人"代之。作者不仅以两人纯粹的性爱洗去了权色交易的肮脏丑陋,回击了对其做出道德判断的文本策略,更将其做为一条救赎道路,指向了对个体人生自我意义的追寻和发现。当娟娟们还在思索、犹疑这样的付出是否正确时,李小琴反复思考着的却是"人活着有什么意思"这一终极问题。

第一次思考发生在她得知招工快要开始之时,想到自己对杨绪国的征服尚未成功,"她心里如一团乱麻似的,无头无绪地站在桥头。日头斜斜地照了桥下,金黄金黄的一条干河,车马在金光里游动,她不由颓唐地想道:一切都没有什么意思"。彼时的她认为,招工、回城才是人生的意义所在,即使以身体交换,她也在所不惜。然而最终还是"弄巧成拙"了的她既没有将错就错地就此利用为回城的机会,也没有进入道德层面的悔恨与反思。而是以自我放逐的方式,在偏远贫穷的小岗上重新思考起人生的意义。

> 她直愣愣地望着井底下的自己,又想哭,又想笑。她对自己说"喂",声音就轻轻地在井壁上碰出回声。"你这是在哪呀?"她心里问道,就好像有回声从井下传上来:"你这是在哪呀!"她静静地望了半天,才叹了口气,直起身子,满满的将一挑水挑了回去。
>
> 等她慢慢地睁开眼睛,屋里已经黑了,一滴眼泪从她的眼

角慢慢地流下,她想:我从此就在这地方了。心里静静地,却没有半点悲哀。她又想:人活着,算个什么事呢?……她忘了那小孩的腮帮一鼓一鼓,断然想道:人活着,是没有一点意思的。

她的反思以无所谓回城、无所谓道德的姿态越过了对权色交易道德与否的无止境纠葛,直抵"性"所指向的个体存在意义。通过性,她摸索到了真实存在的自我,找到了救赎的不二法门。

1989年的王安忆通过李小琴反问人生的意义,李小琴的迷茫使人联想到始于9年前的"潘晓来信"事件。时维1980年,《中国青年》发表了署名潘晓的《人生的路啊,怎么越走越窄……》,"为了寻求人生意义的答案,我观察着人们","可没有一个答案使我满意。有许多人劝我何必苦思冥想,说,活着就是活着,许多人不明白它,不照样活得挺好吗?"[1]这封诉说人生苦难、无路可走的来信引发了对"人生的意义究竟是什么"的全国性大讨论。有的人认为"人活着是为了使别人更美好",有的人主张"主观为社会,客观成就我",作者之一的黄晓菊则认为"我们不能因为社会上存在着垃圾就像苍蝇那样活着"。在主流意识形态的压力下,《中国青年》编辑部匆匆偃旗息鼓,以"人生的真谛在于创造""人应该在实现整体中去实现个体"[2]宣布讨论就此结束。王安忆笔下的李小琴却选择了背道而驰的道路,她在潘晓认为走不出的死胡同——"思想长河起于无私的念头而终以自我为归宿"里发现了出口。她对身体的体认和感觉是如

---

[1] 潘晓:《人生的路啊,怎么越走越窄……》,《中国青年》1980年第5期。
[2]《六万颗心的回响》,《中国青年》1980年第12期。

此真切而强烈,以至于甩开了"回城""前途"等政治包袱,在自我放逐中走向了自我放纵,寻找到了"人活着的意思"。

> 她是那么无忧无虑,似乎从来不曾发生过什么,将来也不会再发生什么。她的生命变成了没有过去也没有将来的一个瞬间。……她心里没有爱也没有恨,恨和爱变得那样的无聊,早被她远远地抛掷一边。

同样走出"性关系捆绑权力关系"的杨绪国也重获了新生。

> 她就像他的活命草似的,和她经历了那么些个夜晚以后,他的肋骨间竟然滋长了新肉,他的焦枯的皮肤有了润滑的光泽,他的坏血牙龈渐渐转成了健康的肉色,甚至他嘴里那股腐臭也逐渐地消失了。他觉得自己重新地活了一次人似的。
>
> 他的身体在刹那间"滋滋"地长出了坚韧的肌肉,肌肉在皮肤底下轰隆隆地雷声般地滚动。他的皮肤渐渐明亮,茁壮的汗珠闪烁着纯洁的光芒。

他们逃离了性关系与权力关系捆绑的羁绊,通过性的救赎道路发现了自我个体的生命本真,生命只存在于自我体认的那一"瞬间","这快乐抵过了一切对生的渴望与对死的畏惧","在那涌澎湃的一刹那间,他们开创了一个极乐的世纪"。

李小琴与杨绪国开创的七天七夜不但戏仿了《圣经》中的"创世记",更以一种看似情何以堪的方式找到了双方获得救赎的有效途径。同为七天七夜的极致欢乐,阎连科以个体"人"的发现颠覆了

"集体"话语的规训,以性关系的反讽解构了看似冠冕堂皇的权力关系。王安忆则打破了"性权力常常是政治权力的隐喻"[1]的惯例,从根本上放弃了性关系与权力关系相连的预设,在性关系中发现自我,凸现了大写的"人"的存在。至于李小琴何去何从,这场不成功的交易如何收场,王安忆并没有给出答案,但也早已不需要答案。李小琴已然找到了"自我"这个新天地,这也就是王安忆的书写目的所在。正如周介人对王安忆的评价,"她对重大的社会政治、经济问题或许还无力去把握,然而,她不遗余力地控求着人的价值、人的追求、人的心灵美等一些为当代青年所共同关心的问题。"[2]

四

同为女知青回城,竹林选择了评判个人道德的立足点,以涕泪俱下的方式使读者为之动容。严歌苓在游牧文明价值取向的失败后,重新回到了道德评判的领域,如她本人坦言,写作《天浴》的时候"仍有控诉的力量"[3]。王安忆选择了关注个体存在意义与审美生存方式,关注曾经"被艰难的生计掩住了"的具有艺术特质的"形式",进入纯粹的自我世界。

尽管,"文人只须老老实实生活着,然后,如果他是个文人,他自然会把他想到的一切写出来。他写所能够写的,无所谓应当"[4],但竹林、严歌苓、王安忆在"女知青回城"题材上所呈现出的不同

---

[1] 李杨:《重返"新时期文学"的意义》,《文艺研究》2005年第1期。
[2] 周介人:《失落与追寻——读王安忆短篇小说集〈雨,沙沙沙〉札记》,《文艺报》1982年第6期。
[3] 严歌苓:《小说源于我创伤性的记忆》,《新京报》2006年4月29日。
[4] 张爱玲:《论写作》,《流言·张爱玲集》,北京十月文艺出版社2006年版。

书写景观还是让人联想起米兰·昆德拉《被背叛的遗嘱》中"道德审判被悬置的疆域":

> 悬置道德审判并非小说的不道德,而是它的道德。这道德与那种从一开始就审判,没完没了地审判,对所有人全都审判,不分青红皂白地先审判了再说的难以根除的人类实践是泾渭分明的。如此热衷于审判的随意应用,从小说智慧的角度来看是最可憎的愚蠢,是流毒最广的毛病。这并不是说,小说家绝对的否认道德审判的合法性,他只是把它推到小说之外的疆域。[1]

这种乐于审判的毛病在涉及"文革"题材的作品中流毒甚广。无论是为了赞颂还是批判,作者们居高临下的"法官"姿态总是不改本色。相较于竹林与严歌苓,王安忆似乎能发掘出一个更有意义的层面。

创造一个道德审判被悬置的疆域,是一项巨大的功绩:那里,唯有小说人物才能茁壮成长,要知道,一个个人物个性的构思孕育并不是按照某种作为善或恶的样板,或者作为客观规律的代表的先已存在的真理,而是按照他们自己的道德体系、他们自己的规律法则,建立在他们自己的道德体系、他们自己的规律法则之上的一个个自治的个体。

王安忆曾在 1982 年创作了属于"少女雯雯系列"的《广阔天地的一角》[2],小说中天真的雯雯在权色交易面前茫然失措,而另一位

---

1 [捷克]米兰·昆德拉:《被背叛的遗嘱》,上海译文出版社 2003 年版,第 7 页。
2 王安忆:《广阔天地的一角》,《收获》1980 年第 4 期。

被村支书逼迫献身的女知青朱敏更可被视作文秀的翻版。七年后的王安忆以另类的李小琴走进了"道德审判被悬置的疆域",寻找到了一个更审美化生存的意义空间,也为"女知青回城"的书写开垦到了另一番可资借鉴的新天地。

个人话语的犹疑与消解
——论"重评路遥现象"

近年来,路遥的尴尬位置逐渐引起了批评界的广泛关注。作为曾经获得过"茅盾文学奖"的作家,路遥极早地获得了官方的认可。作为曾经以《平凡的世界》鼓舞了一个时代青年的作家,路遥至今仍在大众读者中有着持续的生命力。然而,新时期以来的文学史书写大多将路遥剔除在"经典"的行列之外。这三方对于路遥认识上的错位逐渐引起了文坛的关注,并随着路遥逝世十周年、二十周年的契机愈演愈烈,终使"重评路遥现象"成为了文坛一景。

"重评路遥现象"中有着两股主流。其一是重新认识路遥的价值,通过对作品中牺牲、人道、史诗性等内涵的挖掘来肯定其在文学创作上的成就,通过大量作家、读者的怀念文章来重塑其人格上的高尚,并进而为路遥在文学史上的缺席"鸣不平"。一些论者以极为痛心的口吻指责了文学史书写中的疏漏错误与傲慢态度。另一种倾向则更为理性地通过对文学场、文学生态的挖掘来探讨三者错位的深层原因。有的论者以《平凡的世界》这一"现实主义常销书"为切口,指出了1985年前后"审美领导权"的变更这一历史原因;[1]有的

---

[1] 邵燕君:《倾斜的文学场——当代文学生产机制的市场化转型》,江苏人民出版社2003年版。

论者则通过分析"重写文学史"中的新的审美原则的确立，指出了"知识精英集团""反政治的政治倾向"这一现实原因。[1]

如果说，后者重现文学生态的努力能够为路遥的重新定位提供理性的思考与客观的参照，那么，前者不遗余力的歌颂则因主观情绪的过多介入以及作品挖掘的老调重弹而缺乏足够的说服力。事实上，在这些大量的重评文章中，路遥创作的价值观始终未得厘清，这也造成了对官方评判、文学史书写和大众读者接受中三方错位现象仍存在着认识上的盲区。

路遥为什么在大众读者中受到经久不衰的欢迎？关键在于高加林、孙少平们的个人奋斗，即以自我实现为表征的个人话语。在路遥逝世十五周年时出版的纪念文章集中，许多普通读者都谈到了《人生》《平凡的世界》中个人在命运面前的不懈抗争给予了他们巨大的精神力量，成了人生宝贵的精神财富，甚至进而改变了人生轨迹。[2] 对于在"潘晓问题"大讨论背景下有着同样人生选择难题的读者们而言，高加林、孙少平们在户籍问题、教育问题等一系列社会现实问题面前的困惑正是他们的困惑，而对于那些已经选择了"向命运进军"的姿态、作为个人奋斗者的读者们而言，高加林、孙少平们在残酷现实中永不低头的倔强姿态和持之以恒的苦苦挣扎与他们产生了强烈的共鸣。换言之，正是作品的个人话语，以及在对其的书写中所触及的社会现实问题赢得了读者的喜爱，而非广大批评

---

[1] 石天强：《断裂地带的精神流亡：路遥的文学实践及其文化意义》，北京大学出版社2009年版。

[2] 李建军主编：《路遥十五周年祭》，新世界出版社2007年版。该书在第五章中收入了一些读者文章，如林夕《被路遥改变的人生——纪念路遥逝世12周年》，sdlywrh《路遥的〈人生〉与我的路》，杨姝《〈平凡的世界〉和我》等等。

者所挖掘出的牺牲、人道、史诗性等作品内涵。对于来自各行各业的大众读者而言,当路遥以他独有的真诚来描绘出自我实现道路上的种种苦难、现实社会问题的残酷严峻时,作品就呈现出了强烈的感染力,深深地打动了他们的心灵。

然而,路遥本身对这种个人话语是心存犹疑的,并且最终走向了消解。1982年,其中篇小说《人生》在《收获》第3期上发表,小说的最后,被城市拒绝了的高加林在无奈中回到了乡村,受到了德顺老汉的训导:"这山,这水,这土地一代代养活了我们,没有这土地,世界上就什么也不会有!"尽管路遥通过高加林匍匐在土地上的结局暗示了对乡土及其所代表的传统价值观的回归,但这种回归在高加林抓着黄土的沉痛呻吟声中显得哀伤而迟疑。显然,路遥通过高加林的形象认同了现代生活方式和个人奋斗选择,但在现代与传统、城市与乡村的冲突中,他又对自我选择的正当性,即个人话语的合法性产生了犹疑,而这也恰恰是整个时代的青年所共有的犹疑。高加林的形象也正是由于路遥投射在其上的这一矛盾性而显得丰满感人。然而,评论界对此并不满意,他们就高加林是不是一个"社会主义新人"提出了怀疑与讨论[1],有的文章认为高加林在自尊受挫后,"屈辱从反面教育了他,催化了他愿望中的出人头地的个人主义因素,并且煽起了一种盲目的报复情绪"[2],这些文章否定了高加林孤独奋斗的"个人主义"因素,呼唤他心悦诚服地从土地来,就回到土地去。

路遥最终在《平凡的世界》中取消了对个人价值实现形式的探

---

[1] 《中篇小说〈人生〉及其争鸣》,《作品与争鸣》1982年第1、2期。
[2] 蔡翔:《高加林和刘巧珍——〈人生〉人物谈》,《上海文学》1983年第1期。

讨,将高加林拆分为孙少安、孙少平两兄弟,通过他们分别坚定地选择农村和城市,来回避高加林式的个人奋斗是否合法的疑问,也直接宣告了路遥对个人话语的自行消解。

这种个人话语的不彻底进而无声消泯的创作不但与当时的批评引导有关,更直接源于路遥本人对延安文艺精神自觉继承的创作价值观。路遥视读者为上帝:"只要读者不遗弃你,就证明你能够存在。其实,这才是问题的关键,读者永远是真正的上帝。"[1]而在这些上帝读者中,他又尤其看重农民,在"茅盾文学奖"的获奖陈词中,他说道:"生活在大地上这亿万平凡而伟大的人们,创造了我们的历史,在很大的程度上也决定着我们的现实生活和未来走向。"[2]这种被路遥引以为豪的创作观实际上是"文艺为工农兵服务、为大众服务"的当代延伸。而更为意味深长的是,路遥以农民、农村问题为目的的创作却自发地排除了批判立场,因为"那种在他们身上专意寻找垢痂的眼光是一种浅薄的眼光"[3]。归根到底,书写农民是为了向他们"致敬"而非"批判",而这恰恰与自鲁迅《阿Q正传》确立起来的乡土文学对国民劣根性的现代批判立场背道而驰,至此,文学对农民的书写彻底实现了《讲话》所提出的要求,知识分子的灵魂深处不再是"一个小资产阶级知识分子的王国",而是"感情起了变化""与群众打成一片"。

---

[1] 路遥:《早晨从中午开始》,《路遥文集》第二卷,陕西人民出版社1993年版,第11页,第13页。

[2] 路遥:《生活的大树万古长青》,雷达主编:《路遥研究资料》,山东文艺出版社2006年版,第5页。

[3] 路遥:《生活的大树万古长青》,雷达主编:《路遥研究资料》,山东文艺出版社2006年版,第5页。

不少文章在谈论路遥的创作时往往强调其书写中的人道、牺牲、底层、苦难等因素，认为其创作继承了俄苏文学的传统，表现出典型的"人民性"，"为小人物写作""为了教育'人'而写小说"[1]。事实上，路遥虽然通过创作实现了自己的"社会责任感"，但其书写所践行的，是将个人融入集体的社会主义文学规范，与俄苏文学自黄金、白银时代以来的肯定个人存在与自由的知识分子传统相去甚远，其在国家意志中实现"大我"的创作初衷在本质上与俄苏文学在民族精神探讨中实现"小我"的书写传统截然不同。换言之，路遥的"社会责任感"是在延安文艺思维下、被党政意识形态裹挟的"国家责任感"，而不是俄苏文学建立在个人价值与精神自由之上的"民族责任感"。所以，与其说路遥与俄苏文学传统有着血脉相承的联系，不如说他更为接近其"精神导师"柳青所代表的自《讲话》确立以来在"文革"文学、"十七年"文学中被逐步强化的社会主义文学传统。

于是，从路遥以延安文艺思想为基础的价值观来看，其创作中所显现出的一些特质也就不难理解，比如对深入体验生活的执着，对农村日常生活全景式的描写，对史诗性"巨著"的迷恋等等。而近年来一些研究所指出的路遥创作中"多情女子负心郎"的叙事模式，对女性牺牲、包容等传统美德的推崇等弊病[2]则是相应地对"民间形式"这一革命通俗文学创作方向的发扬，并进而获得了以"十

---

[1] 李建军：《文学写作的诸问题——为纪念路遥逝世十周年而作》，《南方文坛》2002年第6期。

[2] 惠雁冰：《地域抒写的困境——从〈人生〉看路遥创作的精神资源》，《宁夏社会科学》2003年第4期；丁红梅、王圣：《男权思想统照下的女性世界——浅谈路遥〈平凡的世界〉中的几个女性形象》，《淄博学院学报》2002年第1期。

七年"文学为文学素养和审美趣味的大众读者的喜爱。

进而,路遥获得官方认可的原因也得以进一步彰显。现有的一些研究已经指出了《平凡的世界》获得第三届茅盾文学奖的一些非文学因素,比如小说还未完成,就已通过广播剧、电视剧等方式进入千家万户[1];又比如评奖时"讲政治"的评委与"讲艺术"的评委达成了偶然的一致[2]。然而,在这些非文学因素的助推之外,本质上是由于《平凡的世界》自觉且优秀地承袭并发扬了以《讲话》精神为核心的社会主义现实主义传统,其政治正确性和审美传统性无疑是罕见而"珍贵"的,其对个人话语的消解在经历了1985年转型后的文坛显得尤为"鹤立鸡群"。

遗憾的是,在近年来愈发热烈的"重评路遥现象"中鲜有对路遥创作价值观的判断,大量的评论文章与硕士、博士论文都没有超过前人的努力,仍停留在十多年前就已被学界挖掘出的内涵,如安本·实对"交叉地带"的阐释,[3]如李星对现实主义新发展的评述,[4]又如李继凯对作家创作心理的剖析[5]等等。甚至,如杨庆祥所指出的,迄今为止的研究都还没有超过路遥自我设计的范围,"具体来说,始终没有超出路遥在《早晨从中午开始》中塑造的文学'圣徒'

---

[1] 杨庆祥:《路遥的自我意识和写作姿态——兼及1985年前后"文学场"的历史分析》,《南方文坛》2007年第6期。

[2] 邵燕君:《倾斜的文学场——当代文学生产机制的市场化转型》,江苏人民出版社2003年版,第173页。该书作者在探讨路遥获奖的原因时采访了《平凡的世界》"华夏版"的责编、路遥的好友陈泽顺,并引用了对其的访谈录。

[3] [日]安本·实:《路遥文学中的关键词:交叉地带》,刘静译,《小说评论》1991年第1期。

[4] 李星:《在现实主义的道路上——路遥论》,《文学评论》1991年第4期。

[5] 李继凯:《矛盾交叉:路遥文化心理的复杂构成》,《文艺争鸣》1992年第3期。

和文学'烈士'的形象"[1]。

这也不足为奇。因为在根本上,"重评路遥"并不是抑或不仅仅是言说路遥本身,而是借他人酒杯,浇自己块垒。一些人是为了痛陈当今文坛的堕落,通过褒扬路遥的崇高、深沉与真诚来斥责"精神放逐、颓败绝望"的当下文学状貌,甚至出现了"崇高的路遥及'路遥族群'与浪漫的琼瑶及'琼瑶族群'无疑为我们思考世纪末中国大陆文学及其走向,提供了两个非常有价值的观察视点"[2]的论断。另一些人则是为了质疑"重写文学史"所建立的新的判断标准,认为"它所塑造的知识分子的审美意识、个人化意识不过是在确立一种属于自己的政治意识……在塑造所谓'人文精神'的同时,继续塑造并传播着启蒙的暴力",而路遥在文学史上缺席的这一个案例恰恰有力地说明了"在这个制造文学事件的历史过程中,中国所谓的'知识精英集团'扮演了一个并不光彩的角色"[3]。

时至今日,"现实主义"作为考察路遥的一个重要切入点,学界研究仍不断重复着路遥"现实主义斗士"的形象,肯定其在20世纪80年代中期各类新潮文学迭起、文坛集体"向内转"的时刻仍坚持现实主义的立场,赞誉其为反抗文坛盲目追新、为现实主义审美理想孤身奋斗的"堂吉诃德"。事实上,正如不少研究所指出的,路遥是欣赏现代派的,他不但肯定了西方现代派文学所取得的成就,而

---

[1] 杨庆祥:《路遥的自我意识和写作姿态——兼及1985年前后"文学场"的历史分析》,《南方文坛》2007年第6期。

[2] 王金城:《世纪末大陆文学的两个观察视点》,《中国人民大学学报》1999年第5期。

[3] 石天强:《断裂地带的精神流亡:路遥的文学实践及其文化意义》,北京大学出版社2009年版,第165—166页。

且本人还颇为尊重马尔克斯[1]，绝不是简单守着故纸堆的"土老帽"。但是，路遥是不懂现代派的，他看到了文坛对西方新潮的"顺风而跑"，看到了实验技巧频出的盲从浮躁，也看到了西方资源在嫁接本土时的水土不服，但他没有看到这些令人眼花缭乱的实验、浪潮背后是对意识形态话语的反抗和对大写的"人"的呼唤。归根到底，作为一个典型的工农兵作家，路遥对现代派文学的欣赏也只能到叙事技巧为止，而作为其内核的彰显人性、追求自由和建立个人话语是他所不愿也不能理解的。

1969年冬，曾在"文革"初期因贫农出身而春风得意的路遥被罢免了延川县"革委会"副主任的职务，在短短几个月后又回到了家乡种地务农，这一场人生的"戏弄"本可以让他走得更远，但他选择了截然相反的方向。

作为一个真诚而严肃的书写者，路遥确实是优秀的。他笔下的那些努力摆脱命运束缚、倔强向着人生发起挑战的奋斗者们给了一代代青年以慰藉、勇气和希望，他对崇高、深沉、理想的执着追求也不失为文学书写的一种类型，为文坛提供了一个参照。然而，各种"重评"对路遥的过分拔高是危险的，因为其背后是对延安文艺思维有意识或无意识的回归，以及从个人话语到集体话语的倒退。

---

[1] 路遥：《早晨从中午开始》，《路遥文集》第二卷，陕西人民出版社1993年版，第11页、第13页。

意义追问与互文混响：论叶迟的小说创作

叶迟是一个姗姗来迟、不紧不慢的写作者，他的创作生涯始于2016年的《青色蝉》，到如今陆陆续续共发表了十余篇小说。但叶迟又是一个有意识地早早铺开写作版图的写作者，他不断地在把创作主题的重心向外拓展，也反复尝试小说之间的互文混响。由此，他在一众青年写作者中初露头角，呈现出极强的生长性与无限的可能性。

从主题演绎与叙事脉络来看，叶迟的小说创作从三个路径展开。其一为"寻找陈云"系列，包括《月球坠落之夜》和《天使瀑布》，以及《漩涡中的男人》和《杀手阿珍》。小说以一次次等待戈多般的"纪念陈云""寻找下一个陈云"为叙述中心，最终落到了对"我是谁"这一存在本质的追问，"陈云这个名字就像一个印记，而现在，这个印记好像不再属于我，这种感受又变得虚无缥缈，我甚至一度怀疑我到底是谁"（《天使瀑布》）。迷雾中的小镇、月夜下的电影院、红衣服的神秘女人……这些叙事元素的前后呼应与反复横跳为其迷宫化的叙事营造出虚虚实实的氛围，从而将小说指向幻灭、轮回、永恒、命运等主题。这一系列在2021年的《杀手阿珍》中发生了新变，小说以更为流畅凝练的语言将此前抽象的寻找之旅置于父子关系的线索之中。"我"赴父亲之约去钓鱼，实则想为这段别扭的关系寻找一个突破口，但当"我"发现父亲还是那个过于聪明、"做事从不被动"的人时，"我"终于愤怒地提起了砍肉刀，但这场迷雾森林里的弑父行动未及张扬就已哑火——直面父亲的勇气带着"我"意外抵达了寻找之旅的终点："我沿着地上不长草和树的地方跑，酒精让我有些飘飘然，我感觉自己飞了起来，手里的砍肉刀仿佛也失去了重量。白天我不开心，但至少现在我是开心的。这个世界，我对它有点爱意了。"

其二为"爱是什么"系列，这一方面包括两篇互文呼应的《少女》《少年》，小说借用少男少女的心事进入了对情感与存在的哲学思考，"到底什么是爱呢？接受是爱，那么拒绝是不是也是爱？喜欢是爱的话，那么不喜欢也同样是爱吧"(《少女》)；另一方面也包括《望月亭》和《关于恋爱的事》等直呼"爱是镜花水月"的作品。《望月亭》是叶迟创作中风格较为独特的一个短篇，小说用大量的笔触描摹情感的细节，写得尤为细腻、缱绻而沉重。父亲临死前的深情告白与家庭数十年的创伤形成强烈的对比，时空不断地在追怀往昔与冷漠现实之间来回腾挪，仿佛一段段长长的叹息，为故事里的无常命运作注解。小说并没有随着父亲的去世而画上句号，而是增加了一段谜底的揭晓，为这个故事更添了几分凄凉与残忍，最终在算卦女人预示的幻灭与宿命中将人生无常的怅惘情绪推向了顶点。在这些"镜花水月"的故事里，叶迟触碰到了现代社会的普遍症结，即我们始终无法了解爱，也无法了解恨，即便在最为亲近的人面前，我们依然面临着彼此无法理解的困境。

由此，叶迟的追问溢出了具体的爱情范畴，而上升到了现代人的精神层面。究竟什么是价值？什么是意义？人是否有可能感受存在进而抵达自我？进而，他的创作衍生出第三个"疼痛系列"，包括《青色蝉》《没有座位的女孩》和《可有可无的人》。《青色蝉》通过"不完全变态"的青蝉指出"疼痛是有意义的"，只有经历过人生边缘上的挣扎和感悟才能抵达个体人生的存在。《没有座位的女孩》和《可有可无的人》则是关于校园霸凌和"打肿脸充胖子"的故事。汪晓琦在厌烦与鄙夷中成长，但即使被侮辱与损害成"浮空妹"，她仍执着于融入群体，并不懂得"过分的谦卑，反而让她更难看了"，当她在多年后的同学会上说出"敬我们的昨天"时，其实是想为那段毫无意义的疼痛青春赋予意义。朋友王凯带着"我"一起去文身，却阴差阳错地陷入了一段露水情缘，但当"我"揭穿了对方的虚情假意时，王凯却坦然说道："我要的不是爱，是存在感。她让我觉得我的存在是有价值的"。这段"主人翁"的宣言与文身店的血腥味和疼痛感彼此交织，震荡出互为阐释的奇妙空间。在这些疼痛的故事里，叶迟传神地演绎了这些平凡人生的局促与尴尬，他知道他们是多么笨拙地在倾尽全力却总逃不脱弄巧成拙的命运，也知道他们的不合时宜注定会酿成长久的疼痛，最终，这种种必要、非要的疼痛都会成为通往自我确证之路上的台阶。

可以说，叶迟的创作始于对爱的叩问，但最终抵达了对存在和意义的探寻。他的疑问自始至终不脱离爱，但他越是想要探寻爱的本质，就越发现爱从来就不会孤零零地存在，它实实在在地与各种人性问题、生命困惑难解难分。小说中人物的情感挫败与生活失败是沉痛的，但更为刻骨铭心的是那种无处逃离、无望实现的无力感，无处停留的幻灭感以及无法抵抗的疼痛感。他的主人公总是一再强调所谓情感，不过是一厢情愿的"我以为"，是终将无迹可循的镜花水月。这种感觉即为吉登斯所谓的"生存的孤独":"个人的无意义感,即那种觉得生活没有提供任何有价值的东西的感受"。现代文明使得人与人的情感被残酷的竞争、膨胀的物欲所消解,逐渐呈现出荒漠化的趋势,个体注定要在孤独迷失和碎片化的精神迷茫中挣扎徘徊。可以说,小说对于爱的探讨既是一个焦点,凝聚着他对于现代都市人生境况的深切体验,也是以个体意识透视情感生命的一道强烈光束,穿越平凡人生的心灵世界、人性奥秘以及生存悖论。

总体而言,叶迟是一个写作生涯尚不长的写作者,也是一个远未风格化的写作者,但作为一个初学者而言,他已经展露出一定的锋芒,这也与其对互文技巧的偏好不无关联。克里斯蒂娃曾指出,作家创作出的一切文本都是对其他文本的参照、吸收和改变,"文本是一种文本置换,是一种互文性:在一个文本的空间里,取自其他文本的各种陈述相互交叉,相互中和"。但叶迟小说中的互文并不是对经典的引述和变形,而往往产生于他本人所创造的文本之间,这种横向的互文性也可以被看作是一种"同题异构"或是"自我互文"。典型的例子即为《少年》和《少女》,一个故事从表弟离家出走后归来开始,在表弟与"我"的对话中讲述了其与汪海洋由爱情观引发的争论,并延伸到张王飞为爱送生日礼物的故事;另一个故事则以张王飞的爱情故事为核心,通过舞台上的一番闹剧从另一个侧面演绎了台上台下的争执。值得注意的是,作者并没有将这些小说合并为一个中长篇,而是有意将其彼此独立而又连缀为一个系列,这就使得整个系列仿佛成了一个精致的装置,而单篇的小说则是附着其上的各色孔洞,吸引着读者从不同视角窥探内部的世界,而这些孔洞的设计,即作者连缀小说的方式便成了解读叙事结构与策略的符码。例如在这两篇小说中反复出现的《麦琪的礼物》,这一经典名篇与台上荒腔走板的学生表演形成了第一层互文关系，而不同主人公对台上台下争执的理解与讲述又彼此生出了第二层互文关系，使得这个寻找爱的故事在不同的时空中产生了复杂的共振：一方面，时空转换是对时空本身的一种质问；另一方面，在转换的时空中寻找爱的意义，可谓是在一种不确定中寻找另一种不确定性。由此，这些互文的结构不仅使读者感受到阅读的快意——他们用自己的想象力将跳跃的角色和情节拼接起来、连缀成完整的故事，更使得小说的意义生发出一加一大于二的复合效果，进而生发出美学上的混沌与诗意的混响。这让我们确信，尽管姗姗来迟又不紧不慢，但叶迟正在通往风格之路上摇摆前进。

小说写作：如何拓展地理文化空间
——从葛芳《白色之城》说开去

对于一个成熟写作者而言，如何实现有效的自我突破是常悬在他们头顶的一把达摩克利斯之剑。笔下的触角该如何伸得更远一些，自己的金字招牌如何在走出舒适区后找到新的生长点，这是每一个自省的写作者都会有的自我要求与期待。葛芳即是这样一位不愿被定型、不断自我更新的写作者，她的小说集《白色之城》收录了近年来的多篇佳作，其中既有江南系列，也有她新近尝试的异域题材。作为一个笔耕不辍的写作者，葛芳尝试着在写作深度上进一步挖掘，也试图把目光放得更宽一些，她有意识地整合自己的优秀元素，又逐渐找到了与新元素有效对接的方法，并不断摸索着变与不变、有所为与有所不为之间的分寸感。

小说集中最为突出的是前几篇"异域系列"，这些短篇大多写于2018—2019年，其写作灵感应是来自葛芳此前的海外旅行经历。这一系列甫一出现就颇为亮眼，不但因为写作者将小说的地理空间从传统的江南小城拓展到了地球的另一端，更是由于异域色彩的引入与固有风格形成了有效的对接，碰撞出了新的火花。葛芳一贯擅长的就是在真实与虚拟之间腾挪游移，梦境与现实、回忆与经验、幻觉与实感在小说中来回穿梭交织并有意模糊其中的边界，从而营造出亦真亦假、似假还真的独特氛围。如今，异域色彩随着海外经历或幻想的部分被引入文本，进一步夯实了她缥缈而灵动的个人风格。

小说《白色之城》从一个失意女性出走塞尔维亚开始，通过小月和男友这一对年轻的恋人与主人公形成对照：过去与现代、青春与衰老、爱恋与厌弃……在回忆与现实的交错间，作者将故事的前世今生一一展开，小说以舒缓的节奏层层推进，逐步走向高潮。其中最为巧妙的部分在于穿插了一个若有若无的捷克男人，他与主人公相遇在火车站，又很快消失在茫茫人海，随后在不经意间再次现身，引得主人公一路追随，上了电车，并由此重新发现了天空、城市乃至自我，领悟到城市、文明或是内心"在废墟之上重生"的意义。这一段恍惚的臆想让人想起了张爱玲的《封锁》，女主人公早已被逼仄的日常磨平了棱角，一个机缘巧合的"梦"却使得她们直面内心，醒来时似乎一切如旧，但又好像一切都不同了。

这一类女主人公常在葛芳小说以各种面目出现，也是她最为擅长的一类人物形象。她们往往是城市中受过良好教育的女性，一路打拼终于实现了财务自由，但也随即遭遇了中年危机，触礁的婚姻迫使她们重新拷问自己。有意思的是，她们从追求情感自由出发，最终抵达的却往往是心灵的自由。在《消失于西班牙》中，作者反复用"身体里有东西在动"暗示伊丁是一个想要冲出生活重围的女性，她一路跌跌撞撞，与庸常的人生苦苦抗衡。她从上海出发，来到了心心念念的马德里，却发现巴塞罗那才是她内心深处的终点站，"最后终于明白她想要成为自己"。《要去莫斯塔尔吗？》是一个有趣的尝试，小说通过对莫斯塔尔这座遥远城市的幻想串起了一段看似狗血的三角恋情，事实上两个主人可被视为一个整体：倪小丫被困在庸庸碌碌的琐碎日常中无处可走，而林晨则是她幻想中拥抱着诗与远方的另一个自己，莫斯塔尔好像是一个遥远的召唤，又像是一个古老的谜语，促成了一体两面在灵魂中重新相遇。《幻影》则更为精妙，一个来自河南山沟沟的女孩来到大城市的美容会所打工，一边在狭小的空间里与手下形形色色的身体打交道，另一边又在短暂的喘息中流连于咖啡馆，进而与法国画家莫迪利亚尼产生"神交"。女孩通过咖啡、天空、白云、玫瑰而对巴黎心生向往，对遥远的现代派画家魂牵梦萦，在繁重的体力劳动中领悟到"身体是个容器！身体是个谜哦！你永远猜不透，它曾经装过什么！"凡此种种，似乎是《哦，香雪》在21世纪的新的变奏。

在葛芳的笔下，女性与生活的关系经历了从臣服到反抗并最终驾驭的历程，以二者间强大的张力牵引着故事向前行进。从《猜猜我是谁》《南方有佳人》开始，作者着力于刻画困于自我的女人，彼时，她的女主人公们与内心深处的欲望不期而遇，从犹疑逃避走到了愤然对抗。到了近年的小说中，她们从一开始就已经意识到了生活这个巨大的囚笼，横冲直撞地想要突围，即便鱼死网破也在所不惜。这一类主人公个人意识的觉醒是在对自我的重新发现中实现的，而这重新发现常是从血泪开始，在对灵魂的自我冲击中走向澄明，她们终会发现自己想要的是"于平庸的世俗中消失""过自己想要的生活"。不过，葛芳并不对这样的反抗赋予答案，即她只着力于展示生活残忍不堪的本来面目，以及世俗男女与这世俗生活的爱恨纠葛。她既不想给这些女性一个光明的尾巴，也不觉得自己有评骘高低的资格，这种"不予置评""不强结尾"的写法推动了个人风格的建立：即作者的叙述视角是居高临下的，在情感逻辑上是现世温热的，但在价值评判上则是有意缺席的。

葛芳还有一些作品延续了以往的江南世俗写生，展现的是市井生活这个有情的世界，从《六如偈》这类小说开始，鱼行街、古巷口、金兰桥，共同构筑起了乔平城这个作者笔下"巴掌大的邮票"。这一类小说早期以《伊索阿索》为代表，在《白色之城》中又出现了《五月》《去做最幸福的人》等延伸。从某种意义上说，"乔平城"之于葛芳，正如约克纳帕塔法之于福克纳。福克纳曾将家乡这个"邮票般大小的地方"描述为"宇宙的拱顶石"，他的绝大部分故事都发生在这个天地中，来自几个固定家族的人物在各个小说中穿插交替出现，而每一个故事又与另一些故事或多或少地产生联系，其本身既是一个独立的个体，又是整个"约克纳帕塔法世系"的有机组成部分，使得写作既能反映当时当地的文化与现实，也可以在普遍意义上实现对人性与人类命运的探讨。

这一类书写一方面以传统的写实笔法塑造环境，为人物的行动逻辑做铺垫，一方面又大量穿插想象、梦境、幻觉、气味等非理性因素来增加人物的真实感，典型地代表了作者对于现实、对于生活乃至对于人性的理解：沉重的现实规训着每一个个体，但人的生命力始终不能被遏止，一有机会它便旁逸斜出，进而，人在这个过程中的所有困顿、徘徊、冲动和迸发，形成了个体存在的意义本身。《安放》里被心魔纠缠成了"歪歪嘴"的李晨生，《去做最幸福的人》里冲动着说出"今晚我也带你私奔"的耿土元，是乔平城里最为典型的一类男性，他们总是以有点傻又有点迂的小人物形象出现，半生庸庸碌碌、一事无成，他们在内心深处保留着善良的底色，但有时也会做些偷鸡摸狗、上不了台面的腌臜事。这些"窝囊"的男人似乎在街头随处可见，他们半弓着背，眼光斜睨着，看似面无表情，实则被生活围追堵截得气喘吁吁。葛芳传神地写出了他们的软弱和猥琐、落伍与挣扎、落魄与无奈,生活是如何一次次地将他们摞倒,他们又如何讪笑着爬起身掸了掸衣服,带着几分自嘲继续向前爬行的。

　　葛芳是一个擅用"闲笔"的写作者,故事常在她的笔下一步三颤,呈现出张弛之度来。《去做最幸福的人》有几处写风,耿土元在妻子的葬礼上"风一吹,白腰带飘起来,总挂到脸上,像老太婆的手,虚虚弱弱地摸他一下",半世夫妻、久病煎熬的甜酸苦辣尽在其中;而当他初遇李桂芹时"夏风很爽,一吹,将两人的迷惘顷刻间吹得干干净净",枯木逢春的感受又表现得淋漓尽致。此外,葛芳还好用"僧俗两界",并有意模糊二者的边界。《伊索阿索》将故事设定在乔平城法慧寺门口的小巷里,小说中时不时飘过的"一身皂色的和尚"是整篇小说最为有趣的暗示。《听尺八去》里与佛结缘的女主人公不露声色、自有乾坤,还俗和尚在这里再次登场,带领她进入尺八妙境,牵出了一串际遇。在这些小说中,"还俗的和尚"成了一个绝佳的符号,他们在僧俗两界兜兜转转、时进时出,但最终尘缘未了,逃离了清净妙地,这许是因为无法在彼岸世界找到期望中的栖息之地,也可能是无法告别这泥泞不堪却又活色生香的世俗生活,这是他们的选择,也是他们的宿命。他们在作者笔下的世俗世界中成了一个象征,与滚滚红尘里嬉笑怒骂、挣扎打滚的男男女女遥相呼应,映照出人心深处的贪嗔痴念,也折射出现世生活最为粗糙的纹理和最为滚烫的温度来。

　　葛芳的写作一路从"鱼行街"走到了"金兰桥",逐步摹刻出一个更为丰满可感的"乔平城",她通过彼此间的重叠与对话来达到延异的效果,进而实现了自我的有效增殖。

　　近年来,葛芳一直在有意识地拓展乔平城的地理空间,"金兰桥"即是她在这个有情世界里所设置的新地标。作者将这座古桥设置在运河的一个死角,垃圾如山堆放、河水肮脏腥臭,疲惫不堪的重卡、五光十色的霓虹灯和腐烂发臭的动物尸体包围了这座已经破旧不堪的小桥。这个城市的阴暗角落是飞速的城镇化进程给现实所留下的刺痛伤口,也象征着平凡人生在被急剧的现代化大潮所抛下后的真实生存处境。《安放》的主人公阿丁也是这样一个混迹在城市灰色地带不断讨生活的男人,每个人都有自己的生活轨迹,但似乎"唯独他不晓得怎样料理自己,混乱,疲惫,惊慌",他一直在寻找安放自己灵魂的方式,却永远没有寻找到答案,他不断地与内心相斗争,想要挣脱现实却不知去向何方,有如无头苍蝇一般团团乱转。作者聚焦于这些落魄的男人,看到了普通人的生活是如何被呼啸前行的时代冲得七零八落,即便偶尔抓住了浪潮的一角,又很快被下一个浪头卷走。作为一个旁观者,她通过"金兰桥"暗示了这个新地标的内涵:看上去是义结金兰,其实是观音度众的意思——红尘男女、人间实苦,菩萨心肠终是难度众人。

可以说,这个以"乔平城"为记号的江南小城是葛芳的灵感源泉,如今又成了她有意识进行反复拓写的地理文化空间。无论书写想要阐述什么样的新主题、运用什么样的新方法、展示出什么样的新姿态,都可以在同一个空间坐标里重复进行,即每一次绘画都不是在一片白纸上重新开始,而是在此前的印记上展开。葛芳的写作一路从"鱼行街"走到了"金兰桥",逐步摹刻出一个更为丰满可感的"乔平城",她通过彼此间的重叠与对话来达到延异的效果,进而实现了自我的有效增殖。

从异域故事到江南生活,葛芳在《白色之城》里显示出极强的艺术自觉与良好的精神独立:既没有在昔日的成绩之上踟蹰不前、故步自封，也没有被"创新的狗"追得闻风而动、丧失自我，她避免重复的成功，也承担失败的风险，通过不断的试验逐渐找到了最适合安置内心的方式。地理空间上的远航为写作者注入了新的养分，老树新枝也生发出不一样的意味来，她如何在艺术探索的远航中再次摸索书写上的突破点，我们将拭目以待。

真实与虚构间的张力
——朱斌峰《玻璃房》阅读断想

任何一种写作都是在文字中寻找自己,并进而流连忘返。一代书写者在这寻觅的旅途中挖掘出一个时代的情感体验、心理记忆以及"集体无意识",便给文字打上了一类风格的独特印记。然而,作为一个专志的写作者,面对趋于稳定的"内结构",又必然不甘原地踏步,转而酝酿新的挑战与突破。于是,在新旧结构的冲突中,写作者从中体会到"影响的焦虑",循环往复,螺旋上升。这就是写作的历史演进过程。

朱斌峰是一个具有鲜明个人风格的写作者。从《城市猎人》《寻找一颗痣》到《记一次绑架事件》《去云南》,他的作品多以江边小城——"银城"为故事背景,又与故乡"木镇"有着千丝万缕的联系;以精神病院为叙事起点,执着于描绘"精神分裂症""妄想症"病人眼中的世界;主人公或治历史,或擅长写作,徘徊在文学与历史、想象与真实之间,以此展现所谓"边界"的模糊性。叙事的迷宫,含混的语言,暧昧的氛围,文体的跨越……凡此种种,都闪烁着先锋派小说的身影。

《玻璃房》的故事由"正篇"和"反篇"构成。"正篇"采用内置文本的结构，小说家"我"神游至战火纷飞的20世纪三四十年代，以传记的形式创作着曲折离奇的家族小说，与此同时，作为一名"妄想症"患者，"我"又在臆想中雇用了自己——一个曾经因公染毒的警察，来监视自己。"反篇"则类似前传，回顾了"我"得"妄想症"的来由，"我"被一个声音甜美的电话所吸引，受邀前往一个叫"春"的地方参加同学会，却记不清那些昔日的同学；夜半时分，正在买春的"我"被女同学举报，一觉醒来一切却又了无痕迹，于是被医生鉴定为"系统性妄想症"。正反两篇看似毫无关系，仅能在两个同名的人"何首乌"——"我"的医生表叔和"我"的女同学中找到一丝关联。警察到底是不是"我"的幻想？朱家的故事究竟哪一个是真实的？"春天的聚会"是否曾经发生过？整个文本好似一个走不出的迷宫，真真假假、错综复杂，构造出一个扑朔迷离的奇幻世界。

"真"与"假"的悖谬，恰恰是小说《玻璃房》的核心。作者得心应手的题材——"妄想症"再次出场，由一个精神分裂者的视角切入真实与虚构的中间地带。"我"辨不明方向，认不出同学，甚至分不清你我，最终，在警察和医生的引导下，"我"对自己患病一事从将信将疑逐渐发展为不得不信——这过程好似狂人的心理变化："才知道以前的三十多年，全是发昏；然而须十分小心。不然，那赵家的狗，何以看我两眼呢？"

妄想症的喻义在此不言而喻，当个体与客观世界相矛盾时，如若不随波逐流、言和妥协，那便是"病"了，正如医生的诊断依据："如果一个人坚持的信念是错误的，甚至与社会现实及文化背景相抵触，还毫不动摇，不是妄想症还能是什么？"更何况，由于"真理属于人类，谬误属于时代"，所以"我的生病只能是自己的羞耻"。然而,面对这个荒谬的世界,作者并没有做出遗世独立的姿态,渲染冒天下之大不韪、直面惨淡人生的悲壮和勇气,而是"向内转",以展现"病人"的内心世界而将这个熟悉的社会"陌生化"。对于这一被放逐的群体而言,他们与正常世界的关联早已断裂,"内心的真实"才是生命意义的唯一来源。于是,作者通过刻画妄想症患者非理性的思维方式和异常的认知能力,展现出对这个世界全新的感受与理解。小说通篇以"玻璃房"为喻,以这看似通透实则变形、可望却又不可即的感觉来象征个体与外在世界之间深刻的疏离感。"总觉得周围事物模糊不清,好像隔了一层纱帐或隔了一堵墙,甚至整个银城就像玻璃城堡一样,可以变得像一个光滑的平面,可以变幻不同的颜色,一些视物可以变得很大或很小,变得很远或很近,变得陌生而疏远,有种不真实的感觉"。

从这个不可靠叙述视角出发,文本更进一步演绎荒诞离奇。比如"我"对飞机有着异乎寻常的喜爱与关注,想象着飞机"像蜻蜓飞过乡下的草垛",机翼上的夜航灯像是"天幕上怪黠的眼睛",甚至初次与侦探见面的招呼即是"嗨,你也在等待飞机吗?"——奇幻如"你在等海水吗",又荒诞似"等待戈多"。又比如,作为一个患有幻想症的小说家,"我"笔下的家族传奇亦是破绽百出,二祖父的缺席、"道""法""根"的谜底、未完的结局……使得整个故事悬念迭起、疑影幢幢。文本中,"我"认为分不清对称物是妄想症的病灶,并由此及彼,发展到分不清孪生、分不清镜像,乃至分不清自我与世界,由此顿悟"我就是你!就是你自己!就是你幻想出的另一个自己"。至此,作者的感悟恰如费德勒对"不正常"的理解,这个世界并不存在着"正常的规范",所谓的"畸形""不正常"都是人类内心深处自我不确定性的外在投射,"他者即是隐秘的自我"。

表面上，这一番"假作真时真亦假"的体验使得"我"彻底坐实了"妄想症患者"，事实上，这正是作者本人对真实与虚构的理解——它们之间并非泾渭分明，而是混沌不清的，一如主体与客体、我们与世界之间，"这个世道很简单，一切都昭然若揭"。

"寻找"是朱斌峰写作中一以贯之的主题。《寻找一颗痣》即为"寻找初恋"——重访桂香氤氲的记忆，由寻找小学同桌牵出一连串令人啼笑皆非的际遇；《去云南》则旨在"寻找乌托邦"——为寻找传说中的五彩彼岸而上演了一出嬉笑怒骂的"飞越疯人院"。而在《玻璃房》中，"我"的全部努力——不论是撰写家族小说，还是回忆患病缘起，都是为了"寻找根系"。"我"的写作是为了"以传记的方式真实地记录下我的家族，以备我在忘记自己时能在这篇小说中寻到我的前史"。而"我"与人的交往则是为了"证明我的健康，证明我的存在"。所有的努力都指向了"在时间的河流里追溯自己的根系，只有根系才能证明我的存在，才能不让我在妄想症中迷失"。然而，在触摸到根系之后，"我"又对其真实性心生疑虑，认为历史学家们"辛辛苦苦地删除着历史的真相和旁逸斜出的枝叶，尽量让历史呈现出条理清晰、义正辞严的面貌，但他们的努力让历史更加疑点丛生、欲盖弥彰"。而且，"有些东西一直错下去，就成历史了"。由此，文本再次回到"真与假"的命题，探讨二者的辩证关系。作者引用了希伯来对幻想的解释，认为"实际上只不过是摆脱了时空秩序的一种回忆"，又进一步质疑历史本体的存在，并将人类的历史叙述归为三人成虎般的以讹传讹——人类的说谎就是第一遍时感到脸红，第二遍时变得半信半疑，而重复到第三遍时自己就确信无疑了，即所谓"成熟的人类基本的美德"。

读者们可以发现，《玻璃房》中汇聚了朱斌峰作品中常见的元素：偏执型的妄想症患者，情欲蔓延的春天，布满阳光的玻璃房子，革命的家族历史，幻想中的孪生兄弟等，共同构成了其小说叙事的密码。如果说，仅就情节而言，《玻璃房》并没有太大突破，在故事元素与文本主题的选择上有着较为明显的同质化倾向。那么，相较于《去云南》《寻找一颗痣》，《玻璃房》的特色则在于极大地改变了其叙事形式，革新了原有的简单线性结构，即不再仅仅依靠故事本身的迷惑性，如《寻找一颗痣》中的三个"宁子"或《去云南》中精神病患者的呓语，而是丰富了文本的形式，通过嵌套内置文本使得"传记"与"小说"互相映衬并进而互动，又以正反两篇的互因互果获得了形上与形下结合的主动性。荒诞不经的文本内容与摇摆眩惑的文本形式相呼应，彰显出极强的内在张力。

"我"笔下的小说《记忆：火光呼啸》从木镇朱家的传奇故事展开。朱家兄弟分属国共两党，在百万雄师过大江的历史时刻反目成仇、彼此搏杀；如花似玉的朱家姐妹则一个委身于兄长好友，一个被江湖刀客掳去。然而，这部号称"力求真实，避免虚构"的家族传记却刻意借鉴了武侠小说的奇幻性与史诗性，与所谓的"传记""历史""真实"形成极大的反差。小说由兄弟情仇重新演绎国共内战，又以匪寇恩怨谱写江湖侠野，情节处处悬疑而语言笔笔抒情，写得极为浪漫而传奇。比如，作者用了颇为抒情写意的笔触来白描渡江时分的情景，将兄弟二人短兵相见的微妙氛围渲染到极致。"黄昏时分，长江东流，鹊江揉碎在暗红中。突然，几束信号弹滑响而上，在半空中划亮优美的弧线。炮声响起，像滚过一阵阵春雷。刹时间，无数道光线从北岸飞向南岸，映红了天空。无数只小船飞上江面，击起浪花。一场大战开始了——"同时，这部激情恣肆的小说又与"我"平淡得近乎自闭的生活两相对比，在历史与现实的来回穿梭间将庸常的现代生活衬托得愈发逼仄寡淡。

历史的长河缓缓地流到了新的世纪,在急行猛进的世界里,写作者感受到历史与现实、思想与行动之间的脱节,由此产生刻骨铭心的疏离与眩惑之感。由此,"疯傻"视角成为当今书写的一大主题,但这个视角在写作者笔下又何其不同。张洁的《无字》聚焦女性的生存体验;阿来的《尘埃落定》再现了一个村庄的秘史;贾平凹的《秦腔》暴露乡村生活及其文化形态的分崩离析;余华的《一九八六年》反思"文革"暴力加诸人的肉身戕害。对于朱斌峰而言,《玻璃房》重新进入这一非常态的叙事视角,以独树一帜的风格暴露出被压抑和异化了的人性——混沌神秘,举重若轻,内敛而节制。在想象与现实,真与假的对话关系中,《玻璃房》预示着朱斌峰未来创作的走向——体会分裂,书写边缘,在疏离世界的模糊地带中前行游走。

第二辑

多元的历史图景与共生的互动空间
——论《哈佛新编中国现代文学史》的书写形态

《哈佛新编中国现代文学史》（A New Literary History of Modern China，以下简称《哈佛文学史》）是2017年由王德威主编，哈佛大学出版社出版的文学史著作。该书以编年体的形式，以新方法、新视角重新诠释了上启1635年，下至2066年的中国现代文学，自出版以来受到了海内外学界的广泛关注。它突破了传统的"仅仅依据总的趋势、类型以及各种属性来安排材料"或"根据伟大作家的年表，直线型地排列材料，遵照'生平与作品'的模式予以评价"[1]，而是呈现出多元互动的历史图景。

近年来，随着海外学界对中国研究的兴趣日增，以及海外中国现代文学研究在经历半个多世纪的积累后逐步进入整合与转向阶段，英语世界集中出现了多部较为重要的中国现代文学史新著，以《哈佛文学史》为代表的这些文学史不仅有助于我们了解海外世界对待中国现代文学的基本态度和判断，对其书写形态的考察也有助于管窥海外中国现代文学研究的历史沿革与最新转向，尤其是文学史书

---

[1] ［德］H. R. 姚斯、［美］R. C. 霍拉勃：《接受美学与接受理论》，周宁、金元浦译，辽宁人民出版社2000年版，第5页。

写作为海外中国现代文学研究的重要组成部分，是如何在史化的过程中提出新的表述并区别于其他文学研究范式的。

一

总体而言，《哈佛文学史》在书写形态上呈现出体制与叙述上的多元化，显示出强烈的元叙事色彩。全书的百余篇文章并没呈现出统一的叙述话语，没有试图为不同时期、不同人群创作的文学确立固定的批评标准，也没有限定叙述文学史的固定视角。相反，它将"文学"涵义的变迁、现代文学史的学术史纳入书写中，着力于展示文学和文学史在不同时空中生成不同涵义的过程。文艺理论中关于元叙事的研究，来源于西方20世纪60年代"元小说"的创作热潮，其本质特征在于自我意识、自我揭虚，对自身作为人工制品之本质有清醒的自我意识。[1] 此后，对于元小说的研究逐渐拓展为对所有具有自我指涉性质的文本的研究，成为叙事学的分支。并且，元叙事还与同一时期的"元政治""元历史""元批评"等共同构成了元理论这一理论体系，承载了20世纪60年代以来文化领域的热门议题：人类是怎样反思、调整并建构自身经验的。沿着此种元理论的视角去审视《哈佛文学史》的书写形态，可以发现其多元互动的格局并非杂乱无章，而是构建了一个展现文学与文学史建构性、复杂性的开放体系。

首先，在材料内容上，《哈佛文学史》不仅介绍了典型文学作品、作家生平、文学流派和文艺思潮，还分析了英使访华、太平天

---

[1] 李丹：《从形式主义文本到意识形态对话：西方后现代元小说的理论与实践》，中国社会科学出版社2017年版，第19页。

国等重大历史事件的文化内涵。同时，《哈佛文学史》将"文学"的涵义拓展到采访、日记、信件、学术研究，乃至图画、演讲、影视作品等超文本的范围，试着综合种类繁多的研究对象来展示现代文学所牵涉的众多文化领域。其中最引人注目的是《哈佛文学史》对历史上的文学史和文学批评本身进行评价。如张英进《新文学史的命运》聚焦1951年王瑶《中国新文学史稿》出版和受批判的历程，又如陈思和《重写文学史》讨论了20世纪80年代由陈思和、王晓明围绕《上海文论》"重写文学史"栏目而展开的文学史写作热潮。这些书写将文学史的写作本身纳入文学史的考察视野中，呈现出各个时代的文学史写作规范及其与文艺思潮间的关联，也勾勒出一个跨越时间、跨越国别的文学学术研究共同体。由此，史著本身也就成为研究文学史的文学史，在自我指涉中开放了叙述历史的规范。此外，对于文学作品的历时批评也是《哈佛文学史》关注的对象。费南山（Natascha Gentz）《东京和上海的全球剧场景观》关注中国早期的现代话剧，即李叔同引领的"文明戏"的诞生。这篇文章不仅交代了文明戏的兴起过程，春柳社的创作者们对其启蒙内涵所做的阐释，还交代了此后文艺批评中对文明戏改革的不同评价："因为文明戏是一种混杂的、实验性的且介入政治的戏剧形式，同时又是传统和现代成分的混合物，因此很容易受到攻击。结果，在1920年代和1930年代兴起的关于戏剧改革和民族戏剧发展的激烈争论中，它同时受到了来自保守派和改革派两个阵营的攻击。"[1]可以说，这一对历史的描述既是对文明戏运动的历时评价，也从侧面揭示了不同

---

[1] 王德威主编：《哈佛新编中国现代文学史》，台湾麦田出版公司2021年版，第232页。

时代的文艺批评话语和批评环境,使得文学的批评和接受场域成了文学史书写的延伸空间。总体而言,《哈佛文学史》对文学的评述包含了关于批评的批评、关于历史的历史,既呈现了文学知识的生成过程,也避免了在当代知识的立场评述历史烟云的道德优越性和知识权威感,并回应了中国文学史书写长期以来争论的若干问题,包括如何在现代文学史中彰显变革与传统,如何实现中国与海外,文学与政治、文化的有机联结等等。

值得注意的是,《哈佛文学史》还进一步融合了文学研究的众多新理论、新方法,从而强调了文学史书写的跨学科视野。一方面,《哈佛文学史》在诸多章节中讨论了文学的翻译活动,在翻译理论的基础上讨论文学文本与理论的旅行和变异。这其中既有中国对外来文本的翻译和借鉴,如梁启超翻译的乌托邦小说《佳人奇遇》和他的政治小说观念,也有中国文学在外语世界的传播,如林语堂、张爱玲的双语写作和海外接受史。这些论述既指出了中国现代文学与世界文学丰富的交流关系,也通过指认翻译文本是原作者和译者的共同创造来确认了当前学界将翻译文本纳入文学史的新主张,其对于中国文学译本在中国现代文学史上文化影响的阐述,可以看作是"翻译文学史"[1]的一种实践。另一方面,《哈佛文学史》将影视、图画、声音等超文本材料作为研究对象,显示出现代传播学研究的影响力。在现代传播学的理论中,媒介不仅仅是传递信息的中介,其自身也具有隐喻和修辞的性质。所以,文学文本和其他媒介材料之间并不是壁垒分明的关系,而是在文化信息的传递上可以进行相互

---

[1] 王向远所主张的"译文学"提出应将译文文本作为区别于原文的研究对象,以译本的分析批评为基础来书写译文特有的"翻译文学史"。

比较，而且，文学的影视化、图像化也可以视作一种文学的再创作。史著中用了相当的篇幅讨论《红楼梦》、金庸小说等文本的影视改编，以及一些电影、演讲对文学创作的影响，表现了中国现代文学与多层文化领域的相互渗透。

其次，在叙述方式上，《哈佛文学史》主张既让各位撰稿者百花齐放，避免统一化的学术语调，又使其最终能统一于全书开放性的现代观、文学观和文学史观中，让不同的批评话语呈现彼此抗辩、角力的关系，从而达到众声喧哗的效果。主编王德威邀请了来自世界各地的143位写作者，并没有试图呈现出一个统一的叙述话语，也没有为不同时期、不同人群创作的文学确立固定的批评标准，或是限定叙述文学史的固定视角。正如他在采访中自陈，"有一点我可以确信的是，即如果由我来做，无论史观还是史料，我一定会比其他人更为包容"，"我并不以为编纂一部符合后现代标准的解构主义的文学史是《哈佛文学史》的使命，我甚至认为那不是一种正确的对待历史——至少是对待'中国现代文学史'——的态度，而更像是虚无主义的把戏。解构主义背后的理念先行与意识形态的主导色彩可能远比它希望解构的对象还要重。我相信认真的读者可以发现，尽管没有挑明，即不像绝大多数文学史著作那样一目了然，《哈佛文学史》中其实也是贯穿了几条主线的"。[1] 这种互相唱和的叙述话语既有助于突破身份政治批评对于知识合法性的辩难，也能有效地使不同身份、不同学术体制生产的文学史知识居于同一价值尺度，当林林总总的话语在叙述中彼此交错、相互汇合，"文学"涵义的变迁、

---

[1] 王德威、李浴洋：《何为文学史？文学史何为？——王德威教授谈〈哈佛新编中国现代文学史〉》，《现代中文学刊》2019年第3期。

现代文学史的学术史即呼之欲出。

具体而言,《哈佛文学史》容纳了多种观照现代文学历程的视角,从亲历者的回忆、历史人物的心理出发,努力还原中国文学现代化变革时期的现场感。一方面,主编王德威在约稿时有意让各位作者采用具有文学性的叙述方式,使得一些篇章的叙述思路大异于学术著作,如关诗佩《翻译的政治:走向世界一文》将威妥玛作为第一人称叙述者,虚构历史人物的精神独白,又如孙康宜《记忆与创伤:从二二八事件到白色恐怖》通篇以"我"的口吻来阐述对历史事件的经历,这些包含了虚构性、回忆性、自传性的篇章造就了文学史多元化的叙述体制。另一方面,史著的作者们也有意选取了有别于过去传统文学史的视角,重新演绎文学史上的重大事件。例如,五四运动的前因后果及其与新文学的关系一向是文学史书写的重点。传统文学史在论述新文学的诞生时一般会交代时代背景,介绍以《新青年》为阵地的多位作家的创作,分析新文学的艺术理念,并从当代的角度评价其在文学史上的价值。如王瑶的《中国新文学史稿》在第一章介绍文学革命时论及五四运动,先强调其宏观历史意义,"但文学革命是先通过五四运动,才当作新民主主义革命的有力的一翼而扩大影响与力量的"[1],然后指出五四运动的反帝、反封建性质,再介绍以《新青年》为中心的新文学作家及其反对者的几次论争交锋,由此实现对其的价值判断。《哈佛文学史》则重新演绎了这一段历史。陈平原的《触摸历史进入五四》一文从冰心、郑振铎、沈尹默、闻一多、俞平伯等人的回忆录入手,从这些参与者的私人记忆来展现历史的鲜活面貌,书写五四运动的接受史。贺麦晓

---

[1] 王瑶:《中国新文学史稿》,上海文艺出版社1982年版,第70页。

(Michel Hockx)的《巨大的不实之名:"五四文学"》则对比了鲁迅的日记和《小说画报》1919年6月号的刊文,还原五四运动前后的雅俗文学创作状况,指出彼时包括鲁迅在内的新文学作者很少把五四运动作为重要事件来进行相关创作,反而是包天笑等通俗文学作家更热衷将此作为写作题材。这两篇文章都采用了在场者的视角来进行叙述和评价,避免了用本质化的史学观念为文学事件赋予过多建构性的价值,以开放性的姿态给予了读者解读历史的权利,既展现了历史叙述的多种路径、叙述历史的欲望本身,又呈现出了文学与文学史的建构性和复杂性。

二

《哈佛文学史》多元互动的书写形态引发了国内学界的诸多讨论,包括"在世界中"的文学观、对中国现代文学的起始分期以及"华语语系"等问题。作为《哈佛文学史》的核心理念,"在世界中"的文学观认为要围绕着中国文学何时开始与世界范围的文学生产、文学观念发生互动来刻画中国现代文学的发展,研究者们大多肯定了这一重述中国现代文学的创新性方向。但对于《哈佛文学史》所划定的从1635年到2066年的文学史分期,大部分研究持有保留意见,少数研究从象征性节点的角度来阐释这一并无实际意义的划分方式。[1]而对于"华语语系"的实践,研究者们除了指出其在文学史学术建设的功绩——充分将局限于"中国"政治实体的文学史范围拓展到与中国现代文学息息相关的其他地域和语言中之外,还指出了此套理论所具有的文化价值,认为相比起趋向于树立冷战般意识

---

[1] 张治:《长达四百年的"现代中国文学史"》,《汉语言文学研究》2018年第9期。

形态对立的旧有的华语语系论述，王德威所推崇的"华语语系""是有利于华语世界的交流和团结的"[1]。总的来说，国内研究者普遍认为作为围绕中国文学"在世界中"历程的《哈佛文学史》是有价值的，但在这一理念的诸多实践细节上保持观望。

值得注意的是，一些研究者在谈及《哈佛文学史》在书写形态创新上给中国文学研究作出的贡献之余，也在文化身份、意识形态上为王德威和此书提出辩护。丁帆就王德威在序言中对夏志清《中国现代小说史》的评论，强调从夏志清到王德威的海外华人对中国文化传播的贡献[2]；陈思和强调王德威将港台文学自然地归于"中国现代文学"范畴下的文化意义[3]；施龙《在"华语语系文学"中穿行的堂吉诃德》一文认为《哈佛文学史》对"华语语系"的推崇是一种文化"左"派的立场[4]。研究者们强调王德威及《哈佛文学史》的开放性，以及学术应有的包容性，本身即暗示了当下的文学史研究存在着与意识形态、学科差异息息相关的批评话语。围绕着《哈佛文学史》在身份政治上的讨论，本身即暗示了当下大陆学界与海外汉学之间千丝万缕而又紧张不安的关系。这也隐隐正与书中中国文学"在世界中"的过程对应：进入"现代"的场域后，无论是中国文学还是中国文学研究，都将牵动起世界范围的关注，并让这些关注者不仅是在自己的场域研读和批评作品/研究，还要去思考这作

---

1 陈思和：《读王德威〈"世界中"的中国文学〉》，《南方文坛》2017年第5期。
2 丁帆：《"世界中"的中国现当代文学史编写观念——王德威〈"世界中"的中国文学〉读札》，《南方文坛》2017年第5期。
3 陈思和：《读王德威〈"世界中"的中国文学〉》，《南方文坛》2017年第5期。
4 施龙：《在"华语语系文学"中穿行的堂吉诃德——评王德威主编〈新编现代中国文学史〉》，《扬子江评论》2017年第6期。

品/研究在整个世界范围的意义。

在对海外文学史和文学史家的研究中,从身份政治出发的讨论是一种常见的批评范式,它与海外现代文学史书写的源头息息相关。夏志清在《中国现代小说史》中以"感时忧国"来评价中国现代文学,认为中国现代作家虽然重视书写人的精神病貌,但没有像西方现代作家一样去探索现代文明的病源,而是将目光局限于中国的救亡图存,"视中国的困境,为独特的现象,不能和他国相提并论","但中国作家的展望,从不逾越中国的范畴,故此,他们对祖国存着一线希望,以为西方国家或苏联的思想、制度,也许能挽救日渐式微的中国……这种'姑息'的心理,慢慢变质,流为一种狭窄的爱国主义"。[1] 对此,海内外看法不一,一些研究者指责这是写作者出于政治倾向而否定中国现代文学主流精神的例证,也有研究者指出这一理论和夏志清批评话语之间的同质性,如王德威认为,"夏本人是否也显现出了一种'感时忧国'的心态?他和他所评介的作者其实分享了同样的焦虑:在'现代'文学的竞争上,中国作家已经落后许多……他急欲从西方先进的模式寻找刺激"[2]。总的来说,对于"感时忧国"的争论逐渐延展了这一术语的范围:它既是对于中国现代文学面貌的一种评价,也可以指涉海内外学者在研究、评价中国现代文学时意图对文学和文化进程进行干预的欲望。也由此,文学史家的政治文化身份和文学史的干预目的成为评价海外文学史书写时难以回避的议题。

---

[1] 夏志清:《现代中国文学感时忧国的精神》,《中国现代小说史》,香港中文大学出版社2001年版,第462页。
[2] 王德威:《重读夏志清教授〈中国现代小说史〉》,《当代作家评论》2005年第4期。

夏志清的《中国现代小说史》既直接推动了重视人文主义、文学审美性的"重写文学史"潮流，又引发了对海外汉学意识形态、西方理论基础的政治、地缘批评。因而，中国学界对于海外的文学史书写该在何种程度上吸收和抗拒，已有了一定的批评范式。随着国内学界对海外汉学的反思，一些对海外文学史和文学史家的研究又不期然再次踏入身份政治批判之中。在这样的目光打量下，对《哈佛文学史》的评判，乃至王德威所提倡的多元化、包容性的学术概念，也似乎变得可疑了起来，以至于出现了一系列质疑王德威"被压抑的现代性""中国文学抒情传统"的相关研究是有意以虚构的、边缘的文学史叙述，来含混和取缔现代文学主流的声音。比如，有的研究者怀疑王德威《被压抑的现代性》在新文学之外不断追溯现代性起源的政治动机，认为其表面在开掘丰富的现代性资源，实则是在否定新文学成为文学和文化主流的合法性。事实上，这些身份政治批评正如王德威对夏志清的评论，同样具有自我指涉的性质：批评者们在质疑现代文学的多元化论述时，也流露出对于新文学主流地位的捍卫意图，以及对于史学问题的回避：从晚清文学到新文学再到社会主义文学，文学主流在文学史的浮现，究竟是一个客观的文学发展过程，还是掺杂了政治话语、学术话语的后发建构？这些对于身份立场的怀疑，反而使得讨论难以深入到这类文学史的基本问题。

三

国内学界对于《哈佛文学史》考察往往在三个维度中进行：置入北美中国现代文学研究的传统的进行评述，勾连主编王德威的学术思想历程进行阐释，或与国内的中国现代文学史写作进行比较。

这些研究大多论及了从夏志清、李欧梵到王德威的北美中国现代文学研究谱系，以及王德威个人所致力于的具有多元化、包容性倾向的一系列中国文学研究，试图以学派渊源、个人志趣来接受《哈佛文学史》在书写形态上的开放性风格。事实上，《哈佛文学史》多元互动的书写形态在很大程度上源于海内外学术机制的差异。海内外著史者所处的学科不同，学术渊源相异，各有其书写目的与定位，从而在写作方式与著史体例上有所隔阂。

在大陆学界，现代文学史的书写者通常隶属于中国语言文学下的中国现当代文学学科，并且，其书写工作主要是出于编写教材的目的。可以说，现代意义上的、专业化的中国文学史最初即是为了满足新兴的文学学科需要而写成的，如晚清时期林传甲和黄人为大学授课而写作的文学史稿[1]。及至共和国时期，社会主义高等教育强调了作为教材的文学史应与国家主流意识形态相契合，所以，学界的中国现代文学史往往具有强烈的国家主体立场，它们是文学和文化教育的教学材料，承担着确立文学经典、构建国民身份认同的责任。如王瑶在为《中国现代文学三十年》所做的序中评价改革开放后的一批现代文学史："尽管在体例或深度上还没有更大的突破，但都在对现代文学的基本性质，以及对文学运动、作家作品的评价上，进行了大量'拨乱反正'的工作。这对于推动现代文学研究回到马克思主义的实事求是的轨道上来，起到了积极的作用。"[2]又如，陈思

---

1 林传甲，光绪三十年（1904年）在京师大学堂师范馆任国文教员时编讲义《中国文学史》，黄人，生于同治五年（1866年），在东吴大学任教时编讲义《中国文学史》。
2 王瑶：《序》，钱理群、温儒敏、吴福辉：《中国现代文学三十年》，北京大学出版社1998年版，第1页。

和也曾指出,"中国 20 世纪文学史在本世纪所产生的历史意义不是孤立的,它是在中国由古典向现代转型的宏大社会历史背景下发生的,它与其他现代人文学科一起承担了知识分子人文传统重铸的责任和使命"[1]。无论是将文学史的功能定位为马克思主义建设的一部分,还是知识分子人文传承的载体,都显示出国内学术机制中的中国现代文学史在传递民族文化认同上的知识定位,这也在一定程度上决定了它们的书写视野始终难以逃脱政治实体的阴影。例如,尽管香港、台湾地区的文学发展对于中国现代文学史的书写有着极为重要的政治文化意义,但是其在大部分大陆文学史中均处于边缘位置,不但所占篇幅较小,也难以突破单独的"台港澳文学"范畴、与大陆部分的阐述相融合的模式。

对于北美学界而言,对中国现代文学的研究起于东亚研究这一学科,而东亚研究的成立则是出于冷战前后美国的文化和战略需求,即通过了解东亚文化脉络来为国际政策的制定提供帮助,具有强烈的地缘政治色彩。脱胎于此的海外中国现代文学研究往往具有一定的学科特色,比如,往往将中国现代文学置于中国文学的整体链条中予以考察,重视其与中国古典文化的传承关系;又如,其研究不断拓宽文学批评的视野,重视文学跨民族、跨语际、跨文化的传播。而且,具体到文学史书写中,北美人文社科研究界的文学史往往以研究著作的形式呈现,而非具有典范意义的学生教材,所以带有强烈的理论视野和个人色彩。《哈佛文学史》延续了这些学科特色,比如其在书写中不断追溯现代性的古典源头、评述中国文学的世界性

---

[1] 陈思和:《20 世纪文学史编写的三种对象和三个层面》,《山东社会科学》1998 年第 1 期。

传播等等，但也有意对海内外文学史写作的种种问题和范式做出了大胆的回应和突破。

首先，《哈佛文学史》回应了海内外学界在文学史书写长期论争的本土性问题。夏志清的《中国现代小说史》是海外中国现代文学研究的开山之作，认为"大体说来，中国现代文学是揭露黑暗，讽刺社会，维护人的尊严的人道主义文学"[1]，并批评"中国现代小说的缺点即在其受范于当时流行的意识形态，不便从事于道德问题之探讨"[2]。学界对这一"感时忧国"的结论一直颇有争议，最为典型的一种声音即是认为其指责是以西方文学作为评判中国现代文学的参照系，忽视了这种文化干预的特性亦是中国文学观念本土性所在。此后，夏志清与普实克的论争，陈世骧所提出的"中国文学抒情传统"等仍围绕着文学观的本土性问题，从而逐步提升了本土传统在海外中国现代文学研究中的位置。《哈佛文学史》对这一问题做了正面回应，旗帜鲜明地树立起了本土性与世界性交错对话的文学观。在导言中，王德威考量了中国传统中"文"对西方"literature"的接受与阐发，指出"中国文学的'文'源远流长，意味图饰、样式、文章、气性、文化与文明。文是审美的创作，也是知识的生成"，"'文'这一概念和模式不断地演绎和变化，铭记自身与世界，也为其所铭记"[3]。由此，涵义流动中的"文"既是批评的基底，也是研究对象本身，这就使《哈佛文学史》得以将一系列涉及本土文化变革的材料纳入写作视野，从而超越了西方书写"叙事、抒情、戏剧"

---

[1] 夏志清：《中国现代小说史》，香港中文大学出版社2001年版，第14页。
[2] 夏志清：《中国现代小说史》，香港中文大学出版社2001年版，第17页。
[3] 王德威主编：《哈佛新编中国现代文学史》，台湾麦田出版公司2021年版，第30—31页。

三分法的局限。

其次,《哈佛文学史》突破了国内文学史书写中常见的本质主义问题。在新文化运动时期,胡适在有关中国文学变革的号召中将白话文学称为能取代"死的文学"的"活的文学",为推动白话文学的发展而否认文言体裁具有承载、传播新思想的潜力,呈现出本质主义的文学倾向。共和国初期,社会主义背景下的现代文学史书写以阶级论来评判文学,不仅排斥了对鸳鸯蝴蝶派等具有"资产阶级倾向"的通俗文学的研究,也逐渐模糊了阶级倾向不明朗的五四新文学和社会主义文学的源流关系。改革开放后,"重写文学史"后出现的一系列文学史书写脱离了阶级论的全盘操控,并开始将通俗文学、港台文学等纳入讨论范围,还包容了现代主义等诸多美学倾向。但是,这些人本主义的文学史依然挣脱不了本质主义的窠臼,"文学即人学"的口号决定了文学批评与社会思想史、作家精神史的勾连,比如《中国现代文学史三十年》在前言中指出"所谓现代文学,即是用现代文学语言与文学形式,表达现代中国人的思想、感情、心理的文学"[1],又如《中国现代文学史 1917—2013》认为现代文学创作中的现实主义、浪漫主义、现代主义的本质是对人性的新发现[2]。当普适的人性成了评判文学价值的准绳,就注定了文学史书写中低估或忽略文学创作的形式探索等诸多弊端。对此,《哈佛文学史》指出,"海德格尔将名词'世界'动词化,提醒我们世界不是一成不变地在那里,而是一种变化的状态,一种被召唤、揭示的存在的方式

---

[1] 钱理群、温儒敏、吴福辉:《中国现代文学三十年》,北京大学出版社 1998 年版,第 1 页。

[2] 朱栋霖、朱晓进、吴义勤:《中国现代文学史 1917—2013》,北京大学出版社 2018 年版,第 4 页。

(being-in-the-world)。'世界中'是世界的一个复杂的、涌现的过程，持续更新现实、感知和观念，借此来实现'开放'的状态"[1]。这一"世界中"的方法论提醒我们，世界在变，文学在变，中国文学也在相应地发生变化，并没有一个稳定的、本质的文学或中国文学，其内涵在现代化的历程中不断发展，也在本土性与世界性的对话中不断变迁，所以，文学史的书写应当尽可能地展现多种声音、多个场域以及流动视角。

尽管意识形态、文化身份、学术理念的差异给海内外文学史书写的互鉴带来了一定的阻碍，但《哈佛文学史》还是尽可能地挣脱了地缘批评的话语束缚，创造了文学史知识多元互动的可能。因此，《哈佛文学史》的多元化书写策略不仅是一次解决文学史书写积弊的先锋尝试，更是在塑造一种让不同的文学史知识互动共生的对话模式。在地缘批评导致海内外文学史有所成见和隔阂的当下，《哈佛文学史》构建学术共同体的努力具有突出的价值。

---

[1] 王德威主编：《哈佛新编中国现代文学史》，台湾麦田出版公司 2021 年版，第 38 页。

幽暗意识下的三重跨越
——读王德威《为什么小说在当代中国如此重要》

作为当前最为引人注目的海外学人之一,王德威对海内外学界的影响可谓是风靡不辍。他的研究序列横跨近代、现代、当代三个历史分期,涉及文学批评、文学史书写、华语语系等多个方向,既包罗万象,又致力于拾遗补阙,考掘主流文学史大纛之下被压抑的诸端声音。2020年,王德威推出英文新著《为什么小说在当代中国如此重要》(Why Fiction Matters in Contemporary China),这本论著由他在布兰代斯大学曼德尔人文讲座的授课内容结集而成,回顾了过去二十余年间华语小说创作及其所辐射出的种种文学现象,考察其如何在现代性的坐标轴上推陈出新,以此揭示出文学、现实/历史、政治之间互为隐喻、互相辩证的巨大动力和张力。

于读者而言,这部新著似乎是一个"熟悉的陌生人",无论是华丽丰赡、繁复锦簇的行文风格,东西交糅、古今并举的理论视野,还是回旋辩证、反复呼应的论证逻辑,"王氏风格"无处不在。可以说,该书所聚焦的小说穿透历史罅隙的三重跨越性,并由此反复提及的"迷魅""怪物"等概念,已然成为王德威批评中的一种"动机"(motif),它构成了一种隐喻结构,甚至是象征体系。这种一以贯之，似曾相识的感觉不仅来自其独特的学术理念和治学方法，更指向了其反复提及的"幽暗意识"批评观，使得本书得以在延续中更新了王德威自身的文学研究光谱。

一

《为什么小说在当代中国如此重要》全书由五章构成，除首尾两章提纲挈领式地导入和总结之外，其主体部分由三重跨越性组成。第一章"讲好中国故事"在新时代的背景中通过对"故事"一词的咬文嚼字，将虚构叙事的意义问题徐徐展开。在回顾了新世纪以来复杂的现实形态与文学生态之后，王德威指出，正是意识形态与个体声音的相互龃龉、压抑力量与前卫冲动的彼此作用，才使得小说这种虚构的叙事成为了通往当代中国情感的万花筒。[1]紧接着，王德威将中西方的现代小说观念并举，从梁启超、鲁迅、沈从文，到本雅明、阿伦特、韦伯、巴赫金、德勒兹，他将各色中西范畴互相指涉、牵连，并及于其他，碰撞衍生出错综复杂的脉络和面向。至此，他又笔锋一转，将小说观念进一步上溯到《庄子》，并一路追及三言二拍等通俗小说，乃至冯梦龙试为"小说"正名的旧案，最终引出了"小说为什么在当代中国如此重要"这个核心问题。在他看来，当下的小说虽不再享有二十世纪的昨日荣光，但凭借着其三重跨越性（Trans）——"越轨"（transgression）、"轮回"（transmigration）和"透视"（transillumination），在纷繁复杂的现实境况中焕发出了新的自由与活力。

---

[1] David Der-wei Wang, *Why Fiction Matters in Contemporary China*, Waltham, Massachusetts: Brandeis University Press, 2020, p. viii.

第一重跨越为"越轨",即小说大胆打破了种种禁忌,实现对法律、道德、伦理、情感和认知范式的跨越,从而为解读当下现实提供了新的视角。在第二章"外星人来了:作为越轨的小说"中,王德威首先细数了小说在中国寻求现代性之路上所产生的巨大影响,如二十世纪之初所承载的乌托邦梦想,二十年代对旧制度的抨击,三四十年代对社会不公和外强入侵的控诉,以及五六十年代所引发的文化热,由此指出现代小说自诞生之初就与改革和重塑中国的文化政治紧密相连,写作者通过现实主义将情感注入文字,将"力比多"引入意识形态[1]。这一线索绵延至当下便遭遇了极大的挑战,为应对复杂遽变的现实,小说中出现了不断变形的"异类",它们跨越了种族、伦理、宗教、政治,迸发出颠覆性的力量。在此,王德威以各色文本举隅说明,这些"异类"不但可以来自外部,如李锐的《张马丁的第八天》、马家辉的《龙头凤尾》等以外国人、传教士和殖民官员说明了宗教和殖民是如何在空间、制度和身体的意义上定义现代性的;也可能来自人民内部,如戴厚英的《人啊人》、严歌苓的《陆犯焉识》、高行健的《一个人的圣经》等以知识分子的异化心路展现了政治意识的潜在激流;还有可能溢出"人"的范畴,如韩松的"医院三部曲"、刘慈欣的《三体》、吴明益的《复眼人》等已然进入了虚拟世界,以科幻的形式打破了文学与民族性问题的无尽纠葛,进入到对人类命运共同体的探索之中。

第二重跨越是"轮回",即小说跨越了时间和空间,使得生命变形、破圈,从而实现了社会主义向后社会主义的超现实过渡。在第

---

[1] David Der-wei Wang, *Why Fiction Matters in Contemporary China*, Waltham, Massachusetts: Brandeis University Press, 2020, p. 43.

三章"生死疲劳：作为轮回的小说"中，王德威由福柯引入乌托邦、恶托邦与异托邦等相关概念，以此阐释小说在人、鬼魂、动物之间来回穿梭的书写脉络，似乎是对此前"书写即招魂"论断的延续。他重提韦伯所提出的"世界的祛魅"（the disenchantment of the world），通过对"乌有史"（Uchronia）的考察，指出我们仍处在一个魅惑丛生的时代，在标榜坚硬有力、无可置疑的大说中，在纷纭杂沓的文学叙事、人性暗流里，存在着大量被压抑的因而游离于我们视线之外的鬼魅幽魂。即便是在那些看似清明、自为的社会领域，迷魅也并未完全退场，它们仍然以隐而不彰的方式存在着，一切政治、历史论述所承诺的光明与进步不过是一种虚渺的乌托邦图景。他罗列了老鬼的《血色黄昏》、陈冠中的《建丰二年》、黄锦树的《犹见扶余》、余华的《第七天》等诸多文本，指出这些小说中或变成动物或变成幽灵的哥特式主题，打破了建立在价值观和信仰之上的社会主义启蒙，成了这些迷魅浮出地表的契机。在他的论述中，"轮回"的叙事已然隐隐涉及了"后人类"的一些基本主题，它跨越了物种，如小说赋予动物以政治意义来反观人类自身；它也跨越了生死，如小说以后现代的方式提出了"生命与文明消失之后会怎样"这样的古典问题。

第三重跨越为"透视"，即小说想象黑暗之外的光明力量，并思考这种新的文学之光对中国现实的伦理和政治意义。在第四章"黑暗之光：作为透视的小说"中，王德威从本雅明"世俗的启迪"（Profane Illumination）延伸开去，指出文学具有穿透表面现实的透视力量，并由此跨越了传统的光明与黑暗的划分。在当代中国，真正揭示中国现代性症候的文学不是光明而是黑暗，这些对于负面现实或是心灵阴暗面的书写打破了存续已久的启蒙范式，迸发出无穷的想象力。[1]通过对海德格尔、荷尔德林、阿甘本和张灏的阐述,他重申文学应在启蒙理性之外拥有更为广袤深邃的面向。黑暗之光即为一种想象力、洞察力,通过对光明世界背后种种昏聩的探究,挖掘出内蕴其中的光明与斑斓。王德威从骆以军的《匡超人》、阎连科的《日熄》,谈到迟子建的《世界上所有的夜晚》,又重新回到本雅明、阿伦特的小说观,指出这些跨越黑暗与光明的小说通过对可见与不可见、叙事与死亡政治的探讨创造出了新的叙事范式,从而进入对时代、人类与文明更为宏阔的思考之中。

通过对当代小说这三重跨越性的阐释,王德威在最后一章"小说即怪兽"中从伦理、政治和情感的角度对全文做出总结,并重新演绎了此前在《历史与怪兽:历史,暴力,叙事》中所下的诸多判断。在重提"在历史未能解决人为和自然暴行的地方,小说便出现了"之后,他再一次打捞出梼杌这个"人与非人的混合"的文化意象,发出了"小说本身可以被视为梼杌的化身和控诉吗"这样的疑问。王德威将阎连科的《坚硬如水》与歌德的《浮士德》、陀思妥耶夫斯基的《卡拉马佐夫兄弟》并置,重新思考这类小说的所谓"恶魔"特质,他认为,无论是叫"梼杌"还是"恶魔",这些小说均以跨越的方式在后人类时代刺激我们的想象与感官,激发我们的想象,从而超越了可能与不可能之间的对立,开辟出一番新的天地。

---

[1] David Der-wei Wang, *Why Fiction Matters in Contemporary China*, Waltham, Massachusetts: Brandeis University Press, 2020, p. 119.

二

在《为什么小说在当代中国如此重要》中,王德威一如既往地引入和运用了大量西方理论,并有意识地与中国话语架构并举,进一步诠释二者之间对话衍生、错综复杂的互动关系。其中最为典型的代表即为经由王德威借镜改造后用以考辨中西、统摄全文的"幽暗意识",它既是一种思想形态,也是一种批评视角,两种面向彼此交融、互相指涉。

在第四章论及"透视"问题时,王德威首先介绍了张灏所提出的幽暗意识,以阐释为何小说能在挖掘黑暗之光中生发出更多的可能性。张灏的"幽暗意识"本是在政治思想层面上的论述,"所谓幽暗意识是发自对人性中和宇宙中与始俱来的种种黑暗势力的正视和省悟:因为这些黑暗势力根深蒂固,这个世界才有缺陷,才不能圆满,而人的生命才有种种丑恶,种种遗憾"[1]。他在人性论层面肯定人性中与生俱来的阴暗面和人类社会中根深蒂固的黑暗势力,亦即对于人根深蒂固的堕落性和无法避免的不完美性的认识。紧接着,王德威又引证了海德格尔在1957年《思想的基本原则》中的观点,指出幽暗是光明的隐藏之处,它保住了光明,光明就此属于黑暗。[2] 对于海德格尔来说,诗(文学的语言)能够在灵光一现的刹那之间,让我们了解到存在的种种局限、障蔽和不明。而我们周遭那无垠、无限的黑暗力量,才是我们真正去讨论存在之所以为存在的根源。正是在这一意义上,幽暗意识为我们提供了方法论和宇宙观层面的

---

[1] 张灏:《幽暗意识与民主传统》,新星出版社2010年版,第23页。

[2] David Der-wei Wang, *Why Fiction Matters in Contemporary China*, Waltham, Massachusetts: Brandeis University Press, 2020, p. 129.

借鉴。在对照中西之后，王德威指出，"幽暗意识"牵涉到了认识论、本体论上的对于"什么是文学"的大哉问，即幽暗意识之于王德威，已成为文学之所以为文学，思想之所以为思想的重要启发点。因为现实世界经过层层叠叠的文学论述以及隐喻、象征的千回百转，已变得如黑洞一样混沌复杂、深不可测，而我们唯有怀抱着幽暗意识，才有可能在有限的认知之外意识到我们的局限，在可见的视域之外探触到无限和浩渺，才有可能从中获得灵光一现的顿悟的可能，企及渺茫、深邃、神秘的本真世界。

这样一种幽暗意识落实在王德威个人的批评实践上，则体现为他所关注的文本与叙述往往包含着多层次的寓言向度，通过各式各样的隐喻修辞，指涉着个人、社会、国族、历史、生命的隐微之面，或建构着鲁迅所说的"无物之阵"。而这些未能发之于口、不能已于言者的内容，始料未及、深不可测的深层，就构成了王德威施展身手的领域。早在《想象中国的方法》，他就自陈"我有意描写传统小说史未及探勘的脉络，或细究经典作家作品较幽微的层面"[1]。在《哈佛新编中国现代文学史》的中文版序言中，他也有类似的说法："（论著）尊重大叙事的历史观和权威性，但更关注'文学'遭遇历史时，所彰显或遮蔽、想象或记录的独特能量。……每篇文章以小观大，指向历史可见和不可见的发展。"[2] 由是，幽暗意识在王德威那里演化为一种驱力，似乎总是有一种不可知的、不可测的力量在驱动着他对现状做进一步的论证和辩证。

及至新著《为什么小说在当代中国如此重要》，王德威借着幽暗

---

[1] 王德威：《想象中国的方法》，生活·读书·新知三联书店1998版，第2页。
[2] 王德威：《哈佛新编中国现代文学史》，台湾麦田出版公司2021年版，第19页。

意识的烛照重新探照百年以来的小说谱系，在理所当然的科学启蒙主流之外梳理无名与因循的潜流。在他看来，鲁迅的革命性不仅在于亦步亦趋地反映人生，也在于直面人生晦涩的、难以穿透的物质性，他在《夜颂》等散文中对黑暗、创伤、幽灵等意象的执迷似乎呈现出"后人类的眼光"，即鲁迅在意图以启蒙改变现状之余，早已认识到现状深处埋伏着照不透的领域。王德威认为，鲁迅的意义即在于凭着这一幽暗意识的指引，于科学与玄学之外叩问出了一种跨越虚实、无中生有的能量，即文学主体逾越理性的防线，演绎生命边际的奇诡想象，勘探理性门墙之外的幽暗渊源，逼近神秘、虚幻、不可见的所在，"于天上看见深渊，于一切眼中看见无所有"便是其最具诗性的注解。在此意义上，百年之后的阎连科与韩松便在冥冥之中与鲁迅形成了对话的关系，他们或通过神实主义的狂欢挖掘繁荣表象下的荒谬、无序和混乱（《日熄》），或借科幻的狂野想象颠覆了白天与夜晚的轮转（《我的祖国不做梦》），这些跨越性的小说似乎是对鲁迅"铁屋子论"的再演绎：铁屋内外也许并无分别，我们如今所面对的是不可名状的无物之阵。[1] 由此，王德威辨认出文学——作为一种与历史、生命互涉的产物——其内蕴的、本体论式的悖反性：它既晦涩又清明，既是病灶又是解药；既指向革命的可能性，也反思其不可能性，其本身很可能是这样一种模棱两可、含混不明甚至自相抵牾的存在状态，所以也就绝难以各种黄钟大吕的概念所囊括。

这也可以为全书在结尾处又回到王德威所念兹在兹的"怪兽性"

---

[1] David Der-wei Wang, *Why Fiction Matters in Contemporary China*, Waltham, Massachusetts: Brandeis University Press, 2020, p. 129.

(Monstrosity) 作一注解，其与现代性（Modernity）的辩证纠葛可谓是其批评体系中的重要文眼。通过对三重跨越性进行庖丁解牛，王德威将当代中国小说再次命名为怪兽，用梼杌、魔鬼、困兽、幽灵等种种不同的意象铭刻中国文学史血泪飘零的面貌，也因此见证了满目疮痍的历史与现实。怪兽诞生于文学想象之中，指向历史经验里挥之不去、除之不尽的暴虐、荒谬和罪恶诸因素，其极致处，文学几乎成为暴力论述的衍生。在2004年的《历史与怪兽》中，王德威的笔墨从晚明的小说史话铺展至革命时代的诗人传奇，更延伸到世纪末两岸四地的小说书写，在此一绵长脉络中，历史纪恶、文学记忆与时代危机始终遥相呼应，个人的悲欢、病态与创伤，与"国族"叙事构成互补和象喻，从而揭示出中国现代性的面目是怎样疮痍满目，疑窦丛生。在这里，文学/文学史并不预示任何正面积极的幸福、自由、和解和完满，恰恰相反，它"表达的是那些情绪激动者、受压迫者、无法和解者和失败者的体验"[1]。在2020年的《为什么小说在当代中国如此重要》中，王德威再次回望历史，展望未来，更直面当下科技生态与网络政治交织的无穷变数：政治、族群、性别、情色、生态等议题纷呈杂沓，各种文体实验、修辞实验层出不穷。在数个世代的文学文本中，历史理性退位，怪兽/迷魅始终挥之不去、如影随形，提醒着我们历史的创伤总是无有尽时，也暗示幽暗的存在永远无法遮蔽。正如评论指出，"在他（王德威）实际分析中，他会对那些命运多舛的作家作品尤其关注，从中揭示出现代性变迁的不可确定性，它投射在个人命运中的不可知的神秘力量，

---

[1] 张旭东：《寓言批评—本雅明"辩证"批评理论的主题与形式》，《文学评论》1988年第4期。

乃至于其暴力本性"[1]。通过考察这些跨越性的文本，他似乎再一次实现了复魅（re-enchantment）：重构忘却的记忆，翻检被压抑的欲望，找寻失落的历史，使一切无法言表、难以意会之物以具象的形式得到表征和重现，并由此戳穿神话的矫饰和神圣光环，揭示出现代性之下的野蛮烙印。

三

1997年，王德威在《被压抑的现代性——没有晚清，何来"五四"?》的序言中自陈："我的兴趣，大约可分为五个方向：一、小说、历史、政治的错综关系；二、晚清与当代小说所显现的世纪末特征；三、去国与怀乡主题的兴起与发展；四、女性小说家与女性角色的流变；五、小说批评的向度与实践。"[2]可以说，这一概括直至二十余年后的《为什么小说在当代中国如此重要》仍然有效，他从这些范畴切入中国小说的最新动态，强调当下小说的多样性，从科幻想象到政治寓言，从感官冒险到乌托邦与反乌托邦，从社会批判到心理刺激，它们以迭出的跨越性构建起了现代性与怪兽性交织的文本世界。而通过其所承载的三重跨越性与此前的研究不断隔空对话，王德威也对本土的论述传统构成反思、辩难、解构甚至更新。从他所采用的"幽暗意识"出发，我们从中可以收获观照文学文本的一种启示与路径，但也可以看到，作为一种主观建构的理论思想，其仍有鞭长难及的不及物之处。

---

[1] 陈晓明：《重新想象中国的方法——王德威的文学批评论》，《中国现代文学研究丛刊》2016年第11期。

[2] 王德威：《小说中国》，台湾麦田出版公司1993年版，第14页。

总体而言，这部新著显然有志于在当前的文学批评生态之上提出别有怀抱的问题和创见的，且这些问题和创见往往指向更深层的地质，指向认识论层面的临界状态和观念上的盲区。王德威所借重的"幽暗意识"不仅只是他个人的批评、研究实践中所体现出的对于文学和生命、文学和历史交织的态度。在更切身的维度上，它对于我们自己看待其他的文学艺术作品，甚或是进行个人的写作实践，同样是意味深长、裨益深远的。如何超越传统批评写作"知人论世""抒情言志"或是以理论挂帅的典律，成全一种文学想象的自主性，从而使得作为阅读主体的"我""不再是社会的一员，而是作为深层的自我，作为我们终极的内在性"[1]，幽暗意识提供的正是这样一种出实入虚、出虚入实、无远弗届的自由。"幽暗意识不仅指的是各种理想或是理性的疆界以外的不可知或不可测的层面，同时也是我们探触和想象人性和人性以外、以内最曲折隐秘的方法。"[2]在这一维度上，幽暗意识成为一个极具活力的场域，甚至是构成文学和文学研究、文学评论的某种原动力。王德威通过自己的写作实践甚至重构了幽暗意识，也为我们呈示了文学批评的新方法、新可能。在四章论及"黑暗之光"的部分中，王德威先是回顾了鲁迅在《夜颂》中的诗性注解，"爱夜的人要有听夜的耳朵和看夜的眼睛，自在夜中，看一切暗"。然后怀想起顾城式的"黑夜给了我黑色的眼睛，我却用它寻找光明"的人文精神，最终将这一辩证思考指向了阎连科的感悟，"我感悟到了一种写作——它愈是黑暗，也愈为光明；愈是寒

---

[1] [美]哈罗德·布鲁姆：《西方正典》，江宁康译，译林出版社2015年版，第18页。
[2] 王德威：《史统散，科幻兴——中国科幻小说的兴起、勃发与未来》，《探索与争鸣》2016年第8期。

凉,也愈为温暖。它存在的全部意义,就是为了让人们躲避它的存在"。以此说明他在文字之下所关注的是人类心灵或思想的内在深度。在这个去逻各斯的世代,文学与世界一样具有高度的耦合性和多义性,也同样呈现出破碎、失序、变动不居的情势。我们很难再用一个方便的隐喻来总结自己所居住的世界和宇宙,似乎一着不慎就会陷入"失喻"乃至"失语"的困境当中。在这样一种混沌多变、言不及义的状态之中,诉求自明性的理性教条失去效用,幽暗意识则有了其存在的基础和价值。它既深入文本与文化的肌理和断裂之处,又将文学与生命、家国和世界做出有机连锁,在个人的情、物共振里,涵摄、容纳更为浩大的天地情怀,"观乎人文,以化成天下"。我们唯有抱持着这样一种幽暗意识,才能够在字里行间体悟出与表象建构相悖反的、意料之外的面向,捕捉到无数被压抑、被忽视的可能性,明了可见视域之外的种种局限和障蔽,并从中获得面对此幽暗的勇气。

但在某种意义上说,王德威的批评写作实也包含着自身不能已于言者的偏好,亦有其文化乡愁和影响的焦虑所在。《为什么小说在当代中国如此重要》延续了王德威自身暧昧的价值立场和写作态度,也延宕甚或模糊了问题中心,其对幽暗意识的过分借重也有可能会得出一些偏见,引发一些责难。其一,王德威的考察往往呈现出横跨宇宙之大与粒子之微的气势与野心,他擅长将两岸四地、古今中外的作家作品一并收归麾下、铺陈罗列,营造出众声喧哗、多声复义的面貌。但由此,他也有意无意地回避了对它们进行完整和深入的检视与剖解。此前,已有多个研究者指出了王德威对沈从文及其画作的抒情性阐释违背了基本的历史事实[1]。而当新著论及"越轨"的叙事时,王德威以《保卫延安》和《三里湾》来说明革命与历史的辩证在二十世纪五十年代转向了过度的社会主义叙事学,指出"当越轨转向内部时,现实主义小说所描述的革命似乎反而是一种不可思议的内卷"[2],这一论断似乎撇开了上文所铺垫的革命历史小说自"延安讲话"以来的发展脉络,而只在意识形态层面勾连了所谓的"异类",从而无法为历史做出有力见证。其二,过分专注于深层就会失去对广度的把握,过分聚焦于不可见之物就难免对可见之物熟视无睹。当王德威致力于探勘人类生存的内在模式,揭示表层之下的幽魅与跨越性时,也许就会造成对那些触目即见的问题的视而不见。在新著中,王德威在处理文与史的关系时过分倚重幽暗意识,由此造成了耽溺于颓废美学的危险,这也势必局限了其文学批评的视野。纵览他在新著中所反复提及的作家作品,如阎连科、韩松、骆以军、黄锦树等,无一不是试图以离心对抗向心,以隐微写作对抗写实论述,则可以知其一端。循此,我们不禁发问,王德威所说的幽暗意识,在多大程度上是这种化简为繁、似是而非的表义实践和修辞手段?它诚然意在发掘真实,但是否也会在同时具有规避事实——文学的、历史的、主体的、他者的——而使我们渐行渐远的危险?

可见,幽暗意识并非是放诸四海而皆准的理论工具,亦有其盲

---

1 李军:《沈从文四张画的阐释问题——兼论王德威的"见"与"不见"》,《文艺研究》2013 年第 1 期;李松睿:《整体研究图景与单一化的历史想象——论王德威的抒情传统论述》,《文艺争鸣》2018 年第 10 期。

2 David Der-wei Wang, *Why Fiction Matters in Contemporary China*, Waltham, Massachusetts: Brandeis University Press, 2020, p. 39.

区所在。而且，就具体的文学批评观而言，并不存在无所不包的体系或理论框架，总有一些文学作品或现象旁逸斜出，我们永远无法将所有作家作品都做约数化处理。而这无限之中的有限，通则之中的悖逆，恰恰显示了一切的批评研究甚至文学活动都会陷入的两难。归根结底，所谓的幽暗意识（以及此前的"众声喧哗""抒情传统""迷魅写作"等）仍然是被建构出来的一套论述，它带有一定的时代特征，即（西方）现代性所呼吁的内向化、异质化进程；同时也必然体现王德威个人的审美倾向和意识形态。而当王德威将这种带有鲜明个人性的视点放诸文学作品，尤其是那些他有意悬置和对抗的文学作品时，其间无可避免地产生了无数裂隙。这种裂隙可以说是主观和客观、理念和实践、自我和社会、文学和世界对接时产生的错位，一种必然的因此也是无可奈何、无法求全责备的现象。

论海外"《解密》热"现象

2014年,麦家长篇小说《解密》的英译本 Decoded 在英语世界出版。随即,小说的西班牙语、俄语、法语、德语、意大利语等三十三种语言的译本也陆续出版,在西方形成了一股强势的"《解密》旋风"。《解密》的英文版在美国亚马逊的榜单上,一度达到了世界文学排行榜的第十七位,在阿根廷雅典人书店文学类作品的排行榜上,西班牙语版的《解密》也曾攀升到第二位,短短几天内销售了上千册。一夜之间,《解密》成了国际性的畅销小说,打破了中国小说在海外难以商业化出版的困境。这个描写天才式的红色间谍最终被国家安全所异化的传奇故事在西方世界一夜蹿红,其速度之快、势头之猛是出乎所有人的意料的。1949年以来,中国政府为实现"中国文学走出去"曾做出了巨大的努力,1950年代初即创办了《中国文学》(Chinese Literature),几经改版、先后经历了增设法文版、改为月刊等不断翻新,最终于本世纪初悄然停刊;相关的"熊猫丛书"等,尽管投入了大量人力物力,其反响寥寥也是不争的事实。现在,《解密》的成功似乎让始终停滞不前的中国文学对外传播看到了希望,创作界、评论界和出版业将其上升为"麦家现象",希望能因循规律，带动中国文学的国际梦。

事实上，在《解密》受到西方读者欢迎之前，麦家在本土即是一位成功的畅销书作家。自 2002 年以来，包括《暗算》《解密》《风声》在内的各种麦家作品，累计销量早已达到惊人的数字。毫无疑问，麦家小说不同于主流创作的可读性是其赢得读者的关键因素，但其在畅销排行榜上的长盛不衰主要还是得益于作品被改编成影视作品并获得了巨大成功。有研究统计显示，《暗算》在 2003 年最初上市后表现平平，随着柳云龙执导的电视剧《暗算》在 2005、2006 年火爆荧屏后，小说的销售量呈现出井喷的态势。[1] 此后，随着谍战小说、谍战剧的不断升温，借助《风声》（改编自麦家《风声》，2009 年）与《听风者》（改编自麦家《暗算》中的一章《听风者》，2012 年）的上映，麦家作品在图书产业板块中的收益也一路上涨，达到了炙手可热的地步。

但是，《解密》在西方世界的火爆与本土的情形大不相同，《暗算》《风声》等影视剧火则火矣，却还远未达到走向世界的地步。在西方市场"畅销性"这一维度上做出巨大贡献的，主要是包括译者、出版商、媒体等在内的一系列非文本因素的市场运作。正如布迪厄"文学场域"理论所指出，文学场域中的每一个参与者，包括作家、文学研究者、评论家、文学译者等等，都在利用自己的力量，即文化资本制定策略，其在场域斗争中的最终结果决定了艺术作品的面貌。

《解密》在世界文学界的成功首先得益于其英语版译者米欧敏

---

[1] 熊芳：《"麦氏繁华"：麦家小说及其改编作品畅销原因探析》，陕西师范大学硕士毕业论文，2013 年。

(Olivia Miburn)。麦家自称,《解密》在国际市场的亮相与成功"是机缘巧合,或是运气",是"自己在合适的时候遇到的合适的人"[1]。米欧敏是一名专攻古代汉语的英国学者,2010 年,在韩国首尔国立大学任教的她赴上海参观世博会,在返韩的机场书店里,她买了麦家的两本小说《暗算》和《解密》,大为欣赏,于是出于"奇文共欣赏"的初衷,她逐步将小说翻译给她的爷爷——一位曾在二战期间从事密码破译工作的情报专家来读。尔后,她将陆续译成的八万字交给了她的大学同学、新生代的汉学家和翻译家蓝诗玲(Julia Lovell),得到了后者积极的反馈并被推荐给了英国企鹅出版公司,一举奠定了《解密》在海外出版界的地位。

在这个颇具传奇色彩的故事里,米欧敏扮演了相当重要的角色。一方面,作为一名译者,米欧敏的翻译是相当成功的,几乎所有的海外评论都注意到了高水平译文对《解密》走红的重要作用,特别是洋溢在字里行间的古典韵味"给英语读者带来了中国文学的宝藏"[2]。英国《独立报》就曾以具体语句和段落为例,剖析了其是如何"原汁原味地保留了古代汉语的韵味",并进而称赞"米欧敏的翻译堪称中英对接的最高典范"[3],《中国日报》(美国版)也指出译者"创造了流利而优雅的翻译",鼓励其进一步翻译麦家的其他作品。[4]另一方面,作为一名欧美汉学界的学者,米欧敏间接促成了《解密》

---

[1] 陈梦溪:《麦家谈作品受西方青睐:这其中有巨大的偶然性》,《中国日报》2014 年 3 月 24 日。

[2] Christensen, Bryce, "Decoded", The Booklist 110. 8 (2013): 22.

[3] The Independent, October 28, 2014.

[4] Davis, Chris, "Cipher this: Chinese novel explores cryptography's labyrinth", China Daily USA, 2014-05-08: 2.

入选"企鹅经典丛书",这也是继曹雪芹《红楼梦》、鲁迅《阿Q正传》、钱钟书《围城》、张爱玲《色,戒》以后首部入选的当代中国文学作品。也正是由于"企鹅经典丛书"的名牌效应,《解密》很快被有着"诺贝尔文学奖御用出版社"之名的美国FSG出版公司签下美国版权,其西班牙语版本也被挂靠在行星出版集团名下进行出版,其所被纳入的"命运丛书"(*Destino*)囊括了一大批诺贝尔文学奖得主的代表作,其起点不可谓不高。

也正是由于重要出版机构的介入,《解密》打破了长期以来中国小说在海外难以商业化出版的困境,正如蓝诗玲曾指出,"译介到海外的中国文学作品大多并非商业出版而属于学术出版,这使得中国文学作品始终被置于学者研究视域而难以走近普通大众"[1],而《解密》从一开始就已进入了以"畅销"为目标的市场化运作。例如,FSG出版公司在2013年签下美国版权后,曾派了一支摄影团队从纽约飞到杭州,和麦家一起用了整整一个星期,花费数十万为《解密》的发行量身定制了一部预告片[2],并为其制定了长达八个月的推广计划。行星出版集团在西班牙语版《解密》上市之际,在马德里的十八条公交线路连续投放了四十天的车身广告,极为轰动地打出了"谁是麦家?你不可不读的世界上最成功的作家"的推荐语[3],更邀请著名作家哈维尔·希耶拉(Javier Sierra)参与《解密》的发布会,并将容金珍比作西班牙人所熟知的堂吉诃德,还安排另一位知

---

[1] 胡燕春:《提升当代文学海外传播的有效性》,《光明日报·文化评论周刊》2014年12月8日。

[2] 陈谋:《解密麦家笔下的"斯诺登"为何被西方青睐》,《成都商报》2014年2月25日。

[3] 高宇飞:《麦家:西方不够了解中国作家》,《京华时报》2014年6月25日。

名家阿尔瓦罗·科洛梅（álvaro Colomer）在巴塞罗那的亚洲之家（Casa Asia）与麦家展开对话。[1]随着《解密》的全球走红，国内的出版机构迅速与国外出版商联手，自2014年6月开始，浙江出版联合集团和浙江省作家协会依托麦家作品的海外出版机构，在英国、美国、西班牙、德国、法国等十多个国家进行了长达一年的巡回推广，组织各种文学沙龙、文学之夜、媒体和读者见面会，[2]其投入人力物力之巨、时间地理跨度之大，开创了中国图书对外推广的新纪录。

在《解密》的一系列市场推广过程中，出版机构不但趁着"斯诺登事件"的东风，更有意利用了其所引发的社会恐惧心理与反思心态。2013年6月，斯诺登将美国国家安全局关于棱镜监听项目的秘密文档披露给了《卫报》和《华盛顿邮报》，引起了轩然大波。在互联网时代，谁可以逃脱监控的天罗地网，所谓隐私是否有可能只是人们的幻想等等都触动着人们的神经。《解密》此时亮相世界文坛，恰似卡勒德·胡塞尼在美国"9·11事件"后推出《追风筝的人》，用文学的想象满足了人们对现实问题的好奇与担忧，正如《纽约时报》评论所指出的："斯诺登事件爆发后，美国情报部门对全世界大规模实施监听、侦听这一耸人听闻的事件公之于众，人们对麦家的作品顿时又有了新的认识和感受，其现实意义不容置疑"，并暗示容金珍的故事很可能来自作者本人的经历，"这位作家今年五十岁，已是知天命之年，在他十七年的戎马生涯中，相当一部分时间

---

1 张伟劢：《〈解密〉的"解密"之旅——麦家作品在西语世界的传播与接受》，《小说评论》2015年第2期。
2 沈利娜：《在偶然与必然之间：麦家作品缘何走红全球》，《出版广角》2014年8月下期。

在不为人知的秘密情报部门度过,与军队掌握最高机密的密码专家打过交道"[1]。无独有偶,在西班牙语版《解密》的作者介绍中,出版商也使用了相似的手法,"他当过军人,但在十七年的从军生涯中只放过六枪","他曾长时间钻研数学,创制了自己的密码,还研制出一种数学牌戏"[2],引发了读者强烈的好奇心。对于这一历史契机,麦家并没有回避,而是做出了积极回应,在面对王德威"如何看待'斯诺登后'的全世界这个现象"的问题时,他直接将容金珍与斯诺登进行比较,指出"他们都是为国家安全这份至高神职修行的异化的人,不同的是,前者为此感到无上光荣,情愿为此自焚以示忠诚,后者则恰恰相反。他们是一个硬币的两面,背靠背,注定要在两个心向背的世界里扮演着一半是英雄一半是死敌的角色"[3]。麦家将来信与回信一并公开,作为小说的新版前言公之于众,本身就表明他自己的立场。

可以说,《解密》在西方世界的畅销是作者、译者、出版机构、评论界等各方面合力的结果,而这种合力的机缘,实在是可遇而不可求的。

经由现代出版机制的操作,一部小说可以迅速进入尽可能多的读者的视野,成为一部畅销书,但读者对它的接受与小说最终走向经典化仍有赖于文本自身的因素。在《解密》登陆英语文学界之初,众多媒体都给予了肯定性的评价,美国《纽约时报》《华尔街日报》

---

[1] Tatlow, Didi Kristen. "A Chinese Novelist's World of Dark Secrets", International New York Times Asia, 2014-02-21: 12.
[2] 张伟劼:《〈解密〉的"解密"之旅——麦家作品在西语世界的传播与接受》,《小说评论》2015年第2期。
[3] 麦家:《前言:答王德威教授问》,《解密》,北京十月文艺出版社2014年版。

《纽约客》,英国《每日电讯报》《卫报》《泰晤士报》《独立报》等主流媒体都给予了极高的评价,《华尔街日报》在一个月内连续三次报道麦家,英国《经济学人》周刊在封面写出"一部伟大的中文小说",《纽约时报》的观点颇具有代表性,认为麦家对革命故事叙述的擅长和对红色间谍英雄的塑造使得小说呈现出"一种新的紧张感"(a new sense of urgency)。[1]

这种紧张感对西方读者而言并不陌生,可以直接与其侦探小说(detective story)的文学传统相对接。在类型文学发达的英语文学界,侦探小说是一种源远流长的文学传统,始于爱伦·坡(Edgar Allen Poe)于 1841 年发表的《莫格街谋杀案》,经由近两百年的发展,成为一直备受欢迎的类型文学,从柯南道尔(A. Conan Doyle)的《福尔摩斯探案集》,阿加莎·克里斯蒂(Agatha Christie)的《尼罗河上的惨案》到约翰·迪克森·卡尔(John Dickson Carr)的《三口棺材》,侦探小说已经形成了固定的模式:开头是一件神秘罪案的发生,经过侦探的几番侦查、与罪犯斗智斗勇之后,最终以案件侦破而告终。侦探小说常用的一条原则是,表面上看来令人信服的证据,其实是毫不相干的。同时,通常的套数是,那些可推导出问题的符合逻辑的答案的线索,在侦探得到它们并通过对这些线索的符合逻辑的解释而推断出问题的答案的同时,也清楚地呈现在读者面前。冷战后,随着人们对间谍和阴谋题材的兴趣的增加,传统的侦探小说、犯罪小说衍生出间谍小说、警察小说等等,形成了西方流行文学中一支强大的谱系。究其根源,小说中的悬念构成了吸

---

[1] Tatlow, Didi Kristen. "A Chinese Novelist's World of Dark Secrets", International New York Times Asia, 2014 - 02 - 21: 12.

引读者的一大元素，并随着商品化的发展固定为可读性的重要来源。

从这个意义上说，《解密》恰到好处地契合了西方侦探小说的传统。此前，麦家因其作品在本土的走红而被冠以"谍战小说之王""特情文学之父"的称号。前者虽然将背景设在我国特定的历史时期，但其构成要素基本与侦探小说如出一辙，只是不同于其对侦探个人形象的突出，谍战小说往往以群像人物出现，从而彰显民族内涵与历史意义；后者则聚焦我国1950年代中后期的历史事件，侧重人物的政治立场，往往以共产党地下组织突破美苏情报机构或国民党、台湾当局的特务间谍为结局。然而，不论《解密》究竟更靠近哪一个类型，小说在特定历史背景下对悬念的运用是毋庸置疑的。小说开篇以"一八七三年乘乌篷船离开铜镇去西洋拜师求学的那个人，是江南有名的大盐商容氏家族的第七代传人中的最小……"开场，待读者渐渐进入老黎黎和小黎黎的世界后，作者笔锋一转，将故事转移到了N大学，开始讲述一个数学天才和他同样具有传奇色彩的洋老师希伊斯的故事，直至小说用近半篇幅完成了"起"和"承"的部分后，故事才徐徐拉开帷幕："从那以后，没有人知道金珍去了哪里，随着吉普车消失在黎明的黑暗中，犹如是被一只大鸟带走，带到另一个世界去了，消失了，感觉这个新生的名字（或身份）是一道黑色的屏障，一经拥有便把他的过去和以后彻底隔开了，也把他和现实世界彻底隔开了。"[1]读者这才恍然大悟，原来"容金珍干的事是破译密码"，而所谓"解密"方才正式登场。

如果细细分析，可以看到《解密》蕴含了不少独到的元素，契合了西方读者的阅读趣味。首先，对多个学科领域的综合运用吻

---

1 麦家：《解密》，北京十月文艺出版社2014年版，第127页。

了西方读者的阅读习惯。小说《解密》融合了包括密码编译术与破译术、数学公式的推导、计算机编程的方法、天文历法、无线电等诸多内容，这类横跨自然科学与社会科学的创作让国内读者耳目一新，但英语读者对此却并不陌生，他们对具有智力挑战因素文本的热衷与丹·布朗（Dan Brown）、007系列等阅读传统是一脉相承的。其次，《解密》中对于中国传统民间奇人异事的渲染也极大地引起了西方读者的兴趣，比如小说一开篇就谈及的"释梦术"，由玄而又玄的容家奶奶的故事奠定了小说诡秘的色彩，又比如希伊斯与容金珍在棋道上的较量，两人在不动声色中你来我往、见招拆招，提前演习了密码斗争场上的"化敌为友"和"互为出入"，这些颇具神秘色彩的传统文化使得文本在最大程度上满足了英语读者的东方想象。此外，《解密》所涉及的国家安全、秘密单位、"文革"政治、第二次世界大战、抗美援朝、冷战以后的国际形势等问题恰恰是此前中国文学海外传播的盲点，为西方读者拓展了农村生活、当下社会问题等中国文学题材。

除了这些独到元素外，小说的叙事手法也功不可没。小说运用了大量游戏性和迷宫性的叙事方式，而这正是师承自对中西文学都具有重要影响的阿根廷作家博尔赫斯。麦家坦言，博尔赫斯的创作于他有着特殊的意义，在初遇其作品时，"但没看完一页，我就感到了震惊，感到了它的珍贵和神奇，心情像漂泊者刚眺见陆岸一样激动起来"[1]。麦家的情况并不特别，正如马原的小说总是以"我就是那个叫作马原的人"开头，马尔克斯与博尔赫斯可谓是一代中国作家共同的精神母亲。一方面，正如现有研究所指出的，麦家小说与

---

[1] 麦家：《博尔赫斯与我》，《青年作家》2007年第1期。

游戏性的关联深得博尔赫斯作品的精髓[1],文本通过中国化的情节设置与故事内核极好地消化了这一舶来品,展现出对缜密叙事逻辑的无尽追求和对诡秘氛围的精心营造。另一方面,这种游戏性与迷宫式的叙事手法正是与文本对人生终极问题的追问紧密相关的。从类型上说,博尔赫斯的《小径分岔的花园》是一部侦探小说,但其之所以为经典,是小说中余琛对自我价值的探寻,以及祖孙两人跨越时空的对人生意义的哲思,《解密》也不外如是。小说的高潮出现在容金珍阴差阳错地遗失了最为重要的笔记本,在高度紧张与极度疲惫的冒雨寻找中,他似乎得到了神谕:

> 因为只有神,才具有这种复杂性,也是完整性,既有美好的一面,又有罪恶的一面;既是善良的又是可怕的。似乎也只有神,才有这种巨大的能量和力量,使你永远围绕着她转,转啊转,并且向你显示一切:一切欢乐,一切苦难,一切希望,一些绝望,一切天堂,一切地狱,一切辉煌,一切毁灭……[2]

而当笔记本最终被寻回的时候,读者发现其中并没有什么了不得的大秘密,而只是一些对人生奥义的感悟,将其与这段呓语相对照,才发现所谓的"发疯"恰恰是他开悟了久久叩问的问题,那是关于人生、关于宇宙、关于人性的终极意义。

由此可见,《解密》从涉猎范围、背景设置到叙事手法上都可谓正中西方读者下怀,其总体的风格也可以被概括为"神秘"。小说中

---

[1] 张光芒:《麦家小说的游戏精神与抽象冲动》,《当代文坛》2007年第4期。
[2] 麦家:《解密》,北京十月文艺出版社2014年版,第212页。

的人物，不论是具有主人公光环的天才少年容金珍，还是昙花一现的配角希伊斯、小黎黎，都是令人捉摸不透的缥缈形象，似乎每一个人的背后都有着一股神秘的力量，而对神秘力量的顺应或挑战也推动着他们卷入命运的旋涡。正是在对这些"神秘"的探索中，小说触碰到了勇气与恐惧、孤独与充实、大义与私欲，而读者对这些人性矛盾面的共鸣恰恰是不分国界、无关中西的。

《解密》的成功，让我们再次看到了丹穆若什所说的"世界文学"的合理性与可能性。哈佛大学的丹穆若什教授在其专著《什么是世界文学》中提出："世界文学是民族文学间的椭圆形折射""世界文学是从翻译中获益的文学""世界文学不是指一套经典文本，而是指一种阅读模式——一种以超然的态度进入与我们自身时空不同的世界的形式"[1]。在丹穆若什的定义中，"世界文学"具有相当的流动性，它甚至不是各国文学在全球语境下会最终交汇并走向的"美丽新世界"或者说"终极体系"，它更像是一种文化的中介，以相当个人化的阅读来理解他者的文化。这种对文学的整体性和连续性所做的解构，一方面证实了所谓的"文学"可能是一些散点化的存在，它并没有一以贯之、起承转合的宏大历史，更遑论世界史；另一方面也说明所谓的"世界文学"不过是一个长时段的建制过程，而非目标。为此，他在结语中启用了"如果有足够大的世界和足够长的时间"这个标题。

《解密》所彰显的与西方文学传统和西方读者想象相吻合的面向，使得它在西方的翻译、传播、接受获得巨大成功，成为丹穆若

---

[1] [美]丹穆若什：《什么是世界文学》，查明建、宋明炜译，北京大学出版社2014年版，第309页。

什所说的"世界文学"的文本，它通过翻译，让西方读者进入了遥远中国的历史时空，折射出中国文学的独特光芒。需要特别指出的是，丹穆若什的"世界文学"观念之下，依然存在非常多元化的区域、国别经验，《解密》中的中国元素本身就是一个极具张力的存在。正是因为这些多元元素，才使得"世界文学"不至于成为平面化的混杂身份、混杂历史的概念。在这个意义上，海外学者提出"华语语系"的观察，试图通过不同的"声音"（phone）来辨识纷繁的主体，《解密》中的中国声音成为海外读者定位麦家的重要依据。当然，我们也必须看到，中国当代文学走出去的关键是优秀的翻译，而很多时候，翻译恰恰最容易摧毁多音部的建制，当《解密》和莫言、苏童、王安忆、余华等人的小说，一起被标准化的现代英语或法语推向世界之际，往往伴随着时空距离、中国色彩的损失。如何在翻译实践中最大限度地转换和传达小说的内容、措辞、风格，甚至意义，《解密》的成功为我们提供了很好的范例。《解密》的成功启示我们，"世界文学"概念不是霸权层面的，更多只是技术层面的。一方面文学既不是不可译的，它可以拥有本雅明所说的"来世"，作家作品的传播，也十分有助于民族文学间的交流互动，文化壁垒的消除；但另一方面，我们也无须把中国文学地位的抬升，乃至跻身世界文学之列的期望，仅仅寄托在翻译上，没有被翻译或者在翻译中失利的作品未必就不具备"世界性"。真正能够推动当代文学走出去的，也许应该还是文学程式、阅读习惯、地方经验、翻译实践等各种因素的合力使然。

新世纪以来
北美地区的中国古代通俗文学研究

新世纪以来,北美地区中国古代通俗文学的研究愈演愈盛。一方面,韩南(Patrick Hanan)、夏志清等老一辈学者早期的研究为北美地区的古代文学研究奠定了基础,培养出浦安迪(Andrew H. Plaks)、何谷理(Robert E. Hegel)为首的第二代学人以及马克梦(Keith Mcmahon)、黄卫总(Martin Huang)为代表的第三代学人。另一方面,自冷战后,欧美各大学不断涌现的东亚研究系为各类中国文化研究铺平了道路,而随着越来越多中国学生的加入,以及研究范式的不断拓展,北美地区中国古代通俗文学的研究日渐壮大,并在新世纪呈现出多样的面貌。

北美学界对中国古代文学的研究是从通俗文学——白话小说开始的。自韩南研究《金瓶梅》《肉蒲团》以来,对白话小说的研究在题材和文本选择上更进一步拓宽。韩南的《中国近代小说的兴起》(*Chinese Fiction of the Nineteenth and Early Twenties Centuries*,2004)收录了其10篇论文,着重论述了19世纪末20世纪初中国小说家的技巧创造力、西方人对中国小说的"介入"以及20世纪早期的写情小说这三大问题。黄卫总的《帝制晚期的欲望和虚构》

(*Desire and Fictional Narrative in Late Imperial China*，2001）不但重读了《金瓶梅》《红楼梦》，更详细讨论了一些尚未引起学界注意的"二、三流"作品，如《痴婆子传》《姑妄言》《灯草和尚》等，从而勾勒出从"欲"到"情"的发展轨迹。他还著有《帝制晚期中国的男子气概》(*Negotiating Masculinities in Late Imperial China*，2006），主编有《蛇足：续书、后传、改编和中国小说》(*Sequels, Continuations, Rewritings and Chinese Fiction*，2004）。

以某一个文本为中心的研究中出现了金葆莉（Kimberley Besio）和董保中（Constantine Tung）合著的《〈三国〉和中国文化》(*Three Kingdoms and Chinese Culture*，2007），从《三国演义》开始，论述广泛意义上的三国文化。这一类的研究还有葛良彦的《走出水浒：中国白话小说的兴起》(*Out of the Margins*：*The Rise of Chinese Vernacular Fiction*，2001)、李前程的《悟书：〈西游记〉〈西游补〉和〈红楼梦〉研究》(*Fictions of Enlightenment*：*Journey to the West, Tower of Myriad Mirros, and Dream of the Red Chamber*，2004)、丁乃非的《秽物：〈金瓶梅〉中的性政治》(*Obscene Things*：*Sexual Politics in Jin Ping Mei*，2002)、商伟的《〈儒林外史〉和帝国晚期的文人身份及其在小说中的表现》(*Literati Identity and its Fictional Representations in Late Imperial China*，2003）以及萧驰的《作为抒情天地的中国花园：〈红楼梦〉通论》(*The Chinese Gardens as A Lyric Enclave*：*A Generic Study of The Story of the Stone*，2001）。[1]

专题式的研究也出现了各类分支，比如吕立亭的《中华帝国晚

---

[1] 姜其煌：《欧美红学》，大象出版社2005年版。

期文学中的非故意乱伦、啃老和其他奇遇》（*Accidental Incest, Filial Cannibalism and other Peculiar Encounters in Late Imperial Chinese Literature*，2008），从题目上即可看到其研究视角的独特。又如 *Chloe F. Starr* 的《晚清的红灯小说》(*Red-light Novels in the Late Qing*，2007) 和胡志德（Theodore Huters）的《拥抱世界：晚清和民初的博采西长》(*Bringing the World Home: Appropriating the West in Late Qing and Early Republican China*，2005)。其中的佼佼者为两部女学者的专著——魏爱莲的（Ellen Widmer）的《美人与书：19世纪中国的女性与小说》(*The Beauty and the Book: Women and Fiction in Nineteenth-Century China*，2006) 和胡缨的《翻译的故事：1899—1918年间中国新女性之创造》(*Tales of Translation: Composing the New Woman in China*，1899—1918，2000)，前者认为19世纪末的女性已经极为活跃地参与到小说的阅读、批评、撰写和编辑活动之中，后者通过考察各种文体、版本及媒介方式，大跨度地并置、比较形象类型，对"傅彩云""茶花女""苏菲亚"及"罗兰夫人"等流行形象的生产、流传以至移植进行探讨，由此，中国"新女性"形象在中、西各种话语与实践的纠缠混合下，逐渐浮现。

新世纪以来，还出现了一些古代话本小说的译本，如韩南翻译了扬州小说《风月梦》(*Courtesans and Opium: Romantic Illusions of the Fool of Yanzhou*，2009)，杨曙辉与杨韵琴合译了《喻世明言》(*Stories Old and New: A Ming Dynasty Collection*，2000)、《警世通言》(*Stories to Caution the World: A Ming Dynasty Collection*，2005)、《醒世恒言》(*Stories to Awaken the World: A Ming Dynasty Collection*，2009)。

相较于白话小说研究的兴盛，北美学界对中国古代文言小说的研究可算是后来居上，研究者从80年代对《聊斋》的集中探索延伸出对整个志怪小说的讨论。其中有蔡九迪（Judith Zeitlin）的《中国17世纪小说中鬼魂与女性的形象》(*The Phantom Heroine：Ghost and Gender in Seventeenth-Century Chinese Literature*，2007）和蒋兴珍（Sing-chen Lydia Chiang）的《自我觉醒：中华帝国晚期志怪故事中的身体和身份》(*Collecting the Self：Body and Identity in Strange Tale Collections of Late Imperial China*，2004）。另有两篇以狐仙为主要关注对象的专著——韩瑞亚（Rania Huntington）的《异类：狐与明清小说》(*Alien Kind：Foxes in Late Imperial Chinese Narrative*，2003）与康笑菲的《狐仙信仰：帝国晚期及现代中国的权力、性别及民间宗教》(*The Cult of the Fox：Power, Gender, and Popular Religion in Late Imperial and Modern China*，2006）。前者研讨了狐仙与人之间界限的演变过程，认为在人与非人、男与女、超能力与怪物之间摇摆变化的狐仙正是其在人类的投射；后者阐释了来自历代文献和当下田野材料的丰富意蕴，指出胡仙敬拜的多样性、模糊性、流动性、边缘性及盲目性，并试图以此来质疑中国文化标准化的特质。[1]

戏曲方面，《牡丹亭》和《桃花扇》是北美学界最为关注的两个文本。研究者总是从分析《桃花扇》开始，来论述晚明时期的"情交"主题对后世的影响，如前文所提及的黄卫总的《帝制晚期的欲望和虚构》，又如史恺悌的《牡丹亭400年演出史》(*Peony Pavilion Onstage：Four Centuries in the Career of a Chinese Drama*,

---

[1] 张西平：《欧美汉学研究的历史与现状》，大象出版社2006年版。

2001），再如吕立亭的《人物、角色和思想：〈牡丹亭〉和〈桃花扇〉中的身份认同》(Persons, Roles and Minds: Identity in Peony Pavilion and Peach Blossom Fan, 2001)。此外，伊维德（Wilt L. Idema）著有《朱有燉的杂剧》，全书对朱有燉的生活、时代、剧作及后世对朱有燉杂剧的接受等问题进行了全面深入的研究，对朱有燉的杂剧，依据其功用、题材分为五种不同的戏剧类型，即宫廷典礼仪式，传统的庆寿、超度，盛世赏花活动，妓女的忠诚，英雄好汉，并按照写作年代加以排列，全面介绍了其杂剧的情节、结构等戏剧因素，清晰地描画了朱有燉杂剧与传统戏曲的承继与发展的脉络演变。[1]

伊维德在中国古代说唱文学特别是宝卷上的研究可谓独树一帜，他的研究基本以人物为主，著有《包公和法治：从1250年到1450年的八个说唱故事》(Judge Bao and the Rule of Law: Eight Ballad-Stories from the Period 1250-1450, 2009)、《梁山伯与祝英台：梁祝传说的四个版本》(The Butterfly-Lovers: Four Versions of the Legend of Liang Shanbo and Zhu Yingtai, 2010)、《孝行和自我救赎：观音和她的侍从》(Filial Piety and Personal Salvation: Two Precious Scroll Narratives of Guanyin and her Acolytes, 2008) 以及《白蛇和她的儿子：雷峰宝卷》(The White Snake and Her Son: A Translation of the Precious Scroll of Thunder Peak, With Related Texts, 2009) 等。他最为著名的《孟姜女哭长城：中国传说的十个版本》(Meng Jiangnuü Brings down the Great Wall: Ten Versions of a Chinese Legend, 2008) 即是通过翻译不同的孟姜女故事，显

---

[1]《文学遗产》编辑部：《学镜——海外学者专访》，凤凰出版社2008版。

示出子弟书、弹词、歌仔册、宝卷等不同体裁所表现出的差异,以及不同地区、时代、功能题材所构成的不同故事。比如在有些作品中,孟姜女是一个典型的孝女,但是在其他一些故事中,她毫不关心她的父母和公婆。他的研究把关于孟姜女的故事汇编在一起,形成一个选本,凸显出多样化体裁所带来的不同文本含义。

此外,北美学界还有一些对歌谣的研究,如徐碧卿(Hsu Pi-ching)的《色情以外:对冯梦龙〈童痴〉中幽默感的历史解读》(*Beyond Eroticism: A Historian's Reading of Humor in Feng Menglong's Child's Folly*,2006),又如罗开云(Kathryn A. Lowry)的《16及17世纪通俗歌谣的锦图:阅读、仿效和欲望》(*The Tapestry of Popular Songs in 16th and 17th Century China: Reading, Imitation and Desire*,2005)阐述了歌谣流通的过程,文本是如何塑造读者的,又是如何被各类文体所塑造的,表演性文本的介入又是如何丰富歌谣的想象力以及改写措辞的。[1]而对弹词的研究仅有马克·本德尔(Mark Bender)的《梅与竹:中国苏州弹词传统》(*Plum and Bamboo: China's Suzhou Chantefable Tradition*,2003)。

不难看出,北美地区对中国古代通俗文学的研究在新世纪以来进入了一个全面发展的阶段,其视点之新、材料之丰富、理论运用之娴熟为国内学界一致肯定。但也不难看出,这些研究主要集中在主题研究、比较研究以及文化研究的层面,还存在许多盲点,比如17—19世纪的很多小说至今仍未被讨论到,以多部著作为研究对象的整体性研究也比较缺乏。但作为国内研究的补充,北美地区的相关研究仍不失为一个很好的参照。

---

[1] 张海惠、薛昭慧、蒋树勇:《北美中国学:研究概述与文献资源》,中华书局2010年版。

第 三 辑

女性婚恋书写中的双重反差
——从《爱,是不能忘记的》到《一个冬天的童话》

一

在新时期初期的岁月里,尽管"人"已经从阶级斗争的压抑空间中被解放出来,但作为个体的、有性别的"人"仍面临着"不可见"的无言命运。从1979年张洁的《爱,是不能忘记的》到1980年遇罗锦的《一个冬天的童话》,新时期初期女性写作中的婚恋书写在收获了"挣脱政治话语束缚"的赞誉之余,也都遭遇了文化乃至政治反动的非难。

在三十余年后的今天看来,两个文本的主旨并不复杂,即通过简单的婚恋故事阐述了"爱情是婚姻的基础"这一主题。遇罗锦曾在文本中引用恩格斯的名言,"只有以爱情为基础的婚姻才是合乎道德的",张洁本人也曾在采访中明确表示,《爱,是不能忘记的》的创作缘起就是"想用文艺形式写出我读恩格斯的著作——《家庭、私有制和国家的起源》一书的体会"[1]。

《爱,是不能忘记的》[2]通过母亲钟雨与老干部镂骨铭心却相望一

---

[1] 孙五三:《一个普通人——记女作家张洁同志》,《青春》1980年第7期。
[2] 张洁:《爱,是不能忘记的》,《北京文学》1979年第11期。

生的悲剧阐述了爱情是"婚姻的实质"这一主题。文本对爱情的肯定与追求是如此地坚定与恳切，以至于发出了振聋发聩的呐喊："没有你！于是什么都是有缺陷的，不完满的，而且是没有任何东西可以弥补的。"故事的最后，作者以无尽的惋惜高度评价了这段"曾经沧海难为水，除却巫山不是云"的爱情："我已经不能从普通意义上的道德观念，去谴责他们应该或是不应该相爱，我要谴责的却是，为什么当初，他们没有等待，那个呼唤自己的灵魂？"

《一个冬天的童话》[1]则通过一段痛苦的"三角关系"阐释了"心灵中要求的精神生活是抹不掉的"这一爱情主题。在文本中，丈夫赵志国于"我""是好人，不是爱人"，因为"我"有追求爱情的愿望。在与维盈相爱后，"我"为这段大胆的"婚外恋"做出了"爱情至上"的辩解，"我怎么舍得扔掉快乐，却自愿捡起尼姑式的生活呢？人所应当享受的我都想享受，这本来无可非议"。"我"虽然饱受身体的毒打与心灵的挣扎，但却始终把"爱情"置于至高无上的"神坛"位置，认为它能"把我那'再也不会干净'的泥人完全冲洗干净了"。1884 年，弗里德里希·冯·恩格斯（Friedrich Von Engels）在《家庭、私有制和国家的起源》一文中将现代婚恋的道德评价标准定义为两重，其一为双方是否具有合法的婚姻关系，其二则在于两人是否存在爱情基础。婚姻外的恋情固然不容于道德，但没有爱情的婚姻也同样是可耻的。[2]然而在新时期初期的时空里，女性写作对"爱的权力"的大声疾呼却受到了诸多质疑，其对婚外

---

[1] 遇罗锦：《一个冬天的童话》，《当代》1980 年第 3 期。

[2] ［德］恩格斯：《家庭、私有制和国家的起源》，中共中央马克思恩格斯列宁斯大林著作编译局译，人民出版社 1972 年版，第 73 页。

恋情的描写也不能因无产阶级导师的名言而免于责难。

《一个冬天的童话》以哥哥遇罗克的光辉指引为贯穿全文的主线，用7节的篇幅讲述了"我"和"我的家庭"在阶级斗争中所受到的非人迫害。相形之下，"我"与赵志国的无爱婚姻、与维盈无疾而终的恋爱经历只占到了后4节的较小篇幅。而这两条主次分明的叙事线索也引起了泾渭分明的褒贬评价，分别对应了文本的政治和婚恋书写。在当时纷至沓来的读者来信和文坛评论中，人们对文本的赞誉集中在其叙事主线——"法西斯统治"和"血统论"、极"左"政治路线给人带来的巨大创伤。相形之下，文本叙事副线的婚恋书写——遇罗锦"自我叫卖"的交易式婚姻，因无爱而欲离婚的自我剖析，与维盈的"婚外恋"经历等却遭到了一边倒的指责。评论认为，文本在婚恋叙事上的篇幅过长，是"思想不健康"的。其指责的方式也十分微妙。有的因其"遇罗克之妹"的身份加重了指责，"读者们对于烈士的妹妹做出这样的文章，这样的道德品质，感到遗憾和害羞"。有的则从同情其遭遇而开脱，"这能怪他们吗？不能！让我们去诅咒那可恨的史无前例的年代吧"。[1]但总的来说，文本的婚恋书写正如一篇评论的标题——"令人同情，却不高尚"，因为"造成她爱情婚姻悲剧的，固然有种种外界原因，但她本身缺少更高尚的爱情观，不能不说也是一个原因"。[2]

《爱，是不能忘记的》所引起的争议则更为复杂，不仅是因为钟雨与老干部的爱情涉及道德敏感的"婚外恋"问题，更在于其触及

---

[1] 编辑部的读者来信《评〈一个冬天的童话〉》，《当代》1981年第1期。
[2] 易水：《令人同情，却不高尚——读〈一个冬天的童话〉》，《文艺报》1981年第4期。

了"老干部的妻子"所代表的、建立在革命情谊上的婚姻关系这一禁区，使得小说对两人爱情的渲染被定性为"背弃革命的道德、革命的情谊"[1]。尽管评论界赞誉了文本在爱情题材上的开拓，对人的尊严、价值的肯定和对人道主义书写潮流的顺应，但《爱，是不能忘记的》的命运之所以不同于《伤痕》等作品，就在于其走到了"社会主义"对人道主义的圈地之外。如一篇评论所言："无产阶级的历史使命和最终奋斗目标决定了它的基本道德标准就是先利人后利己，在任何问题上不能干损人利己的事，这当然也包括爱情与婚姻在内。"[2]也正是在这"艺术性"低于且服务于"思想性"的"社会主义人道主义"话语中，文本进一步受到了艺术上"不现实""理想化"的批评。有评论认为，作为患难夫妻的老干部夫妇之间理应存在着所谓的"爱情"，钟雨与老干部纯精神的爱情则离现实生活过于遥远。[3]

于是，看似由"婚外恋"引发的伦理道德争议实则是关于人性与阶级性如何摆正位置的问题。换言之，人道主义必须在"社会主义"的规约下展开，作为普遍伦理层面的人道主义是不存在的。1984年，胡乔木在中共中央党校的讲话中曾指出人道主义有两种解释，"一个是作为世界观和历史观，一个是作为伦理原则和道德规范"，他明确批判了前者。[4]所以，文学艺术虽可以触及"四人帮"时期无人敢问津的爱情题材，但必须被纳入"人民""社会主义""无

---

1 李希凡：《"倘若真有所谓天国"……——阅读琐记》，《文艺报》1980年第5期。
2 李小微：《爱情题材的深层开掘——试论张洁〈爱，是不能忘记的〉》，《语文学刊》1986年第4期。
3 杨桂欣：《论张洁的创作》，《当代作家评论》1984年第6期。
4 胡乔木：《关于人道主义和异化问题》，人民出版社1984年版，第47页。

产阶级"的话语之中,"如果要讲人道主义的话,我们讲的是革命的人道主义"[1]。

二

同为挑战"社会主义人道主义"底线的争议之作,《爱,是不能忘记的》与《一个冬天的童话》的命运也迥然不同。

对于《爱,是不能忘记的》,少数评论者通过强调文学创作的"幻想性"为文本做出反驳。然而,这种以"想象而非现实"为立足点的辩驳恰恰否定了文本在逻辑和价值观上的合理性,形成了自身的悖论。一些评论认为,作者本人笃信爱可以超出时间和空间,于是真诚就化为了真实[2]。所以,文本的艺术美感即为两人在感情和道德的临界点上保持了平衡,并由此产生了欲爱不能、痛苦徘徊的"悲剧感"。换言之,在"社会主义人道主义"的规约下,即使是在"文学的想象世界"里,钟雨与老干部也决不能大胆地追求"人"的尊严与自由,否则,他们的动人爱情就会沦为一场彻头彻尾的"不道德",此间的痛苦与绝望也不再能为读者所同情与理解。

相形之下,《一个冬天的童话》在婚恋叙事上的"错误思想"似乎毫无疑义,而两年后发表的《春天的童话》则使这种错误更为确凿。《文艺报》《文汇报》《中国青年报》《南方日报》和《新观察》等报纸期刊纷纷发表相关评论,指责其是一篇有严重错误、发泄个人不满情绪且趣味低劣的作品。新华社内参更以《一个堕落的女人》

---

[1] 黄药眠:《人性、爱情、人道主义与当前文学创作倾向》,《文艺研究》1981年第6期。

[2] 王蒙:《漫话小说创作》,上海文艺出版社1983年版,第61页。

为题,谴责遇罗锦在私生活上的"混乱"。刊发该作品的《花城》编辑部也立刻做出自我批评,并取消了准备颁给遇罗锦的奖项[1]。

从《爱,是不能忘记的》到《一个冬天的童话》,这两部新时期初期女性写作中的大胆之作何以命运如此大相径庭?或许,《春天的童话》所引起的反响可为其作一注解。从文本上看,除了篇幅大大增加、主人公从代表遇罗锦个人的"我"变成了"羽珊"之外,内容仍是"换汤不换药",是另一部图解遇罗锦生活遭遇的"自传式"作品。二者最大且唯一的区别在于,《一个冬天的童话》是以"哥哥"和"我的家庭"的遭遇为主要叙事内容,"我"的婚恋故事仅作为其诠释而存在,而《春天的童话》则基本删去了对遇罗克的经历及他对"我"的影响的描写与渲染,大幅增加了"羽珊"即"我"在婚恋上的坎坷经历。换言之,在《春天的童话》中,群体性概念的"人"被置换为个体意义上的"我",一己的私人空间被无限放大,"社会主义人道主义"的公共空间则被大大挤压。于是,在对两个文本的定性上,就出现了从"实话文学"到"阴私文学"的悄然转换。《一个冬天的童话》在发表时即被定义为"纪实文学""报告文学"。其后,由于《春天的童话》将文本的"隐私性"扩大并进而压倒了公共话语的空间,其书写定性也随之从"把家庭的命运、个人的悲欢离合巧妙地融汇在历史潮流中"的"实话文学"转换为"揭露他人阴私、发泄个人不满情绪"的"阴私文学"。

由于文本中"私人空间"所占的比例大不相同,两个文本所产生的评价也从含混的"婚姻观不高尚"发展为性质严重的"极端的利己主义"。有读者致信《中国青年报》,质疑作者所宣扬的"实用

---

[1] 本刊记者:《关于〈一个冬天的童话〉》,《当代》1999年第3期。

主义恋爱观"[1]，一些评论也认为文本所表达的追求"脱俗爱情"实际上是为了满足不断膨胀的个人欲望，是资产阶级自由化的突出反映[2]。由此，《春天的童话》所受到的批判已经远远超出了与婚恋相关的道德范畴，其对个体需求与生命自由的大声呼唤违背了无产阶级对集体主义的倡导，落入了被明令禁止的"利己主义"。从《一个冬天的童话》到《春天的童话》，"求自由"的呼声一旦脱离了预设的群体性概念的"人"，则被迅速指认为"为私欲"的个人主义。

尽管80年代初期的创作已经在一定程度上恢复了对日常生活的感性书写，以此反抗公共话语无处不在的规约，但其触及的个人经验仍十分有限。"为自由"的人道主义尚且需要"社会主义"的规约，"为私欲"的个人主义则无疑是不可宥恕的思想"大毒草"。它被认为是脱离了马克思主义所提倡的"人的社会性"，打着"不可压抑的人性力量"的旗号来满足自我肯定与个人追求，与主流话语"个人只有在集体中才能得到幸福，只有在社会中才能获得发展"[3]的论调彻底相悖。显然，人道主义和启蒙话语所呼唤的"人"是集结了所有不满于极"左"路线、阶级话语的"大写的'人'"，而个体的、"小写"的"人"被统摄其中。如弗雷德里克·杰姆逊（Fredric Jameson）认为，第三世界的本文（text）总是以政治寓言或民族寓言的形式出现，通过将问题提升到"人民"的高度而将个人的命运包容在大众文化之中。[4]

---

1 刘光等：《〈春天的童话〉给了人什么？》，《中国青年报》1982年5月2日。
2 《一些报刊批评小说〈春天的童话〉》，《当代文坛》1982年第7期。
3 白烨：《创作与人性、人道主义问题漫谈》，《当代文坛》1984年第3期。
4 ［美］弗雷德里克·杰姆逊：《处于跨国资本主义时代中的第三世界文学》，张京媛译，《当代电影》1989年第6期。

值得注意的是，这种"个人主义"的倾向在女性写作的婚恋书写中出现并受到批判，也表现了女性所面临的文化困境与个人话语的尴尬处境紧密相连。尽管90年代女性写作中"个人化""私语化"的发展倾向已经充分证明了女性话语从个人话语中寻求突破的可能性，但在新时期初期，这种尝试只能被视为"双料的反动"，个人的主体意识与个性要求被悄然掩盖，遑论性别身份的表达与彰显。如艾华所言，"20世纪80年代早期出版的有关爱情与婚姻的文章在解释问题时与'文化大革命'之前的有着明显的连续性"，"对集体和国家的道德和社会义务束缚了贯穿于主流的性话语的对人的概念化"。[1] 在这样的话语预设下，即使女性写作自觉或不自觉地流露出性别差异的痕迹，其中作为女性的苦难、挣扎、反抗与内省也会被大而化之为"人"的声音，促成其向主流书写价值取向的归队。从《爱，是不能忘记的》到《一个冬天的童话》，再到《春天的童话》，它们的命运充分展现了"社会主义人道主义"与"集体主义"对文本的双重制约，女性和个人始终面临着"不可见"的命运。

三

从《爱，是不能忘记的》到《一个冬天的童话》，其所引起的争议固然与话语环境有着不容忽视的联系，但不可否认的是，这些文本对爱情的大胆追求也并非遗世独立般高蹈与决绝，文本在婚恋书写中的道德焦虑感始终如阴影般挥之不去。

这种道德焦虑感首先表现在主人公对其爱情合法性的确立途径

---

[1] [美]艾华：《中国的女性与性向：1949年以来的性别话语》，施施译，江苏人民出版社2008年版，第19页。

上。两个文本均采用了十分微妙的方式为其笔下的"婚外恋"找到了存在的合法性。

在《爱,是不能忘记的》中,钟雨与老干部之间似乎是"情不知所起",仅在"老干部之死"的片段中留下一截线索。在政治斗争如火如荼的岁月里,老干部因对一位"红极一世、权倾一时的人物""提出了异议"而遭难,钟雨在追忆中深情地写道:"我从不相信你是什么反革命,你是被杀害的、最优秀中间的一个,假如不是这样,我怎么会爱上你?"寥寥数语勾勒出了钟雨爱情的起点——老干部的"优秀",即人格上的刚正不阿、铮铮傲骨和政治意义上的忠于党、忠于革命。同时,作为文本男主人公的老干部始终无名无姓,仅以政治身份代替,文本对其政治性的强调可窥一斑。所以,钟雨对他的爱情是建立在"政治正确"的基础之上的,这也为他们越过了"社会主义人道主义"边界的爱情找到了绝妙的立足点。

同样地,在《一个冬天的童话》中,"我"对维盈的爱情起点也颇具深意。文本以"哥哥的灵魂"统领全文,"我"与维盈的相遇也没能跳出"哥哥"的影子。故事一开始,"我"就对维盈一见钟情,"我"对此解释道:"是否他那甲字形的脸和白框眼镜使我想起了哥哥?还是他白净的肤色和五官透出的宁静气质像哥哥?我说不清。"同时,维盈也是由崇拜和同情"我"这个"遇罗克之妹"而萌发了爱意,在两人最初的交往中,遇罗克的事迹几乎是他们之间唯一的话题。由此,文本将这段婚姻关系外的感情与以遇罗克为化身的"正义""真理"产生了勾连,获得了存在的合法性。

尽管两个文本都通过将婚外恋情与政治话语相连获得了存在的支点,但作者的道德焦虑感并未因此烟消云散,女主人公的"罪恶感"依然根深蒂固。在《爱,是不能忘记的》中,钟雨在行将就木之时感到了深深的平静,因为在天国"再也不必怕影响另一个人的生活,而割舍我们自己"。在深夜回忆过去时,"我常会羞愧地用被单蒙上自己的脸,好像黑暗中也有许多人在盯着我瞧。不过,这种羞愧的感觉,倒也有一种赎罪的快乐"。文本默认了钟雨在道德上"有罪",并展现了因"被看"而"羞愧",进而感到"赎罪"的奇特心态。

在《一个冬天的童话》中,"我"在追寻"爱情是什么""婚姻是什么"的过程中始终伴随着一句无处不在的潜台词——"我不配"。当"我"遇见维盈后,虽幻想能摆脱婚姻关系的束缚,"但我从没认为能成为真的,因为我不配"。两人恋情告终时,"我"深深自责,"我结过婚,有过孩子,我不配你"。同样地,"我"的罪恶感也在"被看"中因感到"羞愧"而"赎罪","是的,我曾以为自己的故事是见不得人的,总为自己的经历感到羞耻"。"如今,我只想把它全部亮出来——让人了解我。我只想在人们无私的批评中受到洗礼,我只想在诚实和勇敢中得到安宁!"可见,这种"我有罪"的羞愧感在婚恋书写中几乎先天性地存在。

一方面,文本认为爱是人性的天然需求,在对人道主义话语的依傍中坚决捍卫爱情的位置;另一方面,文本对"婚外恋"不由自主地产生"罪恶感",试图从政治话语中寻求其合法性并通过"被看"来宣泄羞愧心理。于是,文本策略即在于放弃了对价值观的探讨,转而大力渲染爱情本身的纯真与深沉,通过将"欲爱不能"描绘得无望而沉痛来增加文本的感染力。在外环境的道德指责声和内环境的道德焦虑感中,作者凭借着这种感染力及其背后通过"被看"而铭记的"赎罪"成了弱势者,其文本也就注定落入了虚无的结局。

在《爱,是不能忘记的》中,"我"虽然埋怨母亲和老干部"为什么当初,他们没有等待,那个呼唤自己的灵魂",但也坦承自己不愿重复,因为"这要不是大悲剧,就是大笑话"。"我"避而不谈"爱情至上"的合理性,转而通过对契诃夫小说集的珍视、柏油小路上的散步、爱情日记中的片段反复渲染这段爱情之感人至深,以至于成了"一种疾痛,或是比死亡更强大的力量"。换言之,它已经超越了爱情的苦痛,成了创伤隐喻。文本通过对这个创伤的一再强调引起了读者的"疼痛"感觉,却不谈其恋情是否可以或可能超越"社会主义人道主义"的规约,成了一个耐人寻味的戛然而止。

《一个冬天的童话》同样以虚无结局而告终。文本中的"我"虽然坚信自己所要求的"有感情的生活"并没有错,但最后也开始怀疑"那是否是爱",怀疑维盈更爱的是"我"还是他自己。作者已隐隐感觉到,将一切罪责都推给极"左"政治与血统论显然已经不能充分解释"我"的悲剧,但这些疑问的答案也终究无处寻觅。在心灰意冷之际,她将一切无解化为大声哭泣,试图从遇罗克那里寻求人生存在的意义,"原谅我吧,哥哥"。"必须为哥哥、为那本书活下去。"而事实上,文本中无处不在、象征着最高真理与正义的"哥哥"是一个在云影中出现的、被"我"建构起来的近乎"神"的形象,而"'我'只是匍匐在'哥哥'道德神坛下的一个可怜虫而已"[1]。于是,文本的结局也只能是一声空洞的呼喊,而难以转入心灵的审视。

可见,两个文本自身都烙印着刻骨铭心的道德焦虑感,与作者看似堂而皇之地对"爱的权力"的宣言形成了尴尬的反差,也由此

---

[1] 杨庆祥:《论〈一个冬天的童话〉:"冲突"的转换和"自我"的重建》,《文艺争鸣》2008年第4期。

造成了上下求索而不得的虚无结局。

对于新时期初期的女性写作而言,它们对爱的宣言的奋力呐喊不但受制于"社会主义人道主义"和"集体主义"的话语束缚,形成第一重反差,更因其自身挥之不去的道德焦虑感造成第二重反差。这两重与内外话语空间的尴尬反差使得它们自觉或不自觉地失去了性别身份的指认,仍长时间地滞留在抗议阶级斗争、极"左"政治的时代潮流之中,其与启蒙话语的分离仍有待于西方女性主义思潮的引入。

"个人化"与二十世纪九十年代女性文学

在文学史的脉络中，对二十世纪九十年代女性文学的评价存在着尴尬的错位。在女性文学的历史上，九十年代无疑是这百年书写史上的高峰。但在中国当代文学史的整体视野下，九十年代女性文学又是饱受争议的。一方面，层出不穷的女性作家和她们极具异端姿态的文本使得各类文学史都不能将其忽略；另一方面，女性文学在九十年代的现象化，使得著史者不能如对待八十年代女性文学一般，将其分别纳入伤痕文学、反思文学等书写群体之中，而必须将其视为一股独立的书写潮流。

不论九十年代的女性文学该被史家如何褒贬，其与"个人"的关联性已是无可否认的事实，如果说在现代乃至八十年代中国，女性书写中"女性"与"个人"的纠葛还只是一股潜流，那么到了九十年代，女性文本个人化、女性化的写作倾向已完全浮出水面，成了该时期女性书写中最为显著的特征。可以说，对"个人"的开掘为九十年代书写提供了前所未有的广阔空间，但作为一种文本策略，"个人"的限度究竟何在？其与女性书写的内部分化有何关联？如何应对主体性急剧膨胀后也被窥视与物化的困境，这些问题仍存在着再讨论的空间。

一、"个人"与"女性"：性别溢出主体

"人""人性""人道主义"是二十世纪八十年代文学与文化的基本问题之一，但在经历了长达十年的"二次启蒙"之后，这些问题又在九十年代被重新提出，这一方面显示出八十年代与九十年代之间难以分割的整体性，也在另一方面说明了，尽管代际不断经历着变化、更新，但"人"的问题始终居于社会文化的核心地位。

进入九十年代，"个人/世界"的话语框架取代了"个人/政治"的反抗模式，"个人"在多元的向度中被迅速展开：余华的《活着》、叶兆言的《1937年的爱情》以"小历史"的方式实现了个人与历史的对话，张承志的《心灵史》、史铁生的《我与地坛》则以传统的崇高美学展现出对生命、历史的个人化思考，朱文的《我爱美元》、何顿的《弟弟你好》探讨了物质生活对个人生存的颠覆性影响。总体而言，通过个体的自我经验来表达个性的书写倾向已成为不可逆转的潮流。直至世纪末，这种"个人化"的倾向在1998年的"断裂事件"中发展到极致，其"极少数的、边缘的、非主流的、民间的、被排斥和遭忽略的"的文学理想、消解"现有文学秩序的各个方面及其象征性符号"[1]的终极目标，标志着以差异性为核心的个体被放大到极致，"个人"被作为个体化乃至零散化的存在而被铭刻在文学创作之中。由此，九十年代被标记为"个文学时代"，通过多元化和破碎性的书写宣告了"代时代"的终结，即作者之间的差异已经不能再被代际间的更迭所概括，而必须被具体化为个人对世界的经验

---

[1] 韩东：《备忘：有关"断裂"行动的问题回答》，《北京文学》1998年第10期。

阐述，这种主体性的差异延续到文本的美学追求之上，也就呈现出"没有最奇，只有更奇"的书写景观。

　　需要指出的是，对个人的强调、对群体话语的疏离虽是以发散性的形态出现，但在本质上仍是通过群体运动的方式来展开的。在种种桀骜不驯的高蹈姿态背后，文学创作始终存在着一个潜在的反抗对象——"大写的'人'"，在不受集体话语制约与规训的个人经验对面，恰恰是英雄和代言人式的公共价值。换言之，"边缘对抗中心"模式的前提是预设了"中心"的存在，单数的"个人"是通过"颠覆复数的人"的叛逆想象来实现其自身言说的，绝对意义上的"个性"并不存在。

　　也正是在这样一个高度个性化的时期，"个人"从多个向度上被展开，分裂出包括性别、种族、阶级在内的一系列独立范畴。这些渐成一脉的女性书写、民族叙事、底层书写已经走出了"表现人性"的单向模式，而进入到互相演绎与发现甚至颠覆"人"的境地。可以说，这些范畴起于对"人"的问题的延伸，但最终溢出了"个人"。例如，陈忠实的《白鹿原》以不同时代的人物性格展现出了一个古老民族自我意识与时代精神的变迁，但另一方面，小说通过农村土地所有制的最终破产，也表达了民族、个人在现代社会围困中的失落与崩溃。又如，刘庆邦的《晚上十点，一切正常》通过一出煤窑惨剧显示出对底层人民极度贫困生活的揭示与同情，但同时，文本也清晰地指出了在社会转型期中个人被物欲所残酷挤压后的精神虚空。

　　对于女性书写而言，最大的变化就在于"女性"通过书写隐秘化、欲望化的个体经验，实现了与伦理道德原则的彻底松绑，其内涵从妻性、母性等性别社会功能转向了个体、身体的性别生理功能。

169

正如王富仁所说，新时期以来女性意识的发展大致有两个阶段：其一是八十年代的情爱阶段，由于"文化大革命"时期的"个人崇拜"本质上是一种男性崇拜，因此女作家的情爱书写有力地支持了人的独立性的再造，但是，文本的社会内容与社会关怀仍显示出女性意识对主体性的依赖。其二为九十年代的性自由阶段，由于男性对女性的控制最初就是从对性的掌控中实现的，因此性自由对女性的自我存在与独立价值有着极为深刻的意义。女作家们通过对性的言说实现了生命本能的解放和性别主体的独立。[1]例如，在陈染的《私人生活》中，倪拗拗对落难男友的主动献身有着极为鲜明的拯救意味，几乎可以被看作是李小琴（王安忆《岗上的世纪》）在消费时代的重生：通过对情欲主客体的改写反拨了男权制下的欲望定律；又如，铁凝的《大浴女》讲述了尹小跳——一个好似"力比多"化身的女性的故事，小说通过"灌浆的青春的麦粒"热烈歌咏了性本能，通过对近一个世纪前莎菲女士"我要使我快乐"的复现，以自我释放的方式获得了性别意义上的自我认同。

值得注意的是，从性话语进入个人话语的书写策略并不是女性书写的专利，在九十年代，"性作为叙事语码，似乎成了'个人化'写作故事叙述的最后的停泊地和竞技场，欲望化叙事法则正以空前的无稽与活跃，声称这关于人的存在的表象描摹和经验传达"[2]。恰如马尔库塞（Herbert Marcuse）对"爱欲"（ero）的阐释，"由力比多的这种扩展导致的倒退首先表现为所有性欲区的复活，因而也表现为前生殖器多形态性欲的苏醒和性器至高无上性的削弱。整个

---

[1] 王富仁：《一个男性眼中的中国当代女性文学研究》，《文艺争鸣》2007年第9期。
[2] 林舟：《生命的缅怀》，张旻：《犯戒·跋》，中国华侨出版社1996年版，第427页。

身体都成了力比多贯注的对象,成了可以享受的东西,成了快乐的工具"[1]。与之不同的是,女性书写的"阴性欢愉"(jouissance)面临着更为特殊的遭遇:由于这种性自由并不是在争取社会自由和思想自由的过程中自然而然发展起来的,因此,相关的书写在崛起之后很快缩小到了身体本身,即在追求即时性的快感之后失去了其精神所指;并且,由于商业化的浪潮放大了这种个体、世俗和感官享乐的生活,女性书写也就陷入了"不写不快,写了被窥视"的两难境地。

在这样的背景中,由"女性"与"个人"的变化及缠绕发展而来的若干书写倾向被悄然改写,显示出自"五四"时期乃至八十年代以来的重大转变。最引人注目的变化即在于精神/生活二元对立模式出现了"两头走"的分化。一方面,主流意识形态与男性话语不但延续了自《伤逝》所确立的"男性代表思想观念,女性象征庸常生活"的性别对立模式,更有过之而无不及。电视剧《渴望》通过塑造一个更专注于婚恋与家庭,并随时能为此牺牲事业的女性刘慧芳,赢得了官方的肯定与广大观众的喜爱。新写实小说虽是旨在通过描写"鸡零狗碎"的日常生活来重寻人性的本来面目,但却普遍把这种庸常性的生活定性为品格不高并继而归咎于女性。另一方面,女性书写却反其道而行之,它们尖锐地质疑了这种原属于男性的思想观念的虚伪与脆弱,并以"性别角色互换"的方式实现了对原有性别对立模式的逆转。例如,王安忆的《叔叔的故事》通过"我"的冷眼旁观提出了"叙述的不可靠性",铁凝的《无雨之城》则撕开

---

1 [美]赫伯特·马尔库塞:《爱欲与文明:对弗洛伊德思想的哲学探讨》,黄勇、薛民译,上海译文出版社1987年版,第147页。

171

了所谓男性精英的虚伪面目，对其进行了辛辣的揭示与讽刺。

二、"个人"或"女性"：
九十年代女性文学的两个分支

围绕着对表现"个人"还是表现"女性"的偏倚，九十年代的女性书写内部分化出两股支流：在八十年代即已成名、在九十年代继续笔耕不辍的女作家群，在九十年代横空出世、以前卫姿态引起文坛乃至社会瞩目的女作家群。从表面上看，代际上的差异，包括成长背景、审美取向和知识结构的不同造成了九十年代女性书写的内部分化，但事实上，她们间差异的根源在于对"中心话语"的不同态度——是眷恋还是漠视，是试图重返还是昂首向前，她们不同程度的规训心态使得女性书写呈现出两种走向并最终在新世纪后呈现出分流的态势。

一批于八十年代崭露头角的女作家，如铁凝、王安忆、张洁、残雪、方方、蒋子丹、张抗抗等在九十年代继续着她们的创作，并显示出愈加开放的智性思考和日臻成熟的艺术技巧。从文本上来看，这批作者延续了其在八十年代创作中的社会关怀与性别视角，尽管她们不断尝试着融入多种手法和技巧，但仍保留了故事情节的完整性与意义内核的整一性，显示出对前一阶段创作的继承与延续；然而，相对于继承性，她们的变化与转型更为突出，围绕着"有了自我意识的我"与"自我解放能力匮乏的我"之间的矛盾，在"个人"这个旧问题上生发出新的意义阐发与文学表现。换言之，尽管文本都极为鲜明地使用了"女性"作为切入视角或表现方式，但自我意义上的"个人"仍是其书写的核心。例如，从"三恋"到《岗上的世纪》,王安忆在八十年代首开性话语解放的风气,以女性身体的解禁来呼吁人性本能的回归;到了九十年代,她在此基础上更进一步,开始关注性别化了的自我如何应对社会、政治与文化中的困境。在1988年的《逐鹿中街》和1989年的《弟兄们》中,王安忆都有意使用了高度男性化的语言,以此来阐释女性在性别权力关系中惊醒但又无从脱逃的困境。

"个体"的自我在解放后无所适从、漂泊无依的难题,几乎成了这一作家群在九十年代书写中的共同母题。铁凝在2000年出版了长篇小说《大浴女》,主人公唐菲对身体的放浪形骸几乎到了惊世骇俗的地步,但即便如此,表面上完全掌握了身体自主权的她却依然无法摆脱精神的空虚,更解不开"杀死尹小荃"的心结,最终在临死前悲哀地感叹道"我就是性病"。可见,文本企图挖掘个人在充分掌控主体性后谋求发展的可能性,却发现摆在他们面前的,除了无处寄托的生存性孤独,还有难以摆脱的"前历史"的阴影。

九十年代女性书写的另一支队伍则来自迟子建、池莉、陈染、林白、卫慧、棉棉、海男、徐坤、徐小斌等女作家的异军突起。在她们看来,有关"解放"的叙事已经失去了继续存在的必要性,反抗的话语更是早已成了明日黄花;她们所关心的是生命经验的本体形态与无限可能。所以,相较于八十年代成名作家群对"个人"的执迷,九十年代新兴作家群则以"性别"为书写核心,围绕着"社会要求女性成为什么样"与"女性认为自己是什么样"之间的矛盾,展现出了更具异质性与冲击力的书写景观。

一些作者对性别主体所面临的困境产生了同样的兴趣,只是,相对于前辈书写中的社会关怀与"长歌当哭"式的情感渗透,这群新兴作家们往往抱着边缘化的心态,以"置身事外"的姿态冷眼旁

173

观，通过严密的叙事逻辑、精巧的情节架构和零度的感情介入显示出对传统性别权力结构的嘲讽和对"代言人"式书写的颠覆。1997年，池莉在小说《云破处》中以异常冷静的笔触讲述了一个妻子向丈夫复仇的故事。小说无意重复"父权秩序牺牲者"的老故事，所以并没有将主人公的不幸经历归咎于父权文化制的压抑与迫害，而是一反读者期待，通过描述她在杀夫中的果敢谋略与精于计算，颠覆了传统权力结构的性别角色。

另一些作者则显示出与前辈作家更大的区分度，她们的书写往往并不立足于清晰的故事或情节架构，而是致力于氛围的营造、感觉的描摹和情绪的捕捉。她们有时描绘流动的画面，展现出柔软的诗意，有时又投身激烈的思辨、揭开人性的丑恶——这些复杂含混的形式最终都指向了混乱空虚的精神内核，通过语言秩序权威的轰然倒塌，以求裸露出生命的本来面目。陈染的小说《破开》与其说是讲述了一个具体故事，不如说是通过黛二与殒楠这两个知识分子女性间大段的理性讨论发出了女权主义式的宣言，正是这种强有力的理性思辨使得文本有效地打破了由男性建立的文化、文学规约，以颠覆异性恋霸权的方式解构了父权结构。

从整体性的视野来看，文学书写在具有整一性内核的主体性和更为分散多元的"私人性"上的分流并不是女性文学所特有的现象，而是九十年代文学的一种整体性趋势，例如，诗歌书写者不但在这岔路口上分道扬镳，分化出"知识分子写作"与"民间写作"两个脉络，甚至还同室操戈，上演了一场大规模的世纪末论争。

同时期女性文学的内部分化可以与诗歌界进行类比，首先，两个分支间的同一性均大于差异性，在根本上都是通过消除道德书写的迷思来寻找更接近文学本体的表达方式。其次，女性书写内部的分流原因与态势又与诗歌书写的情况相似。"八十年代成名作家"类似于"知识分子写作",在反抗的主体被消耗殆尽后,她们从对历史话语的迷恋中抽身,转而以自由派自居,通过文学书写显示出精神源于生活又超拔于生活的姿态。例如,张洁在 1989 年前后开始动笔创作《无字》,历经整个九十年代直至 2000 年才正式完稿。从《无字》回首,张洁坦言自己最大的变化就在于放弃了对"社会或自然等外在条件的变化对命运有直截了当的影响"这一思考模式。在八十年代写作《沉重的翅膀》时期,她认为那是书写的责任,"那时候我认可一言兴邦、一言衰邦之说",而如今"活得越老我越觉得这是一厢情愿的事情"[1]。于是,《无字》在保留了动荡更迭的大时代背景,显示出难以割舍的历史意识之外,小说中的女性们纷纷打破了张洁小说一贯的"荆华"原型,不再以现实与理想的格格不入来呼唤世界的改变,而是试图通过自然流动的生命存在来描绘复杂幽微的人性深处。"九十年代新兴作家"则更近于"民间写作",她们彻底放弃了权力话语的场所,而关注此在的生命经验本身,以颠覆性的美学风格进入生命中未曾被书写踏足的隐秘领地。例如迟子建直陈,"日常性"是自己永恒不变的书写主题,她试图通过对日常细节的关注来把握思想化、个性化的东西,"小说就是日常化的历史"。同时,她的书写聚焦于妮浩萨满(《额尔古纳河右岸》)这类日常生活中的小人物,通过对其生活方式的肯定来表达对现代文明挤压人性的主题,"我们不要过重的背景,而只是让人物自己充分表演,就

---

1 荒林、张洁:《存在与性别,写作与超越——张洁访谈录》,《文艺争鸣》2005 年第 5 期。

能从中看出时代的痕迹"[1]。此外，即使是在《花瓣饭》《北极村童话》这样描写人性之恶的文本中，作者也通过唯美的眼光予以呈现，传统的美学风格在她那里得到了彻底的颠覆。

值得注意的是，尽管八十年代成名作家群与九十年代新兴作家也显示出审美趣味与写作资源上的差异，但九十年代的女性文学内部并没有像诗歌创作那样出现内部争夺话语权的现象，在相当长的一段时间内，两个分支都处在各自为营、互不过问的状态中。其根本原因就在于，相较于男性在九十年代所深刻感受到的失落与痛苦，女性的境遇可谓"从未得到过，亦未曾失去过"：

> 在九十年代，经济的繁荣和商业化的快速兴起对不少男性精英知识分子造成了冲击。他们意识到，那些知识分子曾经肩负的文学书写的历史使命、指引大众和传声筒的政治定位，已经一去不复返了。在茫然与痛苦中，他们失去了曾经的中心位置。然而，尽管社会的变迁对男性的主体性产生了重大影响，但类似的情况并没有出现在女性学者和女作家中。她们还反而从中得益：由于女性作者从不曾进入文化的中心，所以中心的失落也就不会引起她们的焦虑。于她们而言，邓时代和后邓时代愈加宽松的氛围带来了愈发广阔的书写空间，女性作者凭着相对的自由来创造自己的世界。[2]（由笔者翻译）

---

1 迟子建、周景雷：《文学的第三地》，《当代作家评论》2006年第4期。
2 Jingyuan Zhang, *Breaking Open: Chinese Women's Writing in the Late 1980s and 1990s* (《裂开：1980年代后期与1990年代的女性书写》), Pang-Yuan Chi, David Der-Wei Wang, *Chinese Literature in the Second Half of A Modern Century* (《二十世纪后半叶的中国文学》), Bloomington: Indiana University Press, 2000.

"八十年代成名作家"的价值观和写作观在进入九十年代后发生了急剧的变化,从方方的《乌泥湖年谱》、王安忆的《长恨歌》到范小青的《城市片段》,她们的书写非常鲜明地增加了非理性的色彩与人生的荒诞感。但是,在主体性思考的背后仍潜藏着历史的中心话语,写作者通过探讨个体在历史中的境遇、人性与社会伦理道德的冲突,指向了历史内部所呈现出的人性与社会、文化、权力的冲突。正如洪治纲所说,"即使以女性的觉醒和命运际遇为主线,人物的精神成长始终聚焦在历史意识和权力意志之中,创作主体的历史审视态度同样是非常突出的。而且,由于饱浸了作家自身的性别感受,这些审视常常显得异常尖锐,甚至带着挽歌式的审美格调"[1]。

而对于九十年代新兴作家群来说,中心话语从不曾出现在她们的知识谱系中,她们也不需去经历与"前记忆"的爱恨纠缠,所以,她们的书写从一开始就呈现出清晰的个人化审美视角,其所有的视线都被收拢到了个体生存之上,而对中心话语产生不出分毫的兴趣,以一种漠视其存在的"无所谓"的态度进入到对个人的言说之中。从陈染的《阿尔小屋》、徐坤的《厨房》到海男的《裸露》,对个体感性经验的无限依赖和对极端化体验的重度沉迷,使得她们的书写不但无关乎主流意识形态,更朝着疏离于整个社会现实的方向上极速前进,以漂泊无定的失根状态完成了与中心话语的二次疏离。

三、"个人化"的困境

作为九十年代文学的一个重要标签,"个人化"被用来概括包括晚生代写作、女性写作、诗歌写作等在内一系列书写分支的共同倾

---

[1] 洪治纲:《新时期作家的代际差别与审美选择》,《中国社会科学》2008年第4期。

向。这一文本策略强调个体对自我的支配与控制、关注个人的感受与价值，通过看似"内缩"的向私人空间转阵，拓展出文学书写的新空间。可以说，"个人化"与包括集体主义、民族主义、国家主义在内的所有集体意识形态形成了根本的对立，以反权威的方式竖起了一面旗帜。

随后，"个人化"的文本策略通过"两步走"获得了发展与变异。其一，在市场化的大潮中实现了"个人"的多元分化。在此前的文学书写中，"人"的概念直接受马克思（Karl Marx）关于人的本质问题的看法影响，即人首先具有劳动本质，所以必须关注人与自然的关系，这也是人与动物的区别；其次，人具有社会性本质，所以要关注人与人的社会关系，这也是人与人的区别。随着社会主义市场经济体制的确立，这种内在整一性很快被打破。在汹涌而来的自由竞争面前，"自上而下"的官方指导被大大削弱，而个人的自主选择权被空前放大，这直接导致了审美取向的分化，进而促成了大众文化的兴起。如前所述，"个人"在多个向度上分裂出包括性别、种族、阶级在内的一系列独立范畴，普遍的人性论被打破，人的价值在时间和历史、空间与地域、种族与阶层等维度上展开了多元分化。比如，民族书写在九十年代渐成显流，阿来的《尘埃落定》、范稳的《水乳大地》、张承志的《心灵史》等作品一经问世就引起了强烈反响，然而，它们的成功之处并不在于描写了一个本质化、总体性上的民族，而是展现了在残酷的生存环境与现代化的外部氛围下，一个民族的历史与文化如何与其他文化互相包容、忍耐与调和，从而赢得延续的机会甚至焕发出新的活力。又如，刘醒龙、谈歌、关仁山等人的"现实主义冲击波"、由《上海文学》发起的新市民小说、九十年代后半期兴起的底层书写，实质上分别代表了文学书写在国家干部、市民阶层与底层人民上的分化,所以,我们也就不难理解,为什么"现实主义冲击波"的作品对改革时期的下岗工人们普遍怀有居高临下的怜悯心态,并且在长歌当哭的姿态后不约而同地表现出"改革虽然牺牲了一代人,但终究是大势所趋"的悲壮;为什么张欣、邱华栋的小说在反思了人类灵魂在物欲横流的经济化社会中无处安置之后,最终还是选择了"我要挣钱,不想进入文学史";为什么底层书写在高度还原了底层人民的悲惨景象之后,无力生发出更接近现实本质的文学想象。从这个意义上说,女性书写也是这场分化中的一个向度:通过在性别意义上的拓展实现对抽象人性话语的颠覆。

其二,在全球化的现代化进程中,向外多元散发的"个人"在核心上却逐步虚无化,形成了一个内在意义真空的自我世界。首先,理想主义的精神在社会文化中逐渐消弭,1993年的"海子之死"以社会性事件的姿态宣告了其全面溃败,个人独立精神的发展空间受到了极大的限制与冲击。其次,消费文化的兴起极大地刺激了个人的物质欲望,抽空了人的精神内涵,如大量评论所指出的,"个人"的书写不但精神疲乏,缺乏理性辨析和冷静审视,丧失了反击力量,"甚至无意中对精神文化的解构的方式承担了帮凶"[1]。此外,更重要的是,全球化的浪潮使得时间与空间上的无限性暴露在人们面前,而无孔不入的现代传媒与市场行为又时时刻刻提醒着人们的在场感,个体感知到了前所未有的渺小与无力,并在此冲击下顿时迷失了方向。正如肖鹰指出:

---

[1] 贺仲明:《重审文学中的个人主义》,《山花》2013年第19期。

同质性，是全球化的实质。在文化—精神层面，"无限发展"是全球化的基本意识形态，因为"无限"在根本意义上的未定型和不可完成性，这个意识形态运动必然形成发展意识形态对地域性意识形态的普遍抽象，使地域性文化—精神持续面临意义（价值）虚无的危机。[1]

于是，个人如何在这个离散化的世界中面对被虚空化了的自己、如何在全球化的语境中重构个体认同，成了"个人化"所面临的困境。其一在于意义的真空化。当感觉是如此之真实与震撼，这种感觉本身的模糊性、平面化与碎片化就被悄然掩盖了，"个人"的内核反而遭到了前所未有的压抑和打击。在有关九十年代文学的描述中，大量的作品被用来举证意义的流动性、书写的"边缘化"，但值得注意的是，这种努力向边缘游走的个体，其本身的核心乃至其所对抗的"中心"，事实上都是缺席的存在。例如，朱文的《我爱美元》中，"我"通过不断地突破伦理底线来无限制地追求个人欲望，但即便如此，"我"在一浪高过一浪的满足中仍然承受着挫折中的孤独，"我的心里空洞极了……"，这种空洞的感觉即为吉登斯（Anthony Giddens）所谓的"生存的孤立"："个人的无意义感，即那种觉得生活没有提供任何有价值的东西的感受。"[2] 另一方面，身体话语被放大为一种意识形态策略并进而产生了变形，而女性书写正是其中最为严重的一角。这一方面固然是由于消费文化不可避免地带来了对女

---

[1] 肖鹰：《九十年代中国文学：全球化与自我认同》，《文学评论》2000年第2期。
[2] ［英］安东尼·吉登斯：《现代性与自我认同：现代晚期的自我与社会》，赵旭东、方文译，生活·读书·新知三联书店1998年版，第9页。

性身体的窥视与物化，但另一方面，也需要看到，问题的根源是在于本土女性身体书写的内在模式。正如大量研究指出，在西方女性写作理论中，身体成为一个异质性的对象，以求获得解放和诗学的意义，"这个身体邀请我们认同它，却又立即拒绝任何认同"[1]（由笔者翻译），然而，九十年代的中国女性写作"把自我孤独的生存境遇绝对化了，相应地把自我的身体确认为同一性的实在对象"，由此，身体成了唯一的真实，成了女性书写的内在危机："它或者成为女性自我与男性性别斗争的工具，并且与男性躯体一起作为欲望作恶的载体同归于尽；或者成为孤芳自赏幽禁的囚徒，在自闭的忧郁中萎缩、病变。"[2] 例如，林白在《同心爱者不能分手》《致命的飞翔》《日午》等一系列作品中都描写了女性自慰的情节，在生命本能的释放中，"她觉得自己变成了水，她的手变成了鱼"。但是，这种对世界的拒绝与叛逃在发展到了如此极致的瞬间，也随即迎来了穷途末路：她在释放之后何去何从？解放的所指又在何处？这一连串的问题依旧是无解的迷思。

可以说，"个人化"唤起了暌违已久的个人意识，但在"实体化"的过程中它走向了反面。正如一篇分析女性与个人意识间悖论的文章指出，从铁凝的《哦，香雪》到方方的《奔跑的火光》，"一方面'个人'努力从各种似乎束缚了'个人'的'共同体'（集体）中挣脱出来；另一方面从'共同体'中'解放'出来的'个人'却只能孤零零地暴露在'市场'面前，成为'市场逻辑'所需要的

---

[1] Julia Kristeva, *Desire in Language*（《语言的欲望》），Columbia University Press，1980，p. 163.
[2] 肖鹰：《九十年代中国文学：全球化与自我认同》，《文学评论》2000年第2期。

'人力资源','个人'的'主体性'被高度地'零散化','解放'的结果走向了它的对立面"[1]。在承认"个人策略"行之有效的同时,我们不禁要问,"个人化"的限度究竟何在?"个人"的无限膨胀,一方面造成了"主体性"被不断夸大,另一方面又无限拔高了"性别自我"。于是,文学书写出现了不断下沉的视点、毫无底线的解构以及无止境的自恋,文学评论也开始一窝蜂地挖掘"千百年来失落的自我""被压抑了太久的女性历史",反过来加重了这种"个人化"的困境。

可见,九十年代的"个人化"浪潮是受九十年代市场化和全球化氛围外部刺激的结果,文学书写通过"个人"策略形成了多元分化的发展态势。具体到女性书写而言,这一文本策略试图在解禁欲望的性话语中解构权威、实现主体自我与性别意识的双重独立,进而分化出"八十年代成名作家群"与"九十年代新兴作家群"。但其中的生存经验与个体表达在消费文化与意识形态的合谋下也遭遇了被放大、扭曲乃至意义真空化的困境。这种种形态与问题唯有被置入世纪末前后的社会文化背景中加以解读,才能为九十年代乃至新世纪的文学书写脉络做出阐释。

---

[1] 罗岗、刘丽:《历史开裂处的个人叙述城乡间的女性与当代文学中个人意识的悖论》,《文学评论》2008 年第 5 期。

女性书写"理论渗透创作"的可能性
——以徐坤为例

二十世纪八九十年代之交,女性主义文化理论在传入中国近十年后引起了学界的普遍关注,经由世纪末最后十年的传播、发展乃至泛滥,与本土的文学批评、文学书写均产生了相当紧密的勾连。长时间以来,无论是从文化、政治等角度的"外部研究",还是从题材、语言等角度的"内部研究",往往都将这种勾连解读为本土创作受西方思潮"传播—接受—本土化"的单向过程。这种"单向影响"的逻辑,即使是在对理论有效性和适用范围有所反思和警惕的今天,依然是被研究者内化的"前结构"。

时至今日,西方思潮对本土女性文学创作的实际影响究竟如何,仍是一个当前学界普遍回避的难题。尽管研究界普遍得出了"女性主义文化理论冲击并影响了九十年代本土女性创作"的结论,但大部分写作者对这种关联性予以了否认,更何况,即使许多文本确实可以被用来印证女性主义的相关观点,我们仍很难衡量其创作所受理论影响究竟几何。作为当代罕见的自觉持有女性主义立场的写作者,徐坤兼具女性文学创作者与研究者的双重身份,对其的考察可以管窥所谓"理论渗透创作"的可能性,并反思女性主义思潮在本土语境中的实际影响及面临的问题。

一

在女性文学创作的阵营里，徐坤是具有代表性的写作者之一，从《狗日的足球》、《小青是一条鱼》再到《厨房》，她的小说创作呈现出日益鲜明而自觉的性别关注视角；从《因为沉默太久》、《一唱三叹》再到《路啊路，铺满红罂粟》，她的散文和评论显示出强势而激进的女性主义立场；从《双调夜行船——九十年代的女性写作》到《文学中的"疯狂"女性：二十世纪中国女性写作的演进》，她的研究论文又以女性写作为对象，展示出对女性主义文化理论的深刻认知与娴熟运用。正如她的自述所言，徐坤的确称得上是大陆"女性主义理论和实践的始作俑者之一"[1]。

有趣的是，在九十年代初期，徐坤恰恰是凭借着"反女性"的书写而进入文坛继而崭露头角的。1993年，她的处女作《白话》在《中国作家》上发表，同年，该刊又发表了她的《斯人》《一条名叫人剩的狗》，其文风之戏谑恣肆、洞见之尖刻有力引起了文坛注意，而彼时的评论恰恰都是从"全然不似出自女性之手"的赞誉上生发开去。例如《中国作家》的主编章仲锷曾回忆了当时挖掘出这位"女王朔"时的欣喜[2]；又如王蒙那篇广为流传的评论，"虽为女流，堪称大'侃'。虽然年轻，实为老辣，虽为学人，直把学问玩弄于股掌之上，虽为新秀，写起来满不论（读吝），抡起来云山雾罩，天昏

---

1 徐坤、丰书：《向现在，向未来——徐坤访谈》，《中华读书报》2008年7月11日。
2 章仲锷：《序》，徐坤：《遭遇爱情》，长江文艺出版社2001年版，第1页。

地暗，如入无人之境"[1]。徐坤也坦言，自己在创作初期所追求和遵从的是纯粹文学史的理想和尺度，采用"超性别立场"来刻意回避性别经验与立场，甚至"因为惧怕被当成'女作家''小女人'评头论足，便故意在《白话》和《呓语》两篇小说中反串男性角色出场，其他作品也都刻意将自己的女性性别隐匿，唯恐因是本身是女人而惹来闲话遭殃"[2]。

1995年9月，联合国第四次世界妇女大会在北京召开。这次大会彻底更新了徐坤的知识谱系与价值观念，她异常大胆而自觉地颠覆了前期"反串男性"的书写方式。在1995年前后，徐坤先后参加了世妇会、女性文学国际学术研讨会等各类女性主义、女性文学相关的会议；她的小说、散文集还被选入"红罂粟""金苹果"等各类女性文学丛书。在这股浪潮中，她意识到"超性别视角"的书写方式与本人的性情实在反差太大，以至于"自我难以承受"，于是她迅速更新了写作视点，在1995年一口气推出了《遭遇爱情》《女娲》《离爱远点》等多部自觉运用女性视点的作品，并大声宣告自己化身为"女堂吉诃德"[3]。

而且，徐坤对女性主义文化理论也并不仅仅停留在"感兴趣"的层面，更在九十年代后期开始进入女性文学的研究领域。在世纪末，她出版了专著《双调夜行船——九十年代的女性写作》，该著分别从"母女关系""身体叙事""女性私语"等角度展开论述，并通过文本细读重新阐释了女性写作的意象与文本策略，可以说，这是

---

[1] 王蒙：《后的以后是小说》，《读书》1995年第3期。
[2] 徐坤：《自述》，《小说评论》2005年第1期。
[3] 徐坤：《从来越来越明亮》，《北京文学》1995年第11期。

一部材料上充分整合作者本人在九十年代的亲身经验、方法上熟练运用女性主义文学批评中"母题"研究法的学术著作。随后，徐坤进入中国社会科学院攻读博士学位，其学位论文为《文学中的"疯狂"女性：二十世纪中国女性写作的演进》，以"现代性"对女性写作的双刃剑作用为线索，探讨女性形象在二十世纪中国文学中的演变。较之于《双调夜行船》，这篇论文从结构、方法到行文都显示出更为浓重的"西化"色彩——不但结合了女权主义、马克思主义、精神分析、解构主义、新历史主义、后现代主义等理论，更直接借鉴了女性主义文化理论中的"原型研究法"，归类出文学中的"地母""怨妇""疯女"等原型形象，展现出女性主义文化理论的深度介入与强烈影响。

从徐坤的研究成果来看，她对于女性主义文化理论及文学批评是相当熟稔且颇为认同的。也正是出于这份理论自觉，她在1995年后的文学创作显示出对女性主义的高度实践性，几乎可以被视为一种理论操演。有的作品通过表现女性的精明果敢、男性的庸懦孱弱来倒置传统的性别模式，比如在《遭遇爱情》中，梅在与岛村不动声色的两性较量中不但以"妖女"的形象出现，更是两人往返拉锯中掌控局面的主导者；又如《如梦如烟》讲述了一个精明能干的女处长，尽管遭遇了"够她珍存一辈子"的"最美的生命体验"[1]，但她最终还是为了自己的仕途而不动声色地调离了情人，几乎可以被视为铁凝《无雨之城》的性别倒置版本，而徐坤本人也坦然表示这样的情节设置是因为"现在谁玩谁已经不一定了。受伤的未必就总

---

[1] 徐坤：《如梦如烟》，《大家》1997年第2期。

是女人"[1]。有的作品则突破了女性主义书写的一般模式，进入到对女性话语缺失与建构这类深层问题的思考，比如在《游行》中，林格在与黑戊的交往中意识到女性话语的无力与渺小，发出了"颠覆它，就像颠覆一朵花。颠覆一切伪善和虚妄的"[2]的呼喊；又如在《狗日的足球》中，柳莺在几万人脱口而出的"国骂"声中惊醒，意识到由于缺乏自己的语言，女性连表达愤怒的资格都没有，她们只能通过认同和运用男性语言才有可能被男性群体所接受，"这个世界根本没有供她使用的语言！没有，没有供她捍卫女性自己、发泄自己愤怒的语言。所有的语言都是由他们发明来攻击和侮辱第二性的"[3]。这种性别话语缺失的尴尬境地恰恰是女性书写所需要解决的根本性问题，恰如伊利格瑞（Luce Irigaray）所指出，"有了声音才有路可走"。[4]（由笔者翻译）

二

徐坤的转型被女性文学研究者视为不可多得的证明材料，赢得了一片叫好声。但就文本的美学价值而言，情节、结构乃至行文都颇为生硬，一反其早期创作的酣畅淋漓。1995年，中篇小说《女娲》在《中国作家》上发表，小说刻画了童养媳李玉儿受尽磨难的一生，被卖身为奴的她受夫权、父权、族权的三重压迫，最终被扭曲为封建男权的帮凶。小说大量运用了血缘混乱、白痴怪胎、孱弱

---

1 王红旗：《对知识女性精神再生的探寻——徐坤访谈》，《小说评论》2003年第6期。
2 徐坤：《游行》，《钟山》1996年第5期。
3 徐坤：《狗日的足球》，《山花》1996年第10期。
4 Luce Irigaray, "This Sex Which is Not One"（《此性非一》），*Catherine Porter and Caralyn Bauke*, Cornell University Press, 1985, p. 209.

男性等一系列性别叙事文本的惯常隐喻，也涉及两性情爱、母女关系、弑父情节等多个女性主义文学常见的书写母题，在叙事上也有意营造出阴暗逼仄和残酷凌厉的风格。这种写作方式虽有助于作品主题的呈现和逻辑结构的完整，但同时也带来了难以回避的问题：一方面，对理念阐释的强化会带来各类明喻、暗喻的滥用，夸大情节架构的戏剧性；另一方面，对抽象概念的执着也会造成叙事中内心变化与情绪起伏的缺失，导致整个文本的细节失真。《女娲》以李玉儿可怜又可恨的一生为线索，清晰地呈现出递进式解构和颠覆男权制的文本策略。但在高度概念化的框架设计与人物塑造下，整个小说显得控诉有余而细节不足，不仅整体节奏过快——尤其是在傻子死去和于孝义北上后，整个故事在缺乏铺垫的叙事中急转直下、颇为突兀，就连李玉儿与婆婆于黄氏的形象也因脸谱化的设计而过于相似、难以区分。

徐坤的《女娲》很容易让人联想起张爱玲的《金锁记》，二者都是描写封建家庭中的女性是如何由被侮辱、损害的受害者逐步走向葬送他人幸福的加害者。相形之下，张爱玲的叙事更为流畅，人物也更为丰满。一方面，张爱玲在写作手法上一贯推崇与擅长《红楼梦》式的细节堆叠，其笔下人物得益于这种细节真实，往往显得丰满而富有质感。小说先是借丫头们"龙生龙、凤生凤"的议论铺垫了曹七巧的身份与性格，使得人物未出场就已被勾勒出基本轮廓；又细腻地刻画了她与姜季泽调情、失态乃至懊悔的内心变化。文本时不时地穿插今昔对比：由丈夫"没有生命的肉体"想到肉铺里的朝禄抛来"尺来宽的一片生猪油"，由推到腋下的翠玉镯子回首年轻时有过的"滚圆的胳膊"，以强烈的反差增添了人物的立体感。另一方面，张爱玲的书写专注于对日常生活的摹刻，以期触及人性与生命的本来面目,"去掉了一切浮文,剩下的仿佛只有饮食男女这两项。人类的文明努力要想跳出单纯的兽性生活的圈子,几千年来的努力竟是枉费精神么?事实是如此"[1]。所以,尽管后人从女性主义的立场可以索解出文本中揭示女性命运、颠覆宗法父权,甚至是逃出"铁闺阁"[2]等种种性别政治上的意味,但她本人并无意涉足这些命题,只是固守她所熟悉的男女婚恋和家庭生活题材,不厌其烦地描摹琐碎庸常的生活片段和细致入微的情感体验。但也恰恰是这种着眼生活的创作路径,反而能在有意无意中触及和揭示出各类问题,并将其书写意图自然而然地呈现出来。

反观徐坤,《女娲》的创作则完全是对"女性书写"这一概念的演绎,这使得文本不仅出现了"主题先行"的文本所常见的问题:文本只能停留在对抽象理论的阐释上,无法打开更为深广的空间。更重要的是,其本身所仰赖的西方女性主义理论能否直接适用到本土写作之上,是值得怀疑的:在西方,女性书写是女性社会文化革命的自然产物,但本土并没有经历这个社会运动的过程,因而缺乏接受这一思潮的社会文化土壤,所谓"女性文学"是在短时间内被自上而下、从理论到创作地建构起来的。

以1995年联合国第四次世界妇女大会为契机,在各类官方主持的"向世妇会献礼"的活动中,出版机构、文学期刊、创作界、理论界共同出动、层层递进,从上而下地参与到了女性文学的建构之中。在文学作品的出版方面,各省、市级出版社纷纷推出了女性文

---

[1] 张爱玲:《烬余录》,《张爱玲文集·流言》,北京十月文艺出版社2006年版,第45页。
[2] 林幸谦:《荒野中的女体:张爱玲女性主义批评Ⅰ》,广西师范大学出版社2003年版,第134页。

学丛书。仅河北教育出版社一家就先后推出了"红罂粟丛书""金蜘蛛丛书""蓝袜子丛书",而"红辣椒女性文丛""风头正健才女书""她们文学丛书"等大型女性文学丛书几乎同时问世。在文学批评界,对女性文学的讨论也随之兴起,扭转了此前回应寥寥的局面。多家研究机构和高校陆续推出了名目繁多的研讨会、读书会和培训班,仅1995年就出现了包括第一届"妇女与文学"国际研讨会、女性文学国际学术研讨会等在内的近十个大型会议和多个女作家作品研讨会。此外,各类女性文学研究著作开始集中出现,迅速形成了一股研究新潮。

在主流意识形态自上而下的推动下,这股愈演愈烈的"女性文学风"在研究上最终走向了专业化、学科化的道路,这无疑对女性文学研究在学术资源的开拓、理论系统的建立和研究队伍的壮大都起到了极大的促进作用,但也随之产生了过分西化和激进的问题:一是在理论立场层面上,不加反思地"继承"以性别差异论为核心的女性主义立场,一味寻求文本中女性主体性的线索,呈现出单薄而重复的女性意识碎片拼图;二是在技术层面上,热衷于在文本字里行间中挖掘"无意识"中的女性意识,直接导致了将主人公心理直接等同于作家心理的逻辑错误;三是在研究策略上,只注重阐发女性文学的思想、文化意义,而忽略了作为审美经验载体的文学文本在生存经验之外还有着情与理激荡的审美张力。于是,在这样的理论研究框架中所诞生的文本,也就被一并置入了这些问题,呈现出美学与意义上的双重缺憾。

三

作为一个内省的成熟作家,徐坤很快意识到了自己创作的生硬,也看到了自身对女性主义理论的过分执迷。她自陈自己当年"受了一些女权思想的蛊惑",写过《相聚梁山泊》《爱人同志》《含情脉脉水悠悠》之类的"生硬的'女性主义'作品",在《杏林春暖》中更是"刻意将女性主义发挥到极致,写男性的文化阉割恐惧"[1]。同时,作为一个清醒的研究者,她还认识到了受女性主义文化理论与文学批评烛照的文学书写所必然遇到的困境及其原因,她认为,女性主义理论和实践在价值体系、文学审美谱系和躯体修辞学体系上都是含混、模糊与未定的,因为"一方面,它必须要颠覆和破开,建立自己的理论平台,另一方面,处于中国这样一个现实压力下,它又时刻想校正自己,达到跟传统文化精神和当代生活的和解,因而自身总处于悖论中"。而且,"当我们用十几年时间走完了第一步,也就是对经典的打碎和颠覆阶段以后,下面却不知道该怎么走,打碎以后,我们却并没有能力重建"[2]。

于是,徐坤在新世纪后完成了其创作的第二次自觉转型。一方面,她选择回归经典、回归传统的文化价值观,"当我们不再去动辄宣称那些伟大的理想,也不再将探究真理挂在嘴边时,作家的使命,他最能够简单平易达到的使命就是在人类的心灵与心灵之间搭筑起一座桥梁,以助人们之间的相互沟通和理解"[3]。另一方面,难能可贵的是,她也并不矫枉过正、抛弃女性主义的立场,而是提出了一种新的书写可能。徐坤曾在1997年写出了《厨房》,讲述了一个女强人"欲返厨房(围城)而不得"的尴尬与失落,十年后,她意识

---

1 易文翔:《坚持自我的写作——徐坤访谈录》,《小说评论》2005年第1期;徐坤、丰书:《向现在,向未来——徐坤访谈》,《中华读书报》2008年7月11日。
2 徐坤、丰书:《向现在,向未来——徐坤访谈》,《中华读书报》2008年7月11日。
3 徐坤:《自述》,《小说评论》2005年第1期。

到"没有期望就没有失望"、将性别权力关系从原先的倒置改写为彻底的消泯,强调女性的归宿在于自我的内心,"枝子到了 2007 年,游戏规则也许会改写,一个人的厨房也是一个很像样的厨房,吃起饭来也很香,不管是男还是女"[1]。2010 年,徐坤回顾了在《厨房》和《午夜广场最后的探戈》中所无意识揭示出的女性内在与外在解放的双重失败后,提出女性书写可以进一步向"庙堂"进发[2],即其终极意义在于解决女性与社会关系问题。由此,徐坤将创作理念调整为"文学回归传统、关注人类内心"与"女性自足内心、放眼社会",而女性书写的终极目标即在于达到三重境界:其一为"没有纽扣的红衬衫",即书写要突破政治与传统的禁区;其二为"没有衬衫的红纽扣",即颠覆之后更要重建新的美学形态与文学表意方式;其三为"没有纽扣也没有衬衫",即与生活和解,进入禅宗"见山不是山,见水不是水"[3]的阔大境地。

反观新时期的"女性文学",其在八十年代中期被最初提出是针对五十至七十年代妇女解放理论的性别观念及其历史实践的后果,并在八十年代人道主义的话语脉络中逐步深入,而西方理论的介入尚在其后。而且,在女性主义文化理论进入本土之前,女作家并没有因性别身份而被视为一个群体或者流派,而是被混同在"伤痕文

---

1 易文翔:《坚持自我的写作——徐坤访谈录》,《小说评论》2005 年第 1 期;徐坤、丰书:《向现在,向未来——徐坤访谈》,《中华读书报》2008 年 7 月 11 日。
2 徐坤:《从"厨房"到"探戈":十年一觉女权梦》,《中华读书报》2010 年 2 月 11 日。
3 徐坤:《鳄鱼与母老虎——在首届"中国—西班牙文学论坛"上的演讲》,新浪网博客 2010 年 11 月 7 日,http://login.sina.com.cn/sso/login.php?useticket=0&returntype=META&service=blog&gateway=1&url=http://blog.sina.com.cn/s/blog_4709e80d0100megx.html。

学""反思文学""寻根文学""先锋文学""新写实小说"等范畴之内被讨论。因为一种方法论的兴起，她们被从中剥离，以性别这一集体身份重新聚合并被加以讨论，甚至自觉地从性别这一主体出发进行创作，这从中固然可以呈现出崭新的文学景观，丰富文学书写的视角：通过对"女性意识""主体性"的挖掘触碰到文学内部温热而鲜活的生命形式。但是，如果书写只囿于理论的封闭空间而脱离历史语境与文化生态，其真实性和有效性就会显得十分可疑：一方面，任何一种批评范式都无法摆脱事实上是由话语机制所制造的逻辑观念、审美趣味和权力结构的影响和限制；另一方面，当这种批判范式被粗糙地挪用到本土的创作中，也就限制了女性写作从本质性探讨转向更为阔大的历史化考察，这样的书写忽略了历史发展内部的多样性和复杂性，其本身就是反历史的。

可见，徐坤的创作可以说是新时期女性书写的一个缩影：一方面，由于具有女性文学创作者与研究者双重身份，并将"女性主义"视为书写目标，她的书写代表了这一时期所谓"女性写作"在理论冲击下的普遍文本策略和所能达到的最大限度，即通过倒置传统性别模式来颠覆男权中心文化，从而建立起女性视点，在这一点上，其他承认或不承认理论影响创作的写作者们大多无出其右。但另一方面，这一时期猛烈乃至泛滥的理论大潮并没有解决女性创造力中的根本问题——性别语言的形成，所以纵使理论自觉者如徐坤，在倾尽全力之后也只能落入口号大于实质、丧失自我风格的尴尬境地，可谓成于此也败于此。所以，尽管"理论渗透创作"无疑是当代女性书写的一道特殊风景，但其实际影响远没有人们想象得那么深入与乐观，颠覆后的重建仍是有待迈出的艰难步伐。

新时期初期女性写作"向内转"的失败
——从《三生石》到《北极光》

一

新时期文坛的解放与复苏从一开始就是在政治话语的预设下展开的,对于作家们而言,包括邓小平在中国文学艺术工作者第四次代表大会上所发表的祝辞以内的一系列政策拓展出了政治层面上的新空间,他们可以自由、大声地表达对"四人帮"、极"左"政治的不满,但并没有跳出"宏大叙事"的框架,投身到更广阔的、对终极命题的书写天地之中,反而"横下了心,为了国家,为了人民,为了社会主义事业,为了这次思想解放运动不致半途而废,除了坚决战斗,别无出路"[1]。

从某种意义上说,新时期初期的文学创作在根本上仍没有摆脱1942年《讲话》的阴影。如季红真所言,"文学复苏开始,小说分担着整个民族批判极'左'政治的重大使命,作家们的思想随着政

---

[1] 中国文学艺术联合会研究资料部编:《开辟社会主义文艺繁荣的新时期》,四川人民出版社1980年版,第79页。

治批判的轨迹作惯性运动"[1]。

毋庸置疑,此时期的女性写作也没有离开政治话语的轨道,它们紧随着时代的潮流,对"干预生活"的创作抱有巨大的热情。从谌容的《人到中年》、张抗抗的《淡淡的晨雾》,到戴厚英的《人啊,人!》、韦君宜的《洗礼》,女性写作的声音大多自觉采用"自我雄化"的策略,和男性一起介入政治话语的公共空间,努力跻身时代的弄潮儿。"作品的意义的深层支点则主要集中在'国家''民族'之类语义的介入。于是有关内容可以毫不费力地转化为明确的社会批判意识。"[2]尽管文本的婚恋题材使其在表面上展现出一定的女性或个人经验,但作者的根本立足点及文本的相关评论都将其一并归入"为政治""为人生"的范畴,自发且被默认为是"花木兰"式的女性写作[3]。

谌容的《人到中年》通过一个为现代化建设呕心沥血的女性形象展现了知识分子的无私奉献与困难处境。其所引起的讨论,无论是类似"对于人和人的生活环境真实的、不加粉饰的描写"[4]"成功地塑造了具有独特个性美的社会主义新人形象陆文婷"[5]的褒扬,还是"党的政策的阳光被一层可怕的阴影给遮住了"[6]的指摘,均毫无意外地从文本的社会意义、政治思想展开,其基本辩题即是陆文婷

---

1 季红真:《论新时期小说的基本主题》,甘阳主编:《八十年代文化意识》,上海人民出版社2006年版,第123页。
2 乔以钢:《新时期女性文学与现代国家意识》,《天津社会科学》2006年第3期。
3 戴锦华:《涉渡之舟:新时期中国女性写作与女性文化》,陕西人民教育出版社2002年版,第5页。
4 孙逊:《〈人到中年〉的思想艺术特色》,《文汇报》1980年8月8日。
5 王振复:《独特的个性美》,《文汇报》1980年7月6日。
6 晓晨:《不要给生活蒙上一层阴影》,《文汇报》1980年7月2日。

的形象是否损害、歪曲了党和国家在新时期对重新重视知识分子所做出的努力。作者在创作谈中也鲜明地展示出了其社会书写立场，"陆文婷们是解放后培养起来的新人，只把自己的血与力献出来"，"但是，由于种种原因，她们的生活清贫，有着很多难言的困苦。我认为，她们是在做出牺牲，包括她们的丈夫或妻子，也包括她们的孩子，而这种牺牲又往往不被人重视和承认。于是，我写了陆文婷"。评论界对文本中陆文婷与傅家杰不失诗意的爱情和婚姻则往往被一笔带过，认为这是增加陆文婷形象悲剧感的烘托之笔，"陆文婷在爱情与家庭生活中所表现出来的品德、情操，与她在工作上表现出来的高尚品质，负责态度，相映生辉，相得益彰，成为浑然一体的一个女性的丰满形象"[1]。

戴厚英的《人啊，人!》的际遇也并无不同。正如一篇批评文章所指出的，文本是以反右斗争所引发的孙悦与赵振环、许恒忠、何荆夫的婚恋故事为基本结构，"说明人为的阶级斗争是灭绝人性、扼杀人情的，因此必须实行'最彻底、敢革命的人道主义'"[2]。对于文本而言，婚恋书写仅是表达其"人人相亲相爱"思想的工具而已。

韦君宜的《洗礼》则更具深意。文本将王辉凡个人的悲欢离合与国家、人民的前途命运结合起来，在当时受到了一致好评。文本不但使婚恋故事为政治主题服务，其对婚恋叙事的大力削减及政治化的描写倾向甚至成了主流所认可的书写样板。有的评论援引鲁迅《伤逝》中的名言"人必生活着，爱才有所附丽"，认为"刘丽文是

---

[1] 朱寨：《留给读者的思考：读中篇小说〈人到中年〉》，《文学评论》1980年第3期。
[2] 高林：《为"人"字号招魂——评〈人啊，人!〉》，《作品与争鸣》1982年第4期。

个有思想的中国妇女,是个革命的女性,她生活在中国的社会里,生活在斗争中,生活在政治中,她的思想,行动,她的爱情,怎么能脱离政治呢?怎么能不染上政治色彩呢"。《洗礼》中的爱情之所以动人,是因为它"附丽于对人民的爱,附丽于为实现共产主义理想的并肩战斗,两者互相影响,互为进退"[1]。丁玲更进一步对这种"爱情并非纯男女之爱"的书写做出引申,"的确,在一些资本主义国家,有的人认为爱情就是两性之间的性关系,他们提倡完全放任,双方都没有任何责任",并大力赞赏了党中央和国务院取缔这些"黄祸"的举措。[2]由此,婚恋书写的方法与目的被主流意识形态进一步驯化,如韦君宜对文本的经验总结,"一个现代中国有思想的女性不能有别样的爱情"。

所以,新时期初期的女性写作所普遍、自觉采取的策略即是将婚恋题材作为形式,实则表达了政治、社会意义上的内容,这种"花木兰"式的女性写作将自我性别悄然隐藏,以主动靠拢男权话语来进入主流,获取自我声音的合法性。如朱莉娅·克里斯蒂娃(Julia Kristeva)指出:

> 唯有认同和采取男性的价值观(也即有利于社会交流体系稳定的那些支配、超我和被认可的言语),我们才得以进入实践性的场景,比如我们社会的政治历史事件。[3]

---

[1] 东山:《"牛棚"中的反思与净化——读〈洗礼〉》,《前线》1982年第9期。
[2] 丁玲:《我读〈洗礼〉》,《当代》1982年第3期。
[3] [法]朱莉娅·克里斯蒂娃:《中国妇女》,赵靓译,同济大学出版社2010年版,第32—33页。

对于女作家而言,她们常常将这种"花木兰"式的写作归因于传统意义上的社会责任感,而拒绝指认和采用"女性主义"或"女权主义"的写作立场。如张洁曾在接受采访时表示,"我的主题不是爱情。人们常常谈论我在写爱情,而我真正要写的是爱情后面的东西","我不认为自己是女权主义作者。我不认为所谓女权主义在中国有任何意义。妇女真正的解放有赖于人类社会的全面进步"[1]。又如谌容在创作谈中的动情自白,"作者无权无势,只有一颗诚实的心,一颗同人民一起跳动的心"[2]。

这种依傍着"宏大叙事"、建立在人道主义与启蒙话语之上的"花木兰"写作姿态也受到了评论界的高度赞许。如梁晓声对张抗抗的肯定即是基于其"非女权主义者"的书写立场,"曾有人对我讲——张抗抗是一个女权主义者。我一笑。如非她信仰着一种什么'主义',我看她首先是一个人性主义者。认为是人权主义者也未尝不可"。因为"在中国,人权尚未获得至高的尊重,女权的要求显得'超前'"[3]。而张抗抗自身也明确表示了"大写的'人'"的书写情怀:

> 记得《读书》上有篇文章曾说,中国人首先关心的是做中国人,却不知道人首先是人,然后才是中国人。我以为极为

---

1 [美]林达·婕雯:《与社会烙印搏斗的人》,宋德亨译,香港《亚洲周刊》1984年12月9日,转引自戴锦华:《涉渡之舟:新时期中国女性写作与女性文化》,陕西人民教育出版社2002年版,第79、88页。
2 谌容:《从陆文婷到蒋驻英》,《光明日报》1983年2月3日。
3 梁晓声:《雾帆——张抗抗印象》,《文汇月刊》1988年第11期。

精彩。[1]

　　因为我写的是"人"的问题，是这个世界上男人和女人所面临的共同的生存和精神危机。"十年内乱"中对人性的摧残，对人的尊严的践踏，对人个性的禁锢、思想的束缚；1978年以来新时期人的精神解放，价值观的重新确立——这关系到我们民族、国家兴亡的种种焦虑，几乎吸引了我的全部注意力。它们在我头脑中占据的位置，远远超过了对妇女命运的关心。……当人与人之间没有起码的平等关系时，还有什么男人与女人间的平等？[2]

作为典型的新时期初期的创作者，她们专注于描绘社会与人生的新思想、新事物，鞭挞生活中的丑恶与弊端，因为这一切"对于一个文学工作者来说，难道不是他或她应尽的社会责任吗？"[3]尽管女性写作的文本常常以婚恋故事为题材，并不缺少对女性命运与问题的书写，但最终的落脚点仍是政治、社会乃至人性，绝少对女性自身的处境与发展做出独立的关注与思考，从主观上自行封闭了通往女性经验世界道路。

二

　　在1980年的文学书写中，作为一个借婚恋题材表达政治、社会

---

1 张抗抗：《你对命运说：不！——张抗抗随笔》，知识出版社1994年版，第92页。
2 张抗抗：《我们需要两个世界》，《文艺评论》1986年第1期。
3 谌容：《也算展望》，《北京文学》1982年1期。

问题的文本，宗璞《三生石》[1]的爱情叙事并不复杂，以罹患乳腺癌的大学女教师梅菩提接受治疗、希望"正常细胞战胜癌细胞"为线索，她与善良、执拗的主治医生方知相识、相恋，逐渐战胜了政治上的"恶势力"。配合着"正常细胞战胜癌细胞"所寓意的政治主题，梅菩提和方知的爱情围绕着对党和国家正常秩序的呼唤而展开。

"方知是人，正常的、善良的人。"菩提欣慰而又有几分酸楚地想。"我们要在一起战胜各种癌细胞。——我们的党也会战胜癌细胞的。会的，一定会的。"

两个正常细胞的力量结合在一起，不是加法，而是数字的无穷次方。

作为文本婚恋叙事的一条副线，梅菩提与"可能的爱人"韩仪通过在故事开始时的一段铺垫引出了对"人"的高声呼喊。在与韩仪的交往中，梅菩提惊觉自己得了"心硬化症"。

遇到方知后，梅菩提那"硬化"了的心被慢慢融化，而这过程恰是以方知的笑容为线索的。两人初相见时，方知对她微微一笑，菩提的心立刻"颤抖了"，因为轰轰烈烈的政治运动，她已经暂时忘却了笑容的模样。"在那疯狂的日子里，绝大部分的熟人互相咬噬，互相提防，互相害怕；倒是在陌生人中，还可以感到一点人与人之间的温暖。"梅菩提在住院治疗过程中得到了方知的悉心关怀，她的爱意也由方知的笑容渐渐萌发。这笑容所代表的正是血腥残酷的阶

---

[1] 宗璞：《三生石》，《十月》1980年第3期。

级斗争所抹杀掉的人与人之间善意、温暖的沟通。与其说方知是凭借其人格魅力吸引了梅菩提,不如说是他的笑容中所寓意的对人与人关系的反拨赢得了她的心。此外,梅菩提也正是因为方知和陶慧韵、小丁等人的关心,才觉得"我不是一个人",坚信"正常细胞总是多的,总应该战胜癌细胞的"。至此,文本的主旨也在"人"的层面上呼之欲出,"《三生石》中通过写人物的经历主要描写'心硬化'。这是那一时代普遍而深刻存在着的,是一种时代的痼疾,强调阶级斗争,批判人性论、人道主义的结果。我自己很喜欢我的这一发明:'心硬化'"[1]。

事实上,就文本的婚恋书写而言,方知与梅菩提的爱情之所以动人,更多的是因为他们在"暴力铭记的场所"之外的相知相守——两人具有"轮回""传奇"色彩的二十年姻缘,以及他们沉郁爱情的古典韵味。如文本中频频以"清泉"为喻,展现了梅方二人真挚纯净的互相吸引,"是方知治疗了她的沉疴,在她僵硬的心中注入了活水"。又如文本对两人眼中彼此眼睛的反复描述,一个是"凹陷眼睛中深邃、镇定的目光",另一个是"镜片后两条弯弯的弧线"。整个文本最为动人的一幕在于他们的第一次握手,这一刻,他们的爱情超越了与政治话语、社会意义的无限纠葛,达到了一个新的空间:

> 他们觉得自己是这样丰满,这样坚强。在这一瞬间,他们都成了金刚不坏之身,足以超凌色空,跨越生死。而这样四手相握,四目相对,便是无限,便是永恒了。

---

[1] 施叔青:《又古典又现代:与大陆女作家宗璞对话》,《人民文学》1988年第10期。

尽管梅菩提和方知的爱情故事构成了文本中最为引人入胜的叙事线索，然而，婚恋叙事不但是作者政治、社会关怀的表达形式，甚至并非文本的唯一题材。正如篇名"三生石"的缘起是关于唐代李源和僧圆观三生有约的真挚友谊，后来被梅菩提演绎成一对年轻人生死不渝的忠贞爱情，在文本中，梅菩提与陶慧韵在困厄时期艰难互助的真挚情谊形成了另一条感人至深的叙事线索。《三生石》通过以梅菩提为核心的友谊与爱情，展现了善良的知识分子在残酷暴虐的政治运动之外，于那个"笼罩着一层温柔的诗意"的小小勺院寻找到了一叶可供"人"栖息的风雨方舟。

其实，"三生石"不但以友谊、爱情的寓意构成了叙事展开的"文眼"，更被作者赋予了"暴力铭记的场所"这一特殊意义。对于中文系教师梅菩提而言，小说《三生石》的创作是她成为"牛鬼蛇神"的主要原因，日复一日的批判、检查让"她的心逐渐在硬化"而"不再多愁善感"。当梅菩提得知自己患了癌症之后，无亲无故的她从窗外的一块"三生石"找到了一丝慰藉的力量，"她站起身，倚在桌旁，好像要把暮色中的石头看得仔细些：'人，应该是坚强的'"。对于医生方知而言，在他因"同情右派"而被取消预备党员资格、感到灵魂被"卷折"之际，他在香山上偶遇了"大毒草"小说《三生石》，使其"闷得发痛的心"终于遇到了一缕甘泉，"七孔玲珑，个个通畅"。至此，"三生石"的"物语"被重新强调，"人，永远不能失去希望和信心。人，应该是坚强的"。当他们在百转千回后终于走到了一起，"三生石"的意义又被再次重申，"他们一同默默地凝视窗外燃烧着的三生石。活泼的火光在秋日的晴空下显得很微弱，但在死亡的阴影里，那微弱的然而活泼的火光，足够照亮生的道路"。

所以,"三生石"不仅记录了梅菩提和方知种种"莫须有"的罪名及其带来的苦痛记忆,成了暴力铭记的场所,更耐人寻味的是,"三生石"还附带着"人,应该是坚强的""一切都是有希望的"的自我告慰。这个"光明的尾巴"固然与主流话语的书写规范息息相关,但也在一定程度上展现出了作者微妙的"自责"心态与历史反思。

在文本中,作者对极"左"政治、阶级斗争的厌恶溢于言表,几近呐喊。"这就是那时的大好革命形势:人,可不是什么崇高的字眼。一个人不过是一种生物。"对于"人"给自己带来的苦难,梅菩提声嘶力竭地反抗道:"她有什么对不起国家、人民?她触犯了哪一条刑法?她不过是一个平凡的、勤奋的人,一个正直的、没有磨去棱角的知识分子,然而便是普通的'人'的身份,决定她要在'炼狱'中经受煎熬。"她觉得自己的灵魂像堂吉诃德眼中的风车,被莫名其妙地打得粉碎,她感到困惑,难道每个人生来不应该"是为了活,不是为了死;是为了爱,不是为了恨"吗?

但同时,梅菩提由衷地认为,知识分子确实应该接受改造。"老实说,我确实不配做一个真正的共产党员,差得远!我不过是个小资产阶级——或者说是资产阶级知识分子罢了。怎样改造都是应该的。"她所感到委屈与痛苦的,是被当作了无权再"积极"的敌人,"我从没有想到有这样一天,我会成为敌人。"更具深意的是,作者通过由魏大娘引起的联想做出了对历史个人的直接控诉,"人们常用花朵比喻女性之美",但是,"菩提看着那嫩红的海棠花苞,默默地想着,——而就在这样伟大的中国妇女中,出现了一个败类!一个祸国殃民的败类!"更通过脸谱化的反面角色——一个为政治投机苦心钻营甚至干出"移尸嫁祸"等耸人听闻的支书张咏江,以其名字的自解"歌咏的咏，江青的江"直接点明了反讽的对象。这种"知识分子有罪而'人'无罪""虽有罪但不至成为敌人""历史的罪责在于孤立的个人"的自述暴露出作者有限的历史反思以及被主流话语驯化的书写心态。

三

在新时期文学经历了近十年的激荡变化之际，一场长达五年的、关于"文学向内转"的论争于1986年悄然拉开帷幕。鲁枢元首先提出，八十年代的文学正在逐渐"向内转"，其特点即为"题材的心灵化、语言的情绪化、主题的繁复化、情节的淡化、描述的意象化、结构的音乐化"[1]，文学的书写已经开始从人道主义与启蒙话语的阵营中剥离开来，转向了对内心世界的探索和主体个性的追求。

对于女性写作中的婚恋书写而言，"向内转"首先表现在爱情开始摆脱"附丽"的命运，离开了"为社会""为政治"的附属地位，而进入到更深层次的思辨之中。不少文本开始用复杂的情爱纠葛和大段的心理独白来探究爱情究竟是什么、如何去追求和维系个体的爱情、怎样才能觅得一段有爱情基础的婚姻等问题。

张洁的《祖母绿》用一段坎坷动人的三角恋关系阐述了"无穷思爱"的爱情理想，她认为，只要得到有呼应的爱情，"哪怕只有一天，已经足够"。谌容的《错错错》则试图从惠莲这个反面角色说明，"不食人间烟火"的爱情是难以在现实中存活的，强调了经历风雨、同甘共苦的爱情才能结出甜美的果实。张辛欣的《我们这个年纪的梦》讲述了"我"内心深处那个以"青梅竹马"为爱情理想的

---

[1] 鲁枢元：《论新时期文学的"向内转"》，《文艺报》1986年10月18日。

"自由飞翔的梦",以及对其苦苦寻觅而不得的现实挫败感。

通过对爱情"向内转"的探索,女性写作摸索到一个充溢着女性经验的个性世界。在这些文本中,曾令儿对爱情与同情、责任的拆解,卢北河对爱情中自我牺牲的反思,惠莲对家庭生活、婚姻责任的恐惧想象,"我"对于日常琐碎生活的烦躁与麻木……使得女性写作因这种经验性的内心挖掘构建出一个"自我"的隐秘世界,在这个完全属于她们自己的世界中,她们有望发出"个体"乃至"女性"的声音:

> 事实上,她通过身体将自己的想法物质化了,她用自己的肉体表达自己的思想。从某种意义上说,她在铭刻自己所说的话,因为她不否认自己的内驱力在讲话中难以驾驭并充满激情的作用。即便是在讲"理论性"或"政治性"内容的时候,她的演说也从来不是简单的,或直线的,或客观化的、笼统的;她将自己的经历写进历史。[1]

然而,这些对理想爱情范式的追寻最终往往沦为幻灭式的失败或无处寻觅的迷茫。《祖母绿》以新郎陷入"智慧的海"的涡流为喻,象征着曾令儿在心底埋葬了与左葳的纠葛,越过了"爱情"的人生高度,因"为这个世界,做一些有意义的事情"而获得了更广阔的人生天地。《我们这个年纪的梦》中的"我"因深感梦在现实中不堪一击的脆弱而扑倒在丈夫的怀中,却得不到一丝理解,只能放

---

[1] [法]埃莱娜·西苏:《美杜莎的笑声》,张京媛主编:《当代女性主义文学批评》,北京大学出版社1992年版,第189页、195页。

弃苦苦的追索,"淘米、洗菜、点上煤气,做一天三顿饭里最郑重其事的晚饭"。爱情"向内转"最终或被升华为"为四化做贡献"的社会主义话语,或被置入一个虚幻的、破灭的无言境地,女性写作对"人"和"女人""两个世界"的期待悄然落空,"女人"的话语最终还是汇入了以男性话语为权威的"人"的书写中。

尽管女性写作通过爱情的"向内转"露出了女性经验世界的冰山一角,然而,对理想爱情范式的"求之不得"很快掩盖了这一片亟待开垦的荒地,婚恋书写从"追求爱情"发展到了"超越爱情"。如《祖母绿》在文本最后总结道,"你已经超脱了,因为你不再爱了。一个人只要不再爱,他便胜利了"。"生命在更阔大的背景上,获得更大的意义。"并最终被评论界引导为"在爱情中体现人的现实性",重回"为人生""为政治"的窠臼。如盛英对其的评价,"她尽管依然珍惜青年时代对左葳的纯真爱情,但情况变了,她所要关心的事情比男女之爱伟大得多、壮观得多,于是乎她从性爱的深渊走向博爱的广阔天地"。"作为一个独立的新女性,她所神往的,当然是为社会做出创造性的贡献。"[1] 又如黄书泉的建议,"我们有理由要求作家将对爱情哲理深刻的发掘置于坚实的生活之上,将理想的爱情从哲学的人还给现实的人"[2]。

尽管经由新时期初期的思想解放与 1980 年新《婚姻法》的颁布,"恋爱自由""婚姻自由"等曾在五四时期被高声呼喊的口号开始重新植入人们的观念之中,但是,人们对爱情的追求与思考又往

---

[1] 盛英:《别有一番滋味在心头——读〈枫林晚〉〈祖母绿〉〈错错错〉》,《小说评论》1985 年第 1 期。
[2] 黄书泉:《爱的哲学与哲学的爱——评张洁的〈祖母绿〉》,《当代作家评论》1985 年第 5 期。

往被置入"个人享受"的语境,与"公共""集体"的利益相悖。如当时的一位作家所发出的感叹:"没有爱情的社会义务会让你觉得是遗憾的,但是没有社会义务的爱情却会使你感到空虚。"[1]从《中国青年》《中国妇女》的专栏到一些社科类的学术杂志,主流意识形态都试图告诫年轻人爱情意味着共同的理想与任务,爱情必须与社会意义紧紧相连,类似于"爱情的目的是婚姻,婚姻的目的是生活"的教导屡见不鲜。

对于文学书写而言,沉迷于个人的爱情探索、一己的浪漫幻想是与主流所倡导的思想任务格格不入的。爱情虽然已经从表现"个人与党和国家之间的紧密关系"的"革命浪漫主义"中分离,但过分强调爱情的重要性,以抽象、思辨的方式将爱情提高到"至上"的地位还是会被认为是"个人化"的不端态度,是一种将重心放在自我满足而非对他人奉献之上的"资产阶级自由化"的错误思想。

> 婚姻、家庭的美德在革命的祖国受到了颂扬。虽然离婚与堕胎在某些特定的情况下仍然合法,但官方的宣传中却反对这些行为,并号召个人应当让自己的肉体享受或情欲服从于高于自身的利益,即社会本身的利益,而传统主义者们所要求的亦不过如此。[2]

"资产阶级的"爱情观是将一切符合群体或集体需要和利益的态度和行为服从于个人的需要和利益,从短暂的迷恋、妒忌

---

1 笑冬:《爱情必须时时更新、生长、创造》,《中国青年》1981年第10期。
2 [法]雷蒙·阿隆:《知识分子的鸦片》,吕一民、顾杭译,译林出版社2005年版,第45—46页。

和敌对到对热烈爱情的浪漫幻想。无产阶级精神中崇高的道德被用来与资产阶级个人主义的堕落的欲望相比较。于是,只有在社会主义社会中才可以实现真正的爱情。[1]

在这样的创作氛围下,女性写作对爱情"向内转"的探索尽管触及了时代的禁区,但也注定了在根本上无法找到她们心中的"理想爱情范式",类似于"无穷思爱""自由飞翔"的梦想只能是一个美丽的幻影而已。而这种幻灭与失败也将才露出小荷尖尖角的性别意识重新遮蔽,女性写作始终离不开"大写的'人'",在政治、社会和人性的框架中,婚恋书写也仅能越过雷池一步而已。

四

张抗抗的名篇《北极光》[2]自1981年在《收获》上发表后,很快被归入"新时期争议作品"[3]之列。当时所引起的讨论大多聚焦在"陆芩芩是否在爱情上朝三暮四"的问题上,可见,尽管评论依旧深陷道德评判的泥地,但文本对爱情问题的独立探讨已成为公认的事实。在《北极光》中,张抗抗采用了人生问题与爱情问题双线并行的结构,婚恋叙事已经或多或少地摆脱了有所"附丽"的命运,进入到一个被单独审视、观照乃至追问的新层面。

文本的女主人公陆芩芩以"迷茫的少女"形象出现,脸上总带

---

[1] [美]艾华:《中国的女性与性向:1949年以来的性别话语》,施施译,江苏人民出版社2008年版,第87页。
[2] 张抗抗:《北极光》,《收获》1981年第3期。
[3] 《北极光》被收入中国作家协会创作研究部选编的《新时期争议作品集·公开的"内参"》,时代文艺出版社1986年版。

有好奇而瑟缩的迷蒙表情。在即将步入"婚姻"这一人生新阶段之际，她苦苦地追问"爱情是什么？结婚是什么？""人活着到底是为什么呢？人生的意义到底是什么呢？"然而，陆芩芩的思考自始至终都是在"破"的层面上展开，并没有得出任何有所"立"的结论。她不知道什么叫"爱"，但她很清楚自己不愿意同傅云祥结婚；她不知道生活究竟该是个什么样子，但她相信"总不是现在这样子"。她以八十年代典型的理想主义者的面目出现，即使无所依凭，也执着地坚持"宁可死在回来了的爱情的怀抱中，而不活在那种正在死去的生活里"。这也造成了在充溢着大段思辨与独白的文本中，作为核心主人公的陆芩芩却始终是一个几近"失语"的存在。

文本以三个男主人公——"庸俗"的未婚夫傅云祥、提倡"合理的利己主义原则"的大学生费渊以及重视"人的社会性"的电暖工曾储分别代表三种不同的人生选择，通过他们大段大段的个人独白和相互争论，对"人活着究竟是为什么"的终极问题展开了探讨，因为"未经思索的生活是不值得过的"。

傅云祥对"四人帮"的痛恨源于极"左"政治损害了他的个人前途，于是他缩进市侩的人生享受中，追求现世的物质生活。费渊是一个被严酷的现实扭曲变形的虚无主义者，认为"个人的利益是世界的基础和柱石"。曾储则是一个类似"高大全"的理想存在，即便生活百般磨难，他依然有着"仙人掌"般顽强的生命。曾储的形象之所以理想化得有失真实，是因为其所承载的，是主流话语在人们遭遇新时期初期的理想失落时所给出的导向与规约。张抗抗曾自述："我在京参加授奖大会期间，接到了上海的长途电话，他们（《收获》编辑部）希望我把曾储改得更真实可信些。同每次一样，我完全同意编辑部的意见,却是'心有余而力不足'。"[1]

《北极光》在发表之初曾受到道德层面上的指摘,认为陆芩芩徘徊在三个男性之间,其行为是不道德的,是"爱情至上主义""朝三暮四的杯水主义"[2]。事实上,三个男性与陆芩芩之间几乎称不上有情爱上的瓜葛,他们的角色设置更像是三位面目不同的"人生导师",对"人生是什么"给出真正有所"立"的答案。而陆芩芩这个"迷茫的少女"始终是被启蒙的对象,抑或言启蒙话语的接受者,她在三位男性中的徘徊与选择都带有明显的指认人生观、价值观的意味,即她通过男性的选择与认同来寻找"真理"。

虽然,陆芩芩最初和最大的困惑在于与傅云祥结婚所引发的"爱情是什么""婚姻是什么",但三位男性对此避而不谈,完全由陆芩芩本人的内心体验展开思考与追问。随着婚期的日益接近,她几乎是"触目惊心"般的敏感与焦虑。伴随着纤敏独特的女性经验,她进入了对婚姻、爱情问题的主体思考。而陆芩芩形象的特别感人之处,就在于她在婚恋问题上感伤而又真诚、无解却又执着的不断叩问,她以个性化的女性经验展现了少女特有的迷茫与执拗,触动读者内心的柔软一角。

但是,围绕着婚恋问题的性别经验却被文本"人生主题"的理性思考大幅挤压,陆芩芩的感性追问不但得不到呼应,更被男性话语的教诲所悄然覆盖,正如陆芩芩在费渊和曾储的辩论中所唯一也仅能发出的声音——"我帮你钉上扣子吧!"

---

[1] 张抗抗:《塔:张抗抗中篇小说集》,四川文艺出版社1985年版,第359页。
[2] 曹里平:《陆芩芩的追求值得赞美吗?》,《文汇报》1981年9月22日;陈文锦:《创作意图与作品实际倾向的矛盾》,《光明日报》1981年11月26日;曾镇南:《爱的追求为什么缥缈——也谈〈北极光〉》,《光明日报》1981年12月24日。

他们交谈、争论的时候,似乎根本就忘了她的存在。是呀,她对于他们算得了什么呢?无论是"自我",还是"社会性",她都没法子插得进嘴。她只是非常愿意帮他们做一点事,也许她心里会舒坦一些。

这种被客观遮蔽的性别经验令人惋惜。如戴锦华所言,"张抗抗显然不是一个女性主义作家。与其说她毕竟以其作品表现某种女性意识,不如说她的作品所呈现的正是关于女性的主流话语对不期然间流露的女性体验的潜抑,是80年代女性文化的困境之一"[1]。事实上,陆芩芩对傅云祥的"悔婚"本身已然触碰到了女性对于男权的反抗和对自我的确立,但是,文本的立意在于"更高层次"的"大写的'人'",而将这些朦胧而宝贵的性别经验强行遮蔽了,这也必然导致了陆芩芩所期待的以"北极光"为喻的救赎注定是无望的。

文本以"北极光"为名,通篇贯穿着陆芩芩对这一自然奇景的向往与追寻。据说"谁要是能见到它,谁就能得到幸福"的北极光不但是她童年时代的美好记忆,更象征着她所憧憬的人生与爱情理想以及四处寻觅的救赎力量。文本通过陆芩芩孩子气般的执拗反复强调,"这样一种瑰丽的天空奇观是罕见的,但它是确实存在的呀。存在的东西就一定可以见到","失去它便失去了真正的生活和希望"。然而,陆芩芩所期待的"北极光"式的救赎不仅未曾找到,反而被曾储成功引导为"暖气管"式的奉献现实。他告诉芩芩,自己虽然仍相信北极光的存在,但已经放弃了对它的追寻,因为他发现

---

[1] 戴锦华:《涉渡之舟:新时期中国女性写作与女性文化》,陕西人民教育出版社2002年版,第201页。

在电暖工的工作中，暖气管"虽然不发光，但也发热呵"，指向了将自我人生投入到社会建设这一高尚而实际的选择。

文本的最后，陆芩芩和曾储在江边看雪，曾储那曾因"散开四蹄在奔跑"而吸引陆芩芩的"小鹿纪念章"也随之变形。她看到远处"在雪地上不知疲倦地奔跑"的"轻捷的小鹿"慢慢变成了"拉着沉重的马车""在阳光下闪耀着质朴的光"的"健壮的枣红马"。从"北极光"到"暖气管"，从"小鹿"到"马车"，对人生、爱情等终极命题的无解追寻被曾储所代表的主流话语彻底纳入到了"为现代化做贡献"的规训之中。从缥缈理想到现实贡献的疏导成功遮蔽了昙花一现的性别经验，"北极光"式的救赎期待注定是虚妄的。

有限的拆解与分裂的自我
——论八十年代的女性书写

　　自新时期起,女性书写不但重现了世纪初的繁盛景象,更开始深入到时代叩问与主体探询之中。张洁的《爱,是不能忘记的》走入了曾被极"左"政治路线所禁足的区域,呼唤人的心灵的自由驰骋;王安忆的《小城之恋》《荒山之恋》《锦绣谷之恋》以前卫的姿态率先涉足了"性力量的巨大",展现出人性幽微处的罅隙;刘索拉的《你别无选择》通过呈现青年的资本主义生活方式,摸索接受西方价值的可能性。

　　相较于她们的五四前辈,八十年代的女作家们要幸运得多、也成熟得多。一方面,五四女作家受限于生活阅历和所处文化圈,其书写大多简单且同质:或是在切身经验和周遭人事的描绘中打转,或是讨论人生、爱、友谊等抽象概念,相形之下,八十年代女作家们无论在深度还是广度上都更胜一筹。另一方面,新时期的女性书写打破了五四时期浪漫、理智、情感等人性概念,逐渐形成了一套自身的性别语言,女性视点或女性立场的成熟带来了包括故事情节、叙述方式和文本策略在内的整个语言系统的更新,这对于女性书写的发展有着里程碑式的意义。

一、"个人"与"女性":有限的拆解

1978年5月11日,《实践是检验真理的唯一标准》在《光明日报》上刊登[1],以"重回'五四'起跑线"的方式宣告了新时期的到来。随后,尽管"新时期"与"五四"间勾连的建立仍存有很大的疑问,"'新时期'与'五四'的历史同构,显然必须被视为一种意识形态叙述而非历史分析。甚至可以说,将'新时期'叙述为'第二个五四时代',乃是80年代知识界所构造的最大'神话'之一"[2]。但"新时期"与"五四"间被指认的承继关系是确乎建立在启蒙和人道主义的话语之上的。新时期初期所兴起的"伤痕文学""反思文学"正是通过声讨与追问被戕害的人性来回到五四的"立人"传统,以期重建人性价值与人的尊严。

需要注意的是,在新时期初期的语境中,主体意义上的"个人"并不存在,人道主义和启蒙话语所呼唤的"人"依旧是一个被预设的群体性概念,是集结了所有不满于极"左"路线、阶级话语声音的"大写的人"。自新文化运动诞生了个人话语后,"个人"在革命时期被民族话语所收编;随着民族革命的深入、阶级革命的兴起,至1942年毛泽东发表《在延安文艺座谈会上的讲话》,个人话语又被纳入了阶级话语;此后,宏大叙事与集体话语不断加强,直至"文革"十年达到了顶峰。新时期后,文学书写开始大规模反弹公共话语空间的禁锢和压抑,通过"去中心化"的私人空间书写来展现

---

[1] 特约评论员:《实践是检验真理的唯一标准》,《光明日报》1978年5月11日。
[2] 贺桂梅:《"新启蒙"知识档案:80年代中国文化研究》,北京大学出版社2010年版,第18页。

"解放的叙事"[1]。在这个意义上发轫的"伤痕文学""反思文学",其初衷即在于"反思封建法西斯文化专制的因果关系,从而找回失落的人性基点"[2]。所以,新时期初期的文学创作虽然在一定程度上恢复了对日常生活的感性书写,以此反抗公共话语无处不在的规约,但其所触及的个人经验仍是十分有限的。如杰姆逊所言,在西方发达国家的资本主义文化中,个体与社会是分裂的,本文不断重申分裂的存在及其对个人和集体生活的影响,而第三世界的本文则总是以政治寓言或民族寓言的形式出现,通过将问题提升到"人民"的高度而将个人的命运包容在大众文化之中。[3]

既然个体的"人"被统摄在"大写的人"中,那么,性别身份的表达与彰显也就自然成了奢望。对于女性书写而言,从宗璞的《我是谁?》、张洁的《忏悔》到戴厚英的《人啊,人!》、韦君宜的《洗礼》,文本或着力刻画政治斗争下精神不堪重负的个人命运,或描写被阶级话语挤压到丧失斗争勇气的家庭悲剧,或呼唤"人人相亲相爱"的人道主义,或揭示知识分子在社会革命中的矛盾心境……女作家们努力把握"伤痕文学""反思文学"的时代脉搏,试图将她们对"大写的人"的呐喊汇入到时代的滚滚洪流之中。"对妇女的压迫一直受到现代理论及其本质主义、基础主义以及普遍主义哲学的支持和辩护。尤其是人本主义话语中的大写的'人'(man)

---

[1] 南帆:《八十年代:话语场域与叙事的转换》,《文学评论》2011年第2期。
[2] 丁帆:《80年代文学思潮中的启蒙与反启蒙的再认识》,《当代作家评论》2010年第1期。
[3] [美]弗雷德里克·杰姆逊:《处于跨国资本主义时代中的第三世界文学》,张京媛译,《当代电影》1989年第6期。

字直接掩盖了男女之间的差别,暗中支持了男性对女性的统治。"[1]一方面,女性写作行为本身面临着严苛的意识形态禁区。自1949年以来,宗璞的《红豆》、茹志鹃的《百合花》、杨沫的《青春之歌》,均因涉足在性别意义上的男女情爱或个人经验而被定性为政治乃至文化上的"反动"。另一方面,在"大写的'人'"的预设空间中,女性书写自发地向主流文学创作靠拢,努力与"伤痕文学""反思文学"同步,他们自觉或不自觉地抗拒性别身份的指认,投身到对法西斯专政的抗议中,即使在书写中自觉或不自觉地流露出性别差异的痕迹,其中的苦难与挣扎、反抗与内省也会被大而化之为"人"的声音,促成其向主流价值观归队。

这类"个人"与"女性"的关系在遇罗锦的小说及其遭遇中得到了充分体现。1980年,遇罗锦的《一个冬天的童话》在《当代》上刊出,两年后,姊妹篇《春天的童话》问世,这两部看上去"换汤不换药"的作品却遭受了不同的命运。

《一个冬天的童话》[2]以哥哥遇罗克的光辉指引作为贯穿全文的主线,用7节的篇幅讲述了"我"和"我的家庭"在阶级斗争中所受的非人迫害,作为文本次要内容的"我"的婚恋故事只占到了后4节的较小篇幅。这两条叙事线索引起了泾渭分明的褒贬评价:前者备受同情与赞誉,后者则被认为是"思想不健康的",但由于叙事主线并没有脱离阶级斗争的范围,小说最终还是获得了较高的肯定。而《春天的童话》[3]却受到了几乎是"一边倒"的猛烈攻击。《文艺

---

1 [美]斯蒂文·贝斯特、道格拉斯·凯尔纳:《后现代理论:批判性的质疑》,张志斌译,中央编译出版社1999年版,第269—270页。
2 遇罗锦:《一个冬天的童话》,《当代》1980年第3期。
3 遇罗锦:《春天的童话》,《花城》1982年第1期。

报》《文汇报》《中国青年报》《南方日报》和《新观察》等报纸、期刊纷纷发表相关评论,指责其是一篇有严重错误、发泄个人不满情绪且趣味低劣的作品,随后,刊发该作品的《花城》编辑部作出自我批评,并取消了准备颁给遇罗锦的奖项。

总体而言,这两个文本的主要区别即在于,《一个冬天的童话》是以"哥哥"及"我的家庭"的遭遇为主要叙事内容,"我"的婚恋故事仅作为其"注解"而存在。而《春天的童话》则基本删去了对遇罗克经历及影响的描写与渲染,而大幅增加了"我"在婚恋上的坎坷经历。换言之,在《春天的童话》中,群体性概念的"人"被置换为个体意义上的"我",一己的私人空间被无限放大,"社会主义人道主义"的公共空间则被大大挤压。

于是,在对两个作品的定性上,就出现了从"实话文学"到"阴私文学"的悄然转换。《一个冬天的童话》曾被定义为"把家庭的命运、个人的悲欢离合巧妙地融汇在历史潮流中"的"实话文学"[1],而由于《春天的童话》将"隐私性"进一步膨胀并进而压倒了公共话语的空间,其评价也随之变成了"揭露他人阴私、发泄个人不满情绪"的"阴私文学"[2]。一些评论认为,文本所表达的对"脱俗爱情"的不顾一切的追求,实际上是为了满足不断膨胀起来的个人欲望,[3]这种把社会主义社会当成控诉对象的书写方法是"资产

---

[1] 郑定:《这是"实话文学"——评〈一个冬天的童话〉》,《作品与争鸣》1981年第1期,第17页。

[2] 《南方日报》,转引自《一些报刊批评小说〈春天的童话〉》,《当代文坛》1982年第7期,第63页。

[3] 《南方日报》,转引自《一些报刊批评小说〈春天的童话〉》,《当代文坛》1982年第7期,第63页。

阶级自由化"的反映,换言之,作品对个体需求与生命自由的大声呼唤违背了无产阶级对集体主义的倡导,落入了被明令禁止的"利己主义"。可见,在八十年代初期,"求自由"的呼声一旦脱离了预设的群体性概念的"人",就会被迅速指认为"为私欲"的个人主义。在"社会主义人道主义"与"集体主义"的双重制约下,个人话语始终面临着"不可见"的命运,而女性若想要从个人话语中寻求突破的可能性,更会被视为"双料的反动"。总而言之,"个人"的空间仍极为有限,而"女性"始终离不开对其的依附。

1985 年后,"大写的人"与"小写的人"之间的区别——对伦理原则和道德规范的绑定遭到了拆解,主体意义上的"个人"开始浮现。一方面,宏大叙事被进一步解构,集体话语也受到了史无前例的厌弃,书写者纷纷放弃了长久以来对社会、历史题材的迷恋,开始挖掘"个人"的主体意识与个性要求。另一方面,作为"个人/意识形态"话语框架中的抵抗性力量,新时期初期"大写的人"往往以男性精英的面目出现,所以,这一时期的女性书写在对其的颠覆中带来了性别身份的凸显,并由此开始与"个人"的分离。于是,在八十年代后期的整体性反思氛围中,花木兰式的女性标准开始受到质疑,而人道主义和异化问题的讨论更使得人们认识到,建国以来的妇女解放运动抹杀了男女的天然差异,女性气质应当回归。

需要指出的是,在八十年代后期,"女性"对"个人"的拆解仍是极为有限的。其一,性别的浮现乃至与主体的分离是"发现个人"的副产品,对于书写者而言,他们是通过书写个体才附带着触及性别的维度。例如王安忆在"三恋"中对性爱禁区的涉足,其实是想借此来呼唤个人被规训已久的原始本能,《锦绣谷之恋》中女编辑的婚外恋不过是她人生中的一段小小插曲,她所追求的是自我意识的觉醒而非只是爱情的滋润,正如王安忆自陈,"其实她并不真爱后来那个男子,她只爱恋爱中的自己,她感到在他的面前自己是全新的,连自己也感到陌生"。她更进一步对"三恋"解释道:"有人说我写性,这一点我不否认;还有人说我是女权主义者,我在这里要解释我写'三恋'根本不是以女性为中心,也根本不是对男人有什么失望","我的第一主题肯定是表现自我"[1]。其二,在女性书写中,对女性气质的彰显并没有成为主流,其与传统的社会历史刻画平分秋色。以1988年的几部主要女性作品为例,张洁的长篇小说《只有一个太阳》以中国人的"西土之行"来书写记忆、历史与生命的主题,直指国人内心的创伤时刻;铁凝的第一部长篇小说《玫瑰门》被视为当代女性意识觉醒的先声;迟子建的《鱼骨》则描写了古老小镇的人情冷暖和人心喜乐,以及女性在传统观念下的纤敏脆弱。其三,尽管八十年代在总体上呈现出自由与开放的走势,但仍经历了数次政治反拨:1983年"清除精神污染""反自由化"运动向先前高歌猛进的知识分子提出了严正警告,直接导致了文学的"向内转";1985年关于现代派与伪现代派的讨论否定了资本主义的价值观念与生活方式,发出了重回"黄色文明"的号召;及至1988年对"文化寻根"的反思,文化界在重新定位与探讨"五四"中显示出对传统文化的深刻眷恋。在这样的背景下,作为文本策略的个人书写就很难达到颠覆意识形态的力量,遑论其与性别身份的彻底拆解。

残雪在1988年所发表的长篇处女作《突围表演》便是一个典型的例子,"个人"与"女性"努力拆解,但终究分化有限。小说用抽象冗长的语言、大段大段的议论、无处不在的精神分析讲述了五香

---

[1] 王安忆、陈思和:《两个69届初中生的即兴对话》,《上海文学》1988年第3期。

街上一场莫须有的奸情,在《黄泥街》《苍老的浮云》等早期作品的"无意识梦呓"后,《突围表演》走向了类化思考的"哲学隐喻"。

小说的一大亮点是对女性问题的阐释与讨论。X女士、寡妇、同性女士、B女士等女性人物虽然没有姓名、仅以代号为标记,其言行却甚是惊世骇俗,五香街的精英们围绕着她们,对女性、性爱、婚姻、伦理等问题展开了热烈讨论,呈现出清晰的性别意识。在小说"故事"的第六部分,关于X女士和她的情人Q男士"谁先发起攻势"的这个章节中,作者通过"书记员"真实再现了黑屋会议的精彩争论,几乎可以被看作是一场女性主义理论的大辩论。A博士发表了较为传统的看法,认为女人们表面上的咄咄逼人是为了"创造一种良好的自我感觉",但其骨子里还是被动的、依赖的,"女人终究是女人,花样搞得再多也不能变成男人"。B博士的想法比较大胆前卫,认为"90%以上的女人都是主动的","男人们获得成功的原因只在于他掌握了舆论。任何社会,意识形态领域的事是最要紧的",所以,妇女们必须团结起来搞"黑板报",通过掌握舆论武器来对社会进行改造。C博士持中立态度,指出男人和女人在本性上都是主动的,"谁不想表现得活泼勇敢呢",[1]男女之间是此消彼长的斗争关系,只有通俗的流行歌曲的形式才能达到高级快感。残雪在文中并没有对这三种看法做出明确的选择,最终"第一种看法统治了五香街的舆论界",这表明尽管作者本人已经自觉产生了女性意识,但对此尚存疑虑,仍选择了较为保守的态度。

需要指出的是,小说虽然相当超前地触及了女性问题,但这恰恰是在讨论"人"的问题时所产生的。《突围表演》的核心隐喻是主

---

[1] 残雪:《突围表演》,上海文艺出版社1990年版,第215—227页。

人公X女士，她沉迷于"认识自我形象"，在众人的窥视目光中我行我素，甚至主动邀请少男少女到她的黑屋子里"搞迷信"；而所谓的"突围"，就是在这个荒诞的奸情故事中，她通过行为艺术式的表演性个人姿态突破了由社会窥视所造成的困境。自《突围表演》后，残雪回到了对个人问题的书写，甚少再涉足女性问题，如研究指出，被收入"红罂粟"丛书的小说集《辉煌的日子》"都是表现一个人的自我人格的各种分裂形态，以反映现代哲学意义上的人在命运面前的无能渺小引起虚空和荒诞"[1]，残雪创作的母题始终是"个人面对中国社会、心理、文化所具有的社会化的压力"[2]。

二、分裂的自我

20世纪初，个性解放裹挟着女性解放呼啸而来，在短暂的春天后，革命洪流将"个人""女性"都卷入集体话语之中。女性书写所亟待勘探的主体自我与性别身份无法在主流意识形态中找到位置。如果说丁玲在1929年的《韦护》中已经敏锐地捕捉到了这个问题，那么，她在1941年这一年内所连续创作出的《我在霞村的时候》《在医院中》和《三八节有感》，显示出她对这一矛盾的深刻认知。

1922年，中国共产党按莫斯科第三国际的指示创建了妇女部，正式将妇女事业纳入革命事业，解决妇女问题成为共产主义奋斗的目标之一。政党参与女性解放运动后，各类女性活动面前就呈现出

---

[1] 姜云飞：《突围表演——论残雪、伊蕾作品中的"困兽"意识》，《当代作家评论》1998年第4期。

[2] [丹麦]魏安娜：《模棱两可的主观性——读残雪小说》，留滞译，《小说界》1996年第3期。

两条道路：要么或多或少地置身于政治活动和各类党派之外，以去政治化的姿态寻求自身的发展，接受被主流文化所抛弃的命运；要么与这些话语相整合，但也随之失去自身的特殊性。女性在民族话语与政党规训下深刻地感受到了自我的分裂感，"恰恰是这种割裂，以及随之而来的焦虑和她的解决焦虑的方式，使人感受到某种独特的超越或有利于主流意识形态的离心力。与男作家不同，女作家的创作除去受主流意识形态控制之外，还包含着来自女性自身的非主流乃至反主流的世界观，感受方式和符号化过程"[1]。

1949年后，情况变得更为复杂。1950年颁布的《中华人民共和国婚姻法》明确了两个目标："一要打倒旧的封建家庭；二有义务促进妇女的发展。并树立起一个新敌：'资产阶级道德'，在这里它是指一种否定家庭稳定、否定妇女有能力完成母职与公民职责的道德。"[2]这部道德立法的婚姻法通过将无产阶级道德话语的反面典型包装为"小资产阶级腐朽情调"，诱导女性重新背负起"为革命事业做好后勤保障"的家庭义务。换言之，女性的使命在于"社会人"与"家庭女"的"双肩挑"：一边履行"建设社会主义国家"的义务，一边以无产阶级道德来经营家庭。

这种"双肩挑"的意识形态期待必然造就出分裂的女性：一方面，有限地发挥女性有利于政治需要的特性——作为妻子、母亲的女性社会功能，来稳固无产阶级的统治；一方面，假解放之名要求女性放弃自我——作为身体的生理功能，通过承担起"社会主义新

---

1 孟悦、戴锦华，《浮出历史地表——现代妇女文学研究》，中国人民大学出版社2004年版，第37页。
2 [法]朱莉娅·克里斯蒂娃：《中国妇女》，赵靓译，同济大学出版社2009年版，第121页。

人"的职责一起来做"对国家有用的人"。及至新时期重新呼唤"大写的人"、松绑个体自由，女性书写对"公私两难"分裂感的描述随之井喷，其中最为典型的代表即为谌容的《人到中年》。

小说《人到中年》的本意在于歌颂陆文婷式的社会主义新人楷模，但在对其形象的烘托中意外揭示出女性"公私两难"乃至"自我分裂"的境况。尽管陆文婷将工作置于绝对第一的高度，但出于人性、女性本能的"私"的要求仍不时在她的脑海中浮现，对爱情的渴望、对子女的关爱、对家庭的牵挂，这些难以阻遏的"家庭女"需求与为人民献身的"社会人"义务产生了尖锐的矛盾与搏斗。虽然工作高于家庭，但在爱情终于降临的时刻，她也曾后悔自己"为什么不早去寻求"。在她因工作缠身而无法照顾生病的孩子时，她也曾心神不宁，"哼哼的佳佳，哭喊妈妈的佳佳，还在她脑子里转"。这些被现实所压抑的"私"的要求显然难以在"社会主义"的语境中存在。谌容以极为沉痛的笔触写出了陆文婷欲"私"而不能、内疚自责的心理。在陆文婷的世界里，"病人"所代表的社会义务与责任是如此沉重，以至于她无法兼及家庭的园地。面对丈夫，她几乎是无地自容，"我太自私了，只顾自己的业务"。"我没有尽到做妻子的责任，也没有尽到做母亲的责任。"明明是现实社会的需求压倒了精神性别的空间，陆文婷却将此归咎为主观上的"自私"与怠惰。

在"社会人"与"家庭女"的公私两难中，陆文婷成了一个社会与家庭"双肩挑"、在双重责任下不堪重负却还被推着走的"女战士"。一边是被要求挑起"人"的社会担子，另一边又被要求实现在家庭中的价值。谌容所意图展现的并非只是陆文婷们的含辛茹苦、忍辱负重，而更在于这含辛茹苦、忍辱负重背后的自我分裂。在每天"放下手术刀拿起切菜刀，脱下白大褂系上蓝围裙"的往返奔波

223

中,她终于轰然倒下,而病中产生的幻觉充分展现了身份分裂所带来的困惑,"只觉得眼前有无数的光环,忽暗忽明,变幻无常。只觉得身子被一片浮云托起,时沉时浮,飘游不定"。"朦胧之中,陆文婷大夫觉得自己走在一条漫长的路上,没有边际,没有尽头。"

值得注意的是,在这"铁姑娘"和"贤内助"的缠绕分裂中,作为主体的自我恰是一片空白,陆文婷哀叹道:

> 多少年来,她奔波在生活的道路上,没有时间停下来,看一看走过的路上曾有多少坎坷困苦;更没有时间停下来,想一想未来的路上还有多少荆棘艰难。如今,肩上的重担卸下了,种种的操劳免去了,似乎有足够的时间去寻找过去的足迹,去探求未来的路。然而,脑子里空空荡荡,没有回忆,没有希望,什么也没有。[1]

这种"无我"是女性将"社会人"与"家庭女"双肩挑的必然结果,而且在相当长的一段时间内,"双肩挑"与"无我"都被视为社会主义女性的责任与美德。对于"怎样的女性才伟大"这一命题而言,首当其冲的判断原则在于其政治立场的正确与否;另一重标准则为是否能在婚恋生活中对家庭成员给予毫无保留的悉心关怀。以类似境况为描写对象的作品还有韦君宜的《洗礼》、张洁的《祖母绿》,刘丽文、曾令儿等形象代表了主流话语所提倡的"政治高风亮节、生活悉心关怀"的女性标准,即"倾心奉献、不求回报"的"无私"。

所谓"无私",即为"无我"。据艾华(Harriet Evans)考证,

---

[1] 谌容:《人到中年》,《收获》1980 年第 1 期。

这种"不求回报的自我牺牲"源自中国古代的烈女传统,"自我牺牲是中国文化史中一个反复出现的主题,责任的集体倾向性构成了个人的含义,与之联系在一起的无私和自我牺牲的观念通常被认为是出众的美德,具有普遍的正确性。它们在主流的导向性言论中不断地起着重要的意识形态的作用",却在日益开放的社会主义时代依然存在,"妇女的自我否定成了纯洁、勇气和自我牺牲的普遍标准的一种象征"。[1]可以说,女性的命运经由五四时期的"自由"到建国以来的"解放",除了新增加的、在意识形态规约下的社会身份(或政治身份),其所背负的几千年以来建立在"无私""无我"上的家庭责任仍然颠扑不破,甚至愈加沉重。"双肩挑"的女性们不但要面临"社会人"和"家庭女"的双料责任,还必须在挑起担子的同时隐去自我。而当"女战士"们在为集体、为家庭"无私奉献"时,作为个人主体、具有性别身份的"我"则被轻轻抹去了。

在经历了这一段被禁锢在公共话语空间中的"无我"岁月后,女性在分裂的自我中切身体会到了迷茫、困惑与苦痛,当新时期再度开启对"人"的张扬,作为话语主体的女性自我才重新浮出地表。

张辛欣的《我在哪儿错过了你》是较早探讨女性"无性化""男性化"问题的文本。小说讲述了一个公共汽车售票员——"我"在话剧写作、排演期间遇到了心仪的"他",却始终难以"有情人终成眷属"的简单故事。"我"在一开篇即喊出了"爱情是需要去追求才能满足的!"的大胆宣言,在寻觅了良久之后,"他"——一个能与大海搏斗的业余话剧导演闯入了"我"的生活,像"一堆金边描花

---

[1] [美]艾华:《中国的女性与性向:1949年以来的性别话语》,施施译,江苏人民出版社2008年版,第18页。

细瓷器边上的土罐"的"他"不但有着自信和威慑的目光,还以勃发的热情深深地感染了周围的人,引起了"我"的热烈思慕。然而,这段恋情未及展开,即因"我"是一个"自信、要强""男性气质过多的女性"就戛然而止。"我"不但尖刻得"比那些什么话都骂得出口的小妞儿还难对付",还习惯健步如飞,因为生活的压力实在太大,"不是赶着去上班,就是忙着去哪儿办事"。但是,相较于"花木兰"式的女性写作将这类来去匆匆的"事业女性"褒扬为"社会主义新人",《我在哪儿错过了你》并没有以辛劳与强悍而自豪,反而写出了女性在此间深受困扰。尽管"我"与"他"的错过宣告了追求理想爱情范式的失败,但作者并没有就此落入无处寻觅的虚无境地,而是借由"我"与"他"之间的短暂交集展开了细致的自我剖析与反思。

小说通过"我"的感情悸动发现了"分裂的自我",展开了对女性主体的探寻。"我"虽然有着强悍的外表,盼望在同龄人中脱颖而出,并且想要博得与男子平起平坐的机会,但在这份自强自立的背后,我也不时感到"一丝委屈",因为"我毕竟是个女子",并进而渴望找回那失落了的"女性气质"。在沉痛的反思中,"我"认为,自己"男性气质过多"的原因之一即在于时代赋予了"我们这一代"一种"朦胧的使命感",让女性因不甘于做一个"简单的傻瓜"而把"一个根本不能负担的重轭硬套在自己的脖子上"。而另一方面,社会也赋予了女性过多的家庭义务与社会工作,"如果除开为了对付社会生活的压力,防御窥视私人秘密的好奇心和嫉妒心,我不得不常常戴起中性甚至男性的面具",太高的要求使得她们"不得不像男人一样强壮"而亲手撕掉女性的特点。"我"在这场"重寻女性气质"的过程中,不但剖析出了来自时代与社会的责任压迫,更揭示出这一矛盾境况背后的现实悖谬:即便女性在时代、社会的要求中消泯了精神性别,"男性化""无性化"了的女性始终不能被以男权话语为主流的社会文化所认可。小说中,被雄化了的"我"非常清楚,"尽管男人们对世界的看法各有差异,但一般来说,对标准女性的评价和要求却差不多"。所以,"分裂的女性"由衷地感到困惑与不公,"你啊,看重我的奋斗,又以女性的标准来要求我,可要不是我像男子汉一样自强的精神,怎么会认识你,和你走了同一段路呢"[1]。对于女性来说,她们即使免于被主流意识形态所驱赶,也终究无法在性别意义上得到肯定,最终只能在这双重标准中进退维谷、不知所措。颇具意味的是,故事的最后,"我"虽然试图拼尽全力做出改变,"他"却悄悄不辞而别。这场"做一个真正的女子"的努力宣告失败,显示出作者内心深深的焦虑:"人多宣言,我多惶惑"[2],也从侧面显示出在个性自由尚未完全实现、性别与主体分化有限的时代中,性别意识的觉醒与性别身份的挖掘所注定面临的尴尬境地。

如果对这一个世纪以来女性文学的形成做一个鸟瞰式的考察,可以发现,所谓女性文学,不论是第一个真正具有"女性写作"意义的五四女作家群,在八十年代迅速崛起的女作家群,还是在九十年代蔚然成风并引起文坛乃至社会争议的新生代女作家,她们从来都不是一个自发聚合的群体——非但不具备一个流派意义上的刊物、活动、组织,甚至都谈不上有什么共同的理念与追求。女性文学被黏合为一个文学群体,并在不断的聚散中始终扭结成一股书写潮流,

---

1 张辛欣:《我在哪儿错过了你》,《收获》1980年第5期。
2 张辛欣:《在交叉路口》,《文艺研究》1986年第4期。

主要是受大时代氛围的牵引：在革命时代的民族国家话语里，它作为反抗旧秩序的一股新生力量而出现；在自我逐渐消隐的集体话语中，它被纳入抵制资本主义文明侵蚀的团结力量；在一切皆可消费的商业逻辑中，它又变为抵抗与迎合欲望窥视的矛盾综合体。换言之，女性文学虽然在学术研究中被视为一个独立的对象，但作为一种写作现象，各种非文学因素对其的左右和遮蔽远远超过了其本身在"女性主体性"上的发展。究其原因，不仅仅是由于中国文学在整体上始终难以实现对政治依附的彻底剥离，更是因为，当女性的种种政治、社会问题已逐渐不再是什么问题时，她们在个体意义上的性别经验却因女性文化革命的迟迟未来而始终没能登上历史舞台。于是，在不同的时代困境下，女性如何体认个体与时代间的不断龃龉，又将性别意义上的自我置身何处，这些千差万别的个人经验被诉诸笔端，埋下了女性文学形成与发展的一系列伏笔。

正是因为女性文学是这样"历史"地形成，而并不能单凭性别属性而将其粗暴归类，更不是一个"女性主义"的舶来概念所能简单概括的，所以，本文试图从发生学的角度来考察八十年代的女性书写。新时期"怀疑一切""解构一切"的浪潮使得人们重新检视集体话语、宏大叙事，"大写的人"发出了强有力的嚎叫，而"个体"又旋即取而代之，"女性"在与"个人"的艰难拆解中深刻体会到了分裂的苦痛。从这一角度出发，我们可以理解女性文学是如何凝成一股书写潮流，又是如何延续、演变至今的。

当代女性文学研究范式的反思与重构
——以戴锦华、贺桂梅为例

女性文学研究自上个世纪八十年代后期滥觞以来,已逐渐发展成一个经久不衰的热门领域,相关著述十分丰富,这既得益于对西方女性主义文学批评成果的借鉴,也有赖于1995年第四届世界妇女大会所带来的"女性热潮"。然而,经由三十余年的积累与发展,性别研究已成为近年来学界所普遍反思的过分西化的研究思路之一,女性文学研究逐步被问题化与边缘化,并由早期的过分激进进入了当前停滞不前的状态。于是,如何拓展本土性别研究的理论资源,如何检视本土女性文学研究的范式与路径,从而重新讨论文学史内部的多样性与复杂性,已成了当下极为迫切的问题。

一

对女性文学的整体性研究中,最典型的思维就是在"西学东渐"的路径中展开:从解析女性主义文化思潮在中国的译介与传播开始,进而将理论方法实践到本土的文本细读中。虽然这一路径发展到新世纪后,在对"中西对接模式"普遍反省的气氛中,许多研究往往通过增添"变异及本土化"这一尾巴来矫枉过正,但将女性主义文化思潮作为本土女作家崛起的源头和解读的标准，显然是有所失当的。

一方面，女性主义文化理论自八十年代初期进入中国，直至八九十年代之交才引起学界的普遍关注和系统讨论，且国内女作家对其的认知大多始于1995年世界妇女大会前后，其与新时期初期就已崛起的女作家创作之间存在着双重的"时间差"与"视界差"。新时期"女性文学"在八十年代中期的最初提出是针对五十至七十年代妇女解放理论的性别观念及其历史实践的后果，并在八十年代人道主义的话语脉络中逐步深入，而西方理论的介入尚在其后。另一方面，在女性主义文化理论进入本土之前，女作家并没有因性别身份而被视为一个群体或者流派，而是被混同在"伤痕文学""反思文学""寻根文学""先锋文学""新写实小说"等范畴之内被讨论。因为一种方法论的兴起，她们被从中剥离、以性别这一集体身份重新聚合并被加以讨论，从中自然可以呈现出崭新的学术景观、进而丰富研究的视角，但这一思路逐步走向了一种固化模式：通过详尽而细致地爬梳出理论传播的路径，同时描绘出女作家创作逐渐繁荣的文坛景观，将二者对举，得出"女作家创作随着女性主义文化理论传播的深入而繁荣"的结论。这种线性的、基于单一无缝隙的时代精神的历史描述能有多真实，答案是显而易见的，而在此基础上所构建的"当代女性文学史"以女作家作品的拼接史呈现出女性意识"一浪高过一浪""一代胜过一代"的景象，忽略了历史发展内部的多样性和复杂性，其本身就是反历史的。

对女性文学内部各类问题的研究，相关论著及硕、博士论文至今层出不穷，主要热点集中在两方面：对"个人化""私人化""身体写作"等当下写作热点的关注，和对女性文学题材的归纳研究。

前者往往引入文化研究的视角，如吴亮的《论私人化写作》和王又平的《自传体和90年代女性写作》兼及消费时代背景和大众文化语境，以即时性和生动性的"文化观察"见长。其问题在于，不少文章虽是关注文坛前沿，却常以陈旧的意识形态批评立场来介入文本，在道德的制高点上批评这类书写囿于封闭个体空间、缺乏人文深度，不愿也无法理解文学策略与审美向度的多样性，显示出批评价值观的滞后。而且，研究在痛心批判"个人化写作""私人化写作""身体写作"等现象的堕落之余，对这些概念本身却并没有做出厘清。比如，九十年代的"个人化写作"除了女性文学之外还被用来探讨一种诗歌写作以及小说中的"晚生代写作"，但大多数研究并没有将这三者置入同一语境进行讨论，这本身就是值得玩味的现象。后者则直接借鉴了女性主义文化理论的经典批评方法，通过文本细读，或归类出女性文学中"姐妹情谊""母女关系"等题材，或总结出文本中"地母""妖女""疯女人"等原型，其代表即为林幸谦的《历史、女性与性别政治：重读张爱玲》，但目前在对当代女性文本的解读中鲜能发现达到类似高度的佳作，在套用上总不免让人产生牵强附会、削足适履之感。究其原因，许多研究将题材书写与文本策略混为一谈，比如，作为文本策略的"姐妹情谊"和作为题材的女同性恋书写究竟有何区别？该如何界定？同为所谓"姐妹情谊"的文本，林白的《一个人的战争》表达对男性世界的失望，严歌苓的《白蛇》则描写了在非人时代中聊以抚慰的人性微火，而陈丹燕的《百合深渊》较为清晰地描写了几段同性情愫，等等，作为文本策略和作为题材书写所产生的差异由此可窥一斑。而且，题材研究本身往往需要引入精神分析法来阐释文本细节，尤其是其中的心理描写，如潜意识与人格结构、俄狄浦斯情结与童年经验、性本能等，但需要注意的是，精神分析本身就是典型的男性话语，基于女性主义立场的研究应在对其的运用中审慎变通。作为一种方法，精神分析尽管可以有效地挖掘出书写者的潜台词和无意识，但也只能止步于此，从更宽泛的视角来看，女性文学并不仅仅等同于女性写自己，它们是自我的载体，但更是历史文化记忆的载体，对精神分析法的过分依赖无疑损失了文本的内在丰富性。

二

在当代女性文学研究的领域，戴锦华和贺桂梅是影响极大、堪称标杆的两位研究者，她们不但在论述的系统性和严谨性、观点的新颖、材料的扎实和全面等方面较为突出，而且随着近年来的被"经典化"，其研究已成为后学者绕不开的议题。

戴锦华是本领域中较早开风气者，自八十年代后期就开始在台湾《中国时报》的副刊《开卷》上撰文论述大陆的女性文学创作，她与孟悦合著的《浮出历史地表：现代妇女文学研究》于1989年出版，是本土首部在女性主义立场上研究女性书写的专著。在2002年出版的《涉渡之舟：新时期中国女性写作与女性文化》[1]中，她延续了一贯的女性主义维度，以新时期女作家论为框架，反思八十年代以来的历史文化转型。现在看来，这本著作依然代表了迄今为止在新时期女性文学研究领域内的最高水准。该书提出了很多至今仍值得再思考的问题，比如，"无法告别的19世纪"使得中国文化内部存在着一个世纪的"时间差"，导致女性主义及其性别立场在新时期

---

[1] 戴锦华：《涉渡之舟：新时期中国女性写作与女性文化》，北京大学出版社2007年版。

文化结构内缺席，在此背景下，该如何指认新时期迅速崛起并不断更新的女作家群？又如，新时期初的女性书写通过拒斥反/非道德话语来剔除性爱关系中的权力关系模式及菲勒斯象征意义，但放逐了身体与欲望的书写同时削弱了女性主体的性别身份与自我表达的书写空间，该如何看待这种文化妥协姿态及其在九十年代的转型？

值得指出的是，戴锦华虽是一向擅长从理论方法出发来进行语境分析和文本细读，但在这部著作中，她对西方理论的应用有着相当强烈的内省性和选择性，反而极力突出本土的历史文化背景。这与国内一些学者生搬硬套西方理论来阐释中国文本的做法有着根本性的差别，也显示出她本人在《浮出历史地表：现代妇女文学研究》一书之后的反思与进步。例如，她在讨论新时期女性成长故事书写的发展时参照了欧美文学中的流浪汉小说与英雄故事，指出在世界文学的视野中，女性的成长往往为父权/男权文化所遮蔽，成为文化、心理意义上的匮乏与绝对的缺席，所以女性形象几乎局限在四种基本类型及其变奏：贞女/少女/纯洁的献祭、地母、巫女/歇斯底里的邪恶女人、荡妇，这也可以用来解释中国新时期女性书写中时时出现的"滞留的少女"（如王安忆《雨，沙沙沙》）。然而，在毛泽东时代"男女都一样"的社会文化语境的发生与延续中，文本中的女性成长以负载着社会、政治象征意义的"空洞的能指"出现，新时期的女性书写则是从对这个"无性别"时代的反叛开始进而尝试勾勒女性自我的主体线索，这与西方社会经由女权主义革命而产生女性文化思潮的路径完全不同。这种内省的比较视野有助于在中西参照中理解本土女性书写，但又能将其并区于西方的语境。

与戴锦华不同的是，贺桂梅并不把性别问题单独提出来进行考察，而是努力在总体性的问题场域中纳入性别视角。总体而言，贺桂梅的学术考察范式经历了文学史、思想史、文学批评与大众文化研究四个阶段,其中最值得注意的是她在两个向度上的努力:其一为"对批评的批评",代表作即为写于2002年的《当代女性文学批评的三种资源》[1]。作者自陈,这篇论文的写作缘起于对"有关90年代女性文学的研究感到某种不满与突破口"[2],着手对批评话语本身做一种"知识考古学"式的清理,以期了解这些批评实践的来龙去脉、关键分歧以及相互间的历史关系。贺桂梅对基本的批评理念和理论资源做出检视,其中,她对"女性文学"这一范畴所兴起的八十年代初期新启蒙主义与马克思主义话语背景做了精准而细致的考察,纠偏了"唯当代女性主义理论说"的研究思路。她提出,五十至七十年的妇女解放理论以"阶级"议题取代了"性别"议题,八十年代以来的批评也始终强调阶级话语与女性话语的分离;而新时期对"女性"的讨论又是在"人性"的人道主义话语中展开,从而将性别差异导向生理、心理而非文化层面上的理解。由此,这篇不长的文章为女性文学研究中的许多难解问题提供了启示,比如,为什么在林林总总的女性主义文化理论中,本土批评界选择了以本质主义为核心的"性别差异论"?为什么对父权制、男权文化的批判性书写和解读直到九十年代才开始出现?为什么九十年代"个人化写作"始终对女性主体的阶级身份采取盲视态度?

其二则是引入文化研究的方法,代表作即为写于2003年的《90

---

[1] 该文原为作者在2003年上海"女性文学与学科建设"国际学术研讨会时发言的论文,2009年修订后以"当代女性文学批评的一个历史轮廓"为题发表在《解放军艺术学院学报(季刊)》2009年第2期上。
[2] 贺桂梅:《"个人的"如何是"政治的"——我的性别研究反思》,《南开学报》(哲学社会科学版)2014年第2期。

年代"女性文学"与女作家出版物》[1]。该文完全抛开了传统的文学批评式的文本分析,引入"文化场域"的概念,将女性作家及其文本视为一种文化产品和文化媒介,考察其被符号化的过程。这一类研究方法的兴起,尤其是将布迪厄(Pierre Bourdieu)的"文学场域"理论运用到对"美女作家""畅销书""女作家出版热"的考察上,是当时的研究热点,于同年完成的邵燕君的博士论文《倾斜的文学场:当代文学生产机制的市场化转型》[2]即以卫慧、棉棉为例,通过对文化市场运作方式的全方位整理来勾连其背后繁复的文化内涵。而贺桂梅的特殊之处在于,她从中解读出了"美女作家"背后由文化市场所创造出来的一种新型的定型化女性想象,它既有别于柔弱、被动的传统女性,也抗拒着1995年前后文学所呈现出的幽闭型知识女性,由此解释了九十年代以来女作家作品中性别政治立场和意识形态感召力消解的现象。

三

戴锦华与贺桂梅的研究在一定程度上已成为本领域的研究"经典",特别是戴锦华的"强势"风格——立场坚定、行文华丽、理论繁复,使得后学者从研究选题、论述方法到文字风格,全方位地展开了对其的学习与借鉴。一方面,如洪子诚所言,这种模仿"既让他们迅速受益,也可能因此让'个性'受到压抑"[3]。另一方面,知

---

[1] 贺桂梅:《90年代"女性文学"与女作家出版物》,《现代中国》2003年第3辑。
[2] 邵燕君:《倾斜的文学场——当代文学生产机制的市场化转型》,江苏人民出版社2003年版。
[3] 洪子诚:《在不确定中寻找位置——"我的阅读史"之戴锦华》,《文艺争鸣》2008年12月。

识谱系与理论系统上的差异使得大多数研究只能在不断扩大的研究范围中邯郸学步，而无法在理论的纵深度上与之匹及。作为戴锦华的后学者之一[1]，贺桂梅能够独树一帜的原因不仅在于她能够如戴锦华一般将女性主义视为生命体验，将"生为女性"这一身份和经验纳入"个人""自我"认知的一部分，更重要的是，她们都在学术研究中选择并完成了"语言学转型"，即将语言或是宽泛意义上的文化看作一切社会存在的根本，而社会存在则是由语言或文化规则组成的整体，在此前提下，所有的文本和文化现象都是社会文化结构的一个"寓言"或"症候"。由于这种研究范式与传统的学术批评方法大为不同，也始终没有成为学术研究的主流，因此后学者若在自身理论素养上没能达到对这一研究范式足够深刻的理解与认同，就只能末学肤受，落入画虎不成反类犬的尴尬境地。其中所产生的问题包括：不加反思地"继承"以性别差异论为核心的女性主义立场，一味寻求文本中女性主体性的线索，但又无力将其与文化背景整合，呈现出单薄而重复的女性意识碎片拼图；在技术层面上，又多以文本中的女性心理描写为论据，热衷于在文本字里行间中挖掘"无意识"中的女性意识，直接导致了将主人公心理直接等同于作家心理的逻辑错误；在研究策略上，只注重阐发女性文学的思想、文化意义，而忽略了作为审美经验载体的文学文本，在生存经验之外还有着情与理激荡的审美张力。

在这些模仿性研究所暴露出的种种弊端中，最为根本的问题即

---

[1] 贺桂梅坦言其对性别问题的关注直接受到了戴锦华的启发与影响，贺桂梅：《"个人的"如何是"政治的"——我的性别研究反思》，《南开学报》（哲学社会科学版）2014年第2期。贺桂梅：《没有屋顶的房间——解读戴锦华》，《南方文坛》2000年第5期。

在于男性/女性二元对立的思维框架。戴锦华的《浮出历史地表：现代妇女文学研究》与《涉渡之舟：新时期中国女性写作与女性文化》首版分别问世于1989年和2002年，当时的性别研究大多建构在性别二元论的基础之上，所以其讨论预设了女性在男性话语霸权下受到压抑与遮蔽的本质化想象，并认为女性写作的意义就在于通过对这种真相的呈现来批判男权话语、颠覆父权结构。这样的论点在当时让人耳目一新，但后学者如果在二三十年后步入"后人类"时代、性别研究也跨入"后女性"范式的当下，还不假思索地沿用传统的二元论来预设研究的基础，其结果就会显得陈旧而可疑。比如，在这种二元对立思维框架的预设下，对女性主体性的过分突出和对作品反叛意识的过分拔高等问题也就随之而来。尽管当前的学界已普遍认识到了陷入理论泥潭这一问题，可一旦进入到对相关作家作品的解读中，仍多将落脚点设置在突出文本中的女性经验、强调女性主体性书写的意义之上，得出的结论也不外乎程度不一的"女性主体性"的彰显，即只能显示出女作家作品的共性，而无法呈现出其区分度，给人以"女作家都一样，都在写女性意识"的错觉。这也是女性主义研究中的一大迷思：理论批评上十分清醒，实践操演上却依旧脱不开这些桎梏。

事实上，主体性本身并不只在性别维度中存在，其本身也不是一个自足的封闭空间，而是在与社会的互动中产生并发展。同时，为了支撑这类论题，文本中的反叛意识，包括性、暴力等元素被无限肯定与放大。这种做法的危险性在于，研究者没有意识到，作为一种解构的表现形式，反叛本身虽然可能是主体性发生的前奏，但也有可能是一种变形的适应，离经叛道并非就一定伴随着独立的主体意识。由此，许多问题也值得被进一步追问，比如，在悲泣、怒吼与宣言之外，女性的主体性还能在什么层面上被指认？当文学中主体性的历史被勾勒得足够清晰之后，女性文学还能在怎样的范畴中被考察？基于性别视野的研究是否只能呈现出性别景观？如果只在单纯的性别语境中讨论女性作家，是否有可能呈现出她们之间的个体差异、历史关联与逻辑联系？

从整体上看，不论是在中国古代文学中占有一席之地的闺阁才女，还是五四时期"浮出历史地表"的女作家群体，"女性文学"的产生是始于女性参与进了原先主要由男性从事生产的文学活动，进而为人类文学提供了一种新的文学范式与书写空间，这种"分一杯羹"的尝试在主观意图和客观结果上都不具备反对"男性文学"或其霸权的攻击性，所以，"女性文学"与"男性文学"从一开始就不存在对立的立场。其次，话语本身并不构成霸权，只有当主流意识形态强行介入解读、形成某种程度上的"典范"后，话语才具备了所谓"霸权性"。如果说女性书写要有所否定的话，其对象并不是男权话语，而是由男权话语的无限性所造成的"霸权性"。女性文学研究应是努力剥离这类性别话语对权力关系的依附从而消解话语的霸权性，而非打败男性话语，再造一个神话，换言之，应通过打破男权话语的一元视野来丰富话语的表达方式和世界的呈现方式。正如一些研究在展望中指出，"女性主义文学批评必然是一个'去分化'的过程：女性对男权敌对和仇视的消退，女性内部矛盾壁垒的消退，社会性别与生理性别之间界限的消解，在一次次'漫长的革命'中逐渐走向跨性别的社会共同体"[1]。

---

[1] 陶佳洁、汪正龙：《新时期女性主义文学批评的回顾与反思》，《文艺争鸣》2019年第1期。

文学研究，归根到底，是通过对文学的言说来理解社会和人生，从而实现艺术和审美的精神再造。既是以人性和个体生命为最基本的视域，那么，对文学的研究就不该视为简单的时代传声筒，也不能将其作为技术操演的证明材料，而是应以独立的精神、审美的眼光来洞察社会与文化的生态和未来，释放人性与人道主义的力量。因此，理论的运用仅仅是学术研究保持学理性的一种工具，更值得重视的是文学研究的价值及审美取向，在这个意义上，文学研究显然不是单凭林林总总的理论就能全部阐释的。

新世纪前后，在戴锦华、贺桂梅基于"语言学转型"的女性主义研究之外，一些研究者也走出了新的道路，从不同视角展现了女性文学研究新向度的可能性。其一为张京媛的《裂开：1980年代后期与1990年代的女性书写》（Breaking Open：Chinese Women's Writing in the Late 1980s and 1990s）[1]，在这篇文章中，张京媛以女性书写的三大主题——两性关系、同性爱与女性主体性为线索，串联起八九十年代女性书写的变迁历程，展现出其与同时代男性书写的不同面貌。其二为王宇的《性别表述与现代认同：索解20世纪后半叶中国的叙事文本》[2]，该著聚焦于性别话语而非性别本身，通过讨论20世纪后半叶的中国大陆叙事文本对性别的表述，来探究性别

---

[1] Jingyuan Zhang, *Breaking Open: Chinese Women's Writing in the Late 1980s and 1990s* (《裂开：1980年代后期与1990年代的女性书写》), Pang-Yuan Chi, David Der-Wei Wang, Chinese Literature in the Second Half of a Modern Century (《二十世纪后半叶的中国文学》), Bloomington: Indiana University Press, 2000.

[2] 王宇：《性别表述与现代认同：索解20世纪后半叶中国的叙事文本》，上海三联书店2006年版。

的文化意义是如何被纳入现代认同的框架中去的，以此反思了一个世纪以来中国文学、文化的现代性。其三为陈顺馨《中国当代文学的叙事与性别》[1]，以女性主义的批评方法介入了"十七年"文学，通过对叙述者位置、叙事语调、叙述权威、叙事观点的探讨，解析了男女作家作品中潜藏的性别倾向与性别痕迹。在当前学界，这些著作为纠偏女性主义文化理论的滥用提供了新颖有益的补充和可资参考的典范：任何一种整体都只在有限的范围内存在，而任何程度的"同一性"概括都是需要研究者予以警惕的。

---

[1] 陈顺馨：《中国当代文学的叙事与性别》，北京大学出版社1995年版。

性别叙事中的悲剧意识
——论《狂人日记》与《金锁记》的疯癫形象

自五四文学确立了以人为中心的现代文学创作观念以来，疯癫形象及相关的病态心理描写成为流行主题，一举颠覆了传统文学"哀而不伤"的审美传统。自新文学发轫之作——鲁迅的《狂人日记》开始，经郁达夫《沉沦》、柔石《疯人》、曹禺《雷雨》到张爱玲的《金锁记》，伴随着时代社会的剧烈变化和对西方现代派技巧的探索运用，以疯癫形象为载体的小说在内心表现与人性挖掘上不断深入，构成了现代文学史上一个独特的主题线索。正如迅雨（傅雷）所说："毫无疑问，《金锁记》是张女士截至目前为止的最完满之作，颇有《狂人日记》中某些故事的风味。"[1]考察《狂人日记》和《金锁记》这两篇小说，不但可以反映出鲁迅与张爱玲风格之迥异、立意之不同，更可以发现这两个文本间跨越三十年的遥相呼应之处。分析解读狂人与曹七巧这两个不同文化时代中的疯癫形象，可以揭示出其背后叙事视角和生命体验的异同。

---

1 傅雷：《傅雷文集·文艺卷》，当代世界出版社2006年版，第112页。

一

　　鲁迅的《狂人日记》展现了一个患"'迫害狂'之类"病的青年的内心世界，他偏执于苦苦思索"吃人"的问题，终因"多荒唐之言"而被视为疯癫。在这第一篇向旧文学发起攻击的小说里，鲁迅在人物形象的塑造上有意避开传统文学的写作习惯，多角度地运用新形式配合表述新理念：放弃幽微婉转的文言文，改用高度欧化的白话文；放弃对完整情节的构造，改用流动片段的拼贴；放弃故事性的悬念与曲折，改在故事伊始即告知读者来龙去脉……简言之，放弃任何与传统"真实"相关的手法，用完全"虚化"的形式塑造出狂人这个"概念化"的人物形象。

　　小说语言直接冲击了读者的传统阅读方式。小序和日记分别采用文言文和白话文，表明了作为个体的"狂人"与周遭世界的对立。文言文所描述的是"正常"的现实世界，在世人眼中，狂人得了"大病"、发了疯。白话文则描述了"疯癫"狂人的心理世界。作者借用欧化拗口的白话文传神地展现出一个"狂人"的疯言疯语。如狂人甫一出场："才知道以前的三十多年，全是发昏；然而须十分小心。不然，那赵家的狗，何以看我两眼呢？"言语前后并无直接的"逻辑"关系，绝不似精神正常者所言；又如当狂人看到桌上的蒸鱼，竟产生了"这鱼的眼睛，白而且硬，张着嘴，同那一伙想吃人的人一样。吃了几块，滑溜溜的不知是鱼是人，便把他兜肚连肠地吐出"，全然是一个疯子的奇怪联想。通过与"正常"世界里连贯晓畅的"文言文"相比，狂人的间断思维、奇异逻辑通过欧化的白话文本身一览无遗，一个成天疑神疑鬼而又担惊受怕的"狂人"形象跃然纸上。

　　抛弃以故事为核心的传统小说模式也在很大程度上强化了狂人

的疯癫形象。读罢小说，读者只知原先正常的狂人发了疯，现在"然已早愈"。作者不但没有透露狂人的任何个人信息——诸如传统笔记、小说中的"某某，某地人氏，年方多少"，就连他因何而狂——当然不会真是由于"踹了古旧先生的陈年流水簿子"，又如何痊愈都不得而知。据周作人回忆，"狂人"有其真实的生活原型，鲁迅的姨表弟阮文荪发疯后常常疑心有人跟踪他，一有风吹草动就吓得魂不附体，常半夜跑去敲鲁迅屋子的窗门，凄凄惨惨地说今天要被抓去杀头。[1]既然有真实的原型故事，作者本可以细致描摹，将前因后果交代得翔实完整。但鲁迅将故事掐头去尾，迫使读者的所有注意力都不得不被吸引到狂人的内心世界中来。这种独特的表现手法有意同传统小说里极其详尽地铺陈细节以"实化"故事的策略相区分，以纯私人化的日记为载体，表现"狂人"这一概念，而非其个体存在。作者又省去月日，辅以一群或以亲属人称如"母亲""大哥"，或以假托意义如"古久先生"为名的人物，"去实化"地构造出"狂人"这一疯癫形象。

这个由白话勾勒出的"概念化"狂人通过毫不掩饰的内心独白展示了其纯粹的内心流动。他忽而从"仁义道德"的字缝里看出"吃人"，惊呼要被吃了；忽而由赵家的狗联想到"狮子似的凶心，兔子的怯弱，狐狸的狡猾"；忽而又同大哥从易牙蒸子讲到徐锡林乃至"去年城里杀了凡人，还有一个生痨病的人，用馒头蘸血舔"。在荒谬的思维跳跃间，鲁迅将一个"受迫害狂"的病理特征和心理世界描写得惟妙惟肖。然而这表面上看起来荒唐不经的"狂人"心理实则暗含着一个清晰的自我认知过程。狂人从历史中看到了"吃人"

---

[1] 周作人：《鲁迅小说里的人物》，河北教育出版社2002年版，第15页。

现象的存在并惊叹道:"吃人的是我哥哥!我是吃人的人的兄弟!我自己被吃了,可仍然是吃人的人的兄弟!"随后又发觉"我未必无意之中,不吃了我妹子的几片肉,现在也轮到我自己……"这个用"吃人"串连起来的心理流动过程断断续续地拼出了"狂人"的这一疯癫形象,加之一连串"虚化"的手法,表现出他的胡言乱语、与正常世界格格不入、行为和思维荒谬透顶的疯癫特性。鲁迅的《狂人日记》展现了这一类"概念化"的疯癫典型,其随后的一系列小说中所出现的一群人物形象,如《孤独者》中的魏连殳、《在酒楼上》的吕纬甫,均从中演化而来。

张爱玲的《金锁记》则展现了深陷经济、性和家庭政治三重压迫的曹七巧以一个小市民特有的生命力和破坏力拼死挣扎、最终走向毁灭的疯癫历程。在这篇"中国从古以来最伟大的中篇小说"中[1],张爱玲细细密密、层层叠叠地堆起了曹七巧的形象,显示出与鲁迅乃至随后统领文坛的"宏大叙事"截然不同的表现倾向:放弃脸谱式的瞬间转型,以厚积薄发的渐变表现人物发展的过程;细致描摹人物的切身感受,以现代派的手法加厚人物的质感;放弃主流文学的单面鲜明性,以繁复的意象增添形象的立体感……总之,作者真实而全方位地摹拟出人物性格,用完全"实化"的方法塑造出曹七巧这个"极致化"的疯癫典型。

张爱玲以《红楼梦》式的中国传统小说惯有的渐进结构带动故事的发展,以情节的不断深入揭示曹七巧走向疯狂的全过程。小说以某天早晨曹家各房奶奶给老太太请安为起点,姗姗来迟的曹七巧一开口就以泼辣的口吻直言分房的不公,彰显出她的与众不同。随

---

[1] 夏志清:《中国现代小说史》,复旦大学出版社2005年版,第261页。

后又口无遮拦、毫无顾忌地在众家眷面前谈论性的问题，调侃三奶奶"你倒跟我换一换试试，只怕你一晚上也过不惯"，呼应了小说开场铺垫时丫头们的谈话："龙生龙，凤生凤，这话是有的，你还没听见她的谈吐呢！"她那市民阶层的出身和没有正常语境发泄苦恼的压抑使她成为家庭的"异端"，对姜季泽从言语到行动的挑逗更坦率得可怕，又粗野得可怜。然而当分家这一"她嫁到姜家来了后一切幻想的集中点"使她取得了经济地位之后，面对姜季泽的巧言哄骗，她第一次表现出歇斯底里的疯癫状态，她掷出团扇，怒骂道："你要我卖了田去买你的房子？你要我卖田？钱一经你的手，还有的说么？你哄我——你拿那样的话来哄我——你拿我当傻子——"在金钱和情欲的冲突中，她以"理性"做出判断，但这"理性"压抑下的情欲却如火山爆发般迅速喷涌，又迅速沉寂，空留下无尽悔恨的心境。"她为什么要戳穿他？人生在世，还不就是那么一回事？归根究底，什么是真的？什么是假的？"她深知从今往后，连这般虚情假意也不会再有了，她落下了泪——仅有的两次之一，为她按捺了多年的情欲送葬，泪水流露出她尚存一息的真心与真情，在经济与情欲兜兜转转的斗争中若隐若现。及至小说的高潮——七巧宴请长安的男友童世舫时，她以"一个疯子的审慎与机智"，轻描淡写的几句"她再抽两筒就下来了""戒戒抽抽，这也有十年了"，葬送了女儿"最初的也是最后的爱"，把她送进同样"没有光的所在"。她看似理性的言行完全暴露了她已走向了非理性的疯癫——没有理智，没有情感，没有任何"人性"因素的所在。张爱玲耐心堆垒起曹七巧在三十年时空中的一丝丝细微变化，用看似合情合理的前因后果详尽地表现了一个女性一步步走向疯癫的全过程。

在文本中，张爱玲还时不时地穿插今昔对比以补充丰富人物形象，于整个走向疯癫的过程中一步一回头，增添人物的质感。当七巧的娘家大哥和嫂子前来探亲后，作者借嫂子之口道出婚后的七巧"换了个人""疯疯傻傻，说话有一句没一句，就没一点儿得人心的地方"。而七巧也因娘家人的到访勾起了往事，想起年轻时"有时她也上街买菜，蓝夏布衫裤，镜面乌绫镶滚。隔着密密层层的一排吊着猪肉的铜钩，她看见肉铺里的朝禄"。但又随之由朝禄抛来的"尺来宽的一片生猪油"想到了"床上睡着她的丈夫，那没有生命的肉体"。由今及昔，又随即笔锋一转，回到现实，表现出七巧泼辣外表下的伤感内心。当七巧在三十年金锁路的尽头，"似睡非睡横在烟铺上"追缅人生时，"她摸索着腕上的翠玉镯子，徐徐将那镯子顺着骨瘦如柴的手臂往上推，一直推到腋下。她自己也不能相信她年轻的时候有过滚圆的胳膊"。在三十年前后手臂变化的凄凉中，她落下了泪——最后的泪，并"由它挂在脸上，渐渐自己干了"。这种完全"实化"的手法使人于强烈反差中产生震惊的体验，辅以心理剖析，展示出七巧的内心世界，使其形象更为真实可感，立体丰满。

这个由渐进式情节所堆垒出的七巧形象成了一个"极致化"的疯癫典型，一路展现出"疯癫"的细节真实。从"蓝夏布衫裤，镜面乌绫镶滚"到"身上穿着银红衫子，葱白线镶滚，雪青闪蓝如意小脚裤子"，再到"穿一件青灰团龙宫织缎袍，双手捧着大红热水袋"，以服装的变化暗示人性变动中的时间流逝。从"一进门便有一堆箱笼迎面拦住"的房间，到有着"阴暗的绿粉墙"和"缀有小绒球的墨绿洋式窗帘"的新屋，再到"卷着云头的花梨炕，冰凉的黄蕊心子，柚子的寒香"的"阴森高敞的餐室"，以空间的流变烘托着疯狂的心路过程。空间与时间被细节"实化"着向前推进——塑造出七巧这个细致化的疯癫形象，成为张爱玲小说中一系列女性形象——如《沉香屑·第二炉香》的愫细姐妹、《半生缘》中的顾曼璐的"极致化"代表。

二

尽管鲁迅和张爱玲在塑造人物手法上各具特色，但狂人与曹七巧或以内心独白，或以细节堆垒的方式成了新文学中代表性的疯癫形象。然而，同为偏激、颠痴乃至疯狂的"疯癫"形象，二者的内涵是迥然不同的。《狂人日记》中的"狂人"是精神意义上的，狂人之疯癫在于他的思想——对于"吃人"这一象征性问题的觉醒与沉思。在其"周围吃人—大哥吃人—我也吃人"的认识过程中，"狂人"是以疯癫形象出现的一个象征符号，他行为荒诞但思维理性，承担着鲁迅启蒙大众的深层隐喻。《金锁记》中的疯癫形象则是现实意义上的，来自社会与自我的不断刺激使她异于常人，她歇斯底里地发作，穷凶极恶地破坏所有人的幸福。尽管她还未产生精神病病理学上的一些特征，诸如丧失自我意识、语言功能紊乱，但她那与狂人恰恰相反的行为理性而思维扭曲、尖锐的攻击性与行尸走肉般的病态，却像极了一个日常意义上的真正的"疯子"。张爱玲以真实可感的形象书写了女性在遭受极度压抑下的可怕变异。

推究这两种分别在精神意义和现实意义层面上的疯癫形象，作者所处的时代背景和知识结构自然是重要原因之一。鲁迅走在与传统彻底决裂的五四新文学前列，在早年汲取西方精神时就倾向于欣赏、接受其中激进而狂热的一面，这可由其最早的一篇小说——1903年发表的《斯巴达之魂》肯定勇于为理想牺牲自我的斯巴达精神中推知。[1]在《摩罗诗力说》中，鲁迅也热情褒扬了拜伦、雪莱、

---

[1] 陈思和：《中国现当代文学名篇十五讲》，北京大学出版社2003年版，第36页。

普希金等西方的"精神界之战士",认为他们"无不刚健不挠,抱诚守真;不取媚于群,以随顺旧俗;发为雄声,以起其国人之新生,而大其国于天下"。这种狂热而激进的思想与戊戌变法以来知识分子对启蒙大众的自觉担当传统相结合,并形成了鲁迅极具强烈个人风格的现代启蒙者形象,即通过以思想文化启蒙为宗旨的小说创作来唤起国人精神层面上的觉醒。毫无疑问,《狂人日记》中的"狂人"即是鲁迅出于思想观念层面创作的疯癫形象。

身处四十年代沦陷区的张爱玲,出身封建家庭但接受现代西方文化观念,由于沦陷区内的创作禁忌及其自身对政治的淡漠,她所关心的是人生,是实实在在的日常生活。她曾在《中国人的宗教》里说:"受过教育的中国人认为人一年年活下去,并不去到哪里去;人类一代一代下去,也并不走到哪里去。"她认为人类"去掉了一切的浮文,剩下的仿佛只有饮食男女这两项",这才是生命的本质与意义所在。《金锁记》中的曹七巧即是张爱玲从现实意义层面出发创作的疯癫形象。

不可忽视的还在于鲁迅启蒙思想视角与张爱玲日常生活视角的差异,而这种差异却远非"创作主体的性别差异"所能简单概括。对此,我们可从张爱玲与同时代的丁玲、冰心、庐隐等主流女作家的迥异中窥见一斑。然而,这种"异端性"也绝不仅仅囿于其远离政治的"非主流话语性",而更多地表现在对一种约定俗成的、以男性话语为中心的传统叙事视角的反叛。反映在《狂人日记》和《金锁记》中,鲁迅和张爱玲即是从不同的性别叙事视角出发,以启蒙思想视角和日常生活视角为外在书写载体,塑造出两个内涵各异的疯癫形象。

基于不同性别叙事视角的限定,鲁迅和张爱玲的创作从初衷到表现大相径庭。鲁迅在《呐喊·自序》中谈到《狂人日记》的创作缘起时曾有著名的"铁屋论"：面对"从昏睡入死灭"与"无可挽救的临终的痛苦"间的抉择，纵使他感受到了"寂寞的悲哀"，但"仍不免呐喊几声，聊以慰藉那在寂寞里奔驰的猛士，使他不惮于前驱"。"铁屋子"之喻表明了其以写作揭示国民性的普遍弱点，唤醒麻木大众的创作愿景。《狂人日记》通过"概念化"的疯癫形象发出了"救救孩子"的呐喊。而同西方现代文化所支持的女性激情、男性理性的父权制文化二分规则相同，五四新文学在产生之初就预设了"思想观念"与"日常生活"的二元对立关系——鲁迅的《伤逝》即是典型代表。身为女性的子君尽管有"我是我自己的，他们谁也没有干涉我的权利"这样的现代个性解放要求，但很快也沦为沉于"每日'川流不息'的吃饭"、喂阿随、饲油鸡等日常生活的麻木女性，使涓生觉得"子君的识见却似乎只是浅薄起来"。而涓生却能在困苦的生活中保持坚忍而清醒地面对现实。《伤逝》表现了个人性日常生活的琐碎、平庸在磨损个人思想，尤其是女性思想方面的巨大作用。[1] "日常生活被视为再生产与生计维持的领域，一个预先制度化的分区，在其中大部分是由女性来完成那些支撑其他世界的基础性行为。"[2] 男/女的性别二元对立被运用到精神/生活的二元对立之中，并演化为被普遍接受的"启蒙思想"与"日常生活"的对立模式，并内化于新文学的"主流"创作之中。在随后的"革命＋恋爱"模式的左翼革命文学中，女性更直接成为耽于日常生活而落后于男

---

1 蔡翔：《日常生活的诗情消解》，学林出版社1994年版，第22页。
2 ［英］迈克·费瑟斯通：《消解文化——全球化、后现代主义与认同》，北京大学出版社2009年版，第77页。

性的负担,代表作即为丁玲的《韦护》。这也在另一个侧面表明了性别与性别叙事视角的差异性:前者在当代女性主义理论出现之前往往代表生理或生物学意义上的"性",尚未达到社会文化建构的高度;后者则代表了作者叙事中的性别主体意识,即在传统的父权二元对立体系中,主体处于何种地位并自觉地由此出发书写经验。《狂人日记》即是鲁迅从男性叙事视角下运用"虚化"的手法将启蒙主题"概念化"表现出来的结果。作者在精神意义、思想观念的层面上塑造出一个"狂人",希望借其"失去理性"的呼喊,使国人从黑暗、困厄的牢笼中"惊醒"过来,在"德先生"与"赛先生"的时代浪潮中冲破这个万难破毁的"铁屋子"。

与丁玲等"主流"女性作家默认男性叙事视角,以"去日常生活化"的叙事来表明新时代女性的进步思想不同,张爱玲的创作自觉于女性的从属身份和压迫境遇,不厌其烦地细致描摹日常生活的琐碎片段,铺陈个体在庸常生活中细微的情感体验,并聚焦女性的生活中心甚或所有活动场所——家庭,书写在家庭特有的琐屑日常生活中走向疯癫的女性们。张爱玲笔下的此类女性疯癫形象可追溯至其少年习作——《牛》。小说中,作者借发疯的牛隐喻了禄兴娘子被性与金钱压迫得人格扭曲的疯癫状态,她在丈夫一次又一次剥削她的嫁妆乃至仅存的两只小鸡时的歇斯底里暗示了宗法父权制下女性的普遍生存境遇。及至《金锁记》,张爱玲在女性叙事视角中再度运用"极致化"的疯癫形象,通过曹七巧由女儿的身份走上妻妾、母亲、婆婆,同时一步步走入"没有光的所在"这一疯癫历程,展现出周遭世界的疯狂。不同于"主流"女作家屈从或认同女性的从属客体身份,张爱玲企图用承载愤怒与反抗的疯癫形象颠覆整个父权制度。对照着鲁迅男性话语模式中的"呐喊",林幸谦曾提出相对于"铁屋子"的"铁闺阁"的概念,认为:"铁屋子以男性主导的民族改革为中心对象,铁闺阁则以女性自我、颠覆宗法父权为中心诉求。倘若说,鲁迅等男性作家试图把中国整体沉默的灵魂与黑暗面揭示出来,那么,张爱玲的文本则试图揭示出中国传统女性沉默的命运及其黑暗的内在现实。"[1]"铁屋子"和"铁闺阁"的根本区别即在于性别叙事视角的差异。世界本来就是细节的组成,出于"闺阁"话语设定的女性写作又因多出于实体经验和感官体会而喜好将整体上所脱落的细节分化组合,并从中窥见对人类、生命这一整体性概念的思考。"铁闺阁"中的生活是细节化的,加之女性对生命的感性化体验,女性叙事视角下的书写唯有通过日常生活的细节才能表现出文本的阴性特质。《金锁记》基于女性叙事视角而聚焦日常生活,以"实化"手法揭示出女性特有的感性体验和生活环境,将曹七巧这一疯癫形象推至极致,表现了在性、经济和家庭政治压迫下的女性人性扭曲乃至疯狂的全过程。

三

从《狂人日记》到《金锁记》,尽管鲁迅和张爱玲从不同的性别叙事视角出发,赋予各自所塑造的疯癫形象以不同的内涵,但是其内在指向却是统一的。福柯曾经在《疯癫与文明》中指出,"文艺复兴使疯癫得以自由地呼喊",文学中的疯癫形象显示了"这个世界所细密编织的精神意义之网仿佛开始瓦解,所展露的面孔除了疯态之

---

[1] 林幸谦:《女性主体的祭奠Ⅰ:张爱玲女性主义批评》,广西师范大学出版社2003年版,第134页。

外都令人难以捉摸"[1]。无论狂人还是曹七巧，其疯癫都指向了生命张扬、内心觉醒的一种生存状态，以及对这觉醒内心体验的表现方式，他们心灵与外界的脱离，在自我营造的狭小空间中坚守着自以为合理的存在，以这种极度的非理性为读者们提供一些有益的启迪。作者在塑造疯癫形象的过程中揭示出这种非理性的癫狂源于非人道的压抑，从而反衬出疯癫形象的周遭世界对人性的束缚、压抑和虐杀，借疯癫形象传达出这个世界的荒诞与荒谬。狂人看到了这个"吃人"世界里人人自相残杀的荒谬，曹七巧则反映出了"铁闺阁"的深重压抑和无情扭曲，读者从他们身上看到反抗人性的压抑、呼唤人的尊严的深远意义。同时，借疯癫形象来表达作者对人性思考的这种创作方式本身即是对现实世界的无言控诉。当作者需要用这种无处不在但又异于常人的人物形象来表达他们内心的生命体验时，这一方式本身就流露出现实世界的复杂和荒谬。

反观狂人和曹七巧这两个疯癫形象的结局，可以发现其中惊人的一致性：狂人病愈并赴某地"候补"，曹七巧走出了姜家但愈发疯狂——他们都由"被迫害者"渐渐变成了"迫害者"，在被扭曲的人性中扭曲他人的人性。这种觉醒失败的结局正是作者——鲁迅和张爱玲悲剧意识的外化，体现了"人"在与"社会"二元对立中被异化的过程，然而更可怕的是，这种异化是相互的。作者都没有采用传统文学中所偏好的"大团圆"收场或是新文学中所惯用的"走出牢笼，奔向新生活"的"光明的尾巴"，而是借疯癫形象的命运展现了"人"与"社会"相互异化的残酷和悲情。

---

[1] ［法］米歇尔·福柯：《疯癫与文明》，刘北成、杨远婴译，生活·读书·新知三联书店 2007 年版，第 15 页。

《狂人日记》中的狂人虽然有着如拜伦、雪莱等"摩罗诗人"那样为理想不顾一切、牺牲自我的"斯巴达精神",但正如他从正常人眼中所看到的自己,他是不为现实世界所接受的。他早上小心出门,"赵贵翁的眼色便怪:似乎怕我,似乎想害我。还有七八个人,交头接耳的议论我,又怕我看见。一路上的人,都是如此"。他发现世界"吃人"的这一"卓见"只能被视为患"迫害狂"精神病人的胡言乱语。他越是清醒地认识到这个世界的"吃人"本质,他越是受到孤立乃至迫害,连他敬爱的大哥都是"当时,他还只是冷笑,随后眼光便凶狠起来,一到说破他们的隐情,那就满脸都变成青色了"。所以狂人在这种愈发深入的觉醒中愈发地痛苦,也愈发地不为现实世界所接受。日记前的小序在一开始就交代了狂人的结局:"然已早愈,赴某地候补矣。"他又回到了与现实世界相一致的"正常"状态,即失去了觉醒的意识,回归了这个荒谬而疯狂的"吃人"世界。他是彻底失败了的。

同《在酒楼上》那"飞了一圈又回到原地的苍蝇"的比喻一样,狂人觉醒后的挣扎注定了失败的结局。而这种结局又岂止是在这两个文本之中,《孤独者》中的魏连殳"躬行先前所憎恶,所反对的一切,拒斥先前所崇仰,所主张的一切",而《野草》中《这样的战士》《影的告别》等篇目更是直接表现了这种觉醒而无疾而终的悲剧意识,这是鲁迅特有的现代知识分子绝望的心灵历程的体现。这种难以言说的苦难感受和怀疑精神代表了在五四启蒙时代之初知识分子的整体忧虑,尽管那些肩负救国救民理想重任的知识分子已在民族危亡的浪潮中觉醒,但同样可能在觉醒中面临新的崩溃。这种"高处不胜寒"的忧患意识是鲁迅自身在新文化运动中思想和命运沉浮的写照,所以他并没有乐观地给狂人安排唤醒"铁屋子"里众多庸人这样的美好结局，而是借他失败的命运表现出现代知识分子的尴尬处境。

在《金锁记》中，曹七巧深陷"铁闺阁"的三重压迫而渐被扭曲人格固然可悲可怜，但她走向疯狂的结果却是变本加厉地折磨身边的人们，她的无力反抗并不能为她自己带来觉醒和冲破牢笼的希望，只能越陷越深乃至不能自拔，最后用"沉重的枷角劈杀了几个人，没死的也送了半条命。她知道她儿子女儿恨毒了她，她婆家的人恨她，她娘家的人恨她"。作者在结尾意味深长地写道："三十年前的月亮早已沉下去，三十年前的人也死了，然而三十年前的故事还没完——完不了。"这种人性的悲剧是普遍的，长久的，难以阻挡而代代有之，这愈发增加了张爱玲作品所独有的"苍凉"之感。在《金锁记》里，张爱玲无心塑造出一个娜拉似的女性来响应"女性解放"的时代号召，她通过她所熟悉的男女婚恋和家居生活题材，揭示出女性所裸露出来的千疮百孔。

这种绝望后的深切虚无感在张爱玲的早年习作《霸王别姬》即初露端倪。有着项羽万千宠爱的虞姬是"那承受着、反射着他的光和力的月亮"，然而"她怀疑她这样生存在世界上的目标究竟是什么"，于是毅然自杀。在张爱玲的诠释下，虞姬对死亡的选择并不仅仅是由于不愿成为楚霸王的负担或害怕被掳去献给刘邦，而是出于对自身命运的困惑与无奈。从虞姬开始，张爱玲的创作自始至终就带着这种注定失败的悲情，而这种失败感则源于女性对自身生命无法把握又无处追寻的虚无感，所以人物的结局也注定是悲剧性的。如《沉香屑·第一炉香》里的葛薇龙忙着弄钱弄人并在这种生活中沉沦；又如《花凋》中的郑川嫦默默地变成一个"冷而白的大白蜘蛛"，在绝望与隐忍中无声地死去。就连笔下的男性角色，比如《红玫瑰与白玫瑰》里的佟振保，在循规蹈矩与放浪形骸之后，"第二天，振保又成了一个好人"，这有力而又伤感的结局昭示了人生本身的虚无与无奈。在张爱玲笔下，人性显露出它们最原始的面目，人们不知道自己在干什么、想要什么，只能在金钱和情欲的挣扎中沉沦，或扭曲到疯狂"吃人"的地步。张爱玲笔下人物的这种没有归宿的归宿与鲁迅笔下现代知识分子在希望中徘徊、在绝望中反抗但最终无所归依的精神命运是完全一致的。

鲁迅和张爱玲都突破了新文学中普遍将人性简单化、成功容易化的倾向，表现了人的生命价值与存在意义的无从把握，从人类生存的终极体验上刻画人类命运的无所归依。鲁迅只能让他的"战士"们在绝望中向前走去，然而结局是无法预言的；张爱玲笔下的女性们也只能继续虚无地生活着。作者对他们的个体生命感受进行了深刻的观照与反思，看透了人生的渺小与无常。虽然一者以男性的叙事视角直面人生，试图且歌且行，悲壮地祭奠"呐喊"过的思想存在；一者以女性的叙事视角逼入细节，力图以日常生活的经验形成一个"苍凉的手势"，但他们的绝望之感是共通的。看破人生的不由自主、命运的不可抗拒而生发出的浓重悲剧意识，使得他们的作品表现出人类永恒的困境，从而体现出深邃的精神内涵。

后 记

文学研究,归根到底,是通过对文学的言说来理解社会和人生,从而实现艺术和审美的精神再造。既是以人性和个体生命为最基本的视阈,那么,对文学的研究就不该视其为简单的时代传声筒,也不能将其作为技术操演的证明材料,而是应以独立的精神、审美的眼光来洞察社会与文化的生态和未来,释放人性与人道主义的力量。因此,理论的运用仅仅是学术研究保持学理性的一种工具,更值得重视的是文学研究的价值及审美取向,在这个意义上,文学研究显然不是单凭林林总总的理论就能全部阐释的。

我们这一代学人在成长时,文学批评的学院化已经是大势。一方面,在对当代文学作家作品与思潮现象的探讨中,西方思潮的影响与祛魅是一个绕不过去的关键问题。在一段时间内,文学研究无论是从题材、语言等角度的"内部研究",还是从文化、政治等角度的"外部研究",最终呈现出的往往都是一个受西方思潮"传播—接受—本土化"的单向过程。在这样的视野下,文学作品似乎只能通过某些理论来进行阐释,而文学创作则被看成了理论影响乃至指导下的产物,这种相对单一的逻辑,即使是在对理论有效性和适用范围有所反思和警惕的今天，依然是早已被研究者内化的"前结构"。另一方面，这个时代对真理、主体这些本质问题的习惯性拒斥，对阐释、重读这些方法问题的普泛性迷恋，又都有可能走向对技术的盲从——写作在世界范围内遭遇普遍困境的原因之一就在于，解构总是比建构容易，而我们的批判能力又往往比书写能力提高得更快。然而对于书写的主体来说，克服盲从的求索之路是何其艰难，因此我们的研究目光要始终保持基本的审慎。

本书是我近年来研究与思考的合集，涉及对当代文学现象的勘探、作家作品的个案讨论以及对海外中国现代文学研究的反思。这些讨论尚很不成熟，但有赖于对学术语境的不断反省，我的探索与思考始终在不断地积累、增殖与推进。

第一辑是对当代文学作家作品及文化现象的评论与解读，这其中既有对文学经典的再阐释，也有对当下创作的及时跟踪。这些讨论并非为评骘高低得失——对单个文本或作家的品评离不开具体的阐释语境，而对其群体性价值的估量更有待置入历史长河中进行参照比较。我更希望能够将作家作品置于文学思潮和文学史秩序加以考察，着重讨论作家"个人话语"和"美学风格"的形成。这不仅需要在纵向上追溯其发生、发展的线索，为其所呈现出的种种形态找出历史的源头，也需要在横向上通过比较的眼光来拷问出其中的个性与问题。可以说，这部分的研究是想要通过对社会文化语境的解读而"回到历史现场"，尽力构拟出作家作品与文学现象的内部脉络与文化语境。

第二辑聚焦中国文学的海外传播，尤其是英语世界的中国文学史书写，以期重评海外中国现代文学研究。这些研究一方面通过梳理海外中国现代文学研究的谱系，来比较中西方文学研究的方法与视野,并探讨其背后的深层原因;另一方面则尝试辨明西方汉学的知识体系和思想脉络,评述其在具体问题上的有效性和合理性,从而展现出"海外中国现代文学研究"被生产和规训的轨迹。其中,文学史书写作为海外中国现代文学研究的重要组成部分,是如何在史化的过程中提出新的表述、并区别于其他文学研究范式的,是值得重点考察的一个方向。通过学术史视野下的考察,我试图探索这些文学史在何时、何种语境下出现,采用了怎样的书写策略和理论方法,以及这些文学史之间又有何联系、变化,以期抵达它们背后共通的学术、政治和文化意识形态问题。

第三辑则是对当代中国女性写作与女性文化的讨论,这也是我个人学术研究生涯的起点。长期以来,女性文学研究往往只囿于阐述文本的封闭空间而脱离历史语境与文化生态,其真实性和有效性显得十分可疑:一方面,任何一种批评范式都无法摆脱事实上是由话语机制所制造的逻辑观念、审美趣味和权力结构的影响和限制;另一方面,仅仅关注文本本身或使用单一视角,就会落入"见木不见林"的境地。所以,这些研究尝试从对女性文学的本质性探讨转向对其的历史化考察,深入到更广阔的文学、历史和思想背景中去,以呈现出一幅更具整合性的文化图景,并对其在当代中国文学整体态势中的位置做出思考。

这三个方向的探索虽各有侧重,但在总体的方法与视野上是交叉融合的,即这些讨论都尝试从历史线索展开讨论,通过文史互证的研究方法来获得研究的历史纵深感,以避免在讨论中陷入静止思考,力求以史带论、论从史出。这既来自求学道路上各位师长的言传身教与耳提面命,也和我们这一代学人执着于打破"影响的焦虑"有关:任何一种整体都只在有限的范围内存在,而任何程度的"同一性"概括都是需要研究者予以警惕的。唯有通过触摸历史发展内部的多样性与复杂性，我们才能有望看到当代文学在时间线索上的承继流变和在空间层面上的文化生态，并瞥见当代文学的复杂文化形态和多元书写走向。

在此，我要对丁帆、王尧、季进、周蕾等老师表达我最诚挚的感谢和敬意。我是何其幸运，能一路上得到诸位老师的指导与提点，他们敦促我、斧正我、勉励我，不仅将治学的方法与心得倾囊相授，更是躬身垂范，让我懂得了如何为文与为人。此外，我还要感谢江苏省作协对我们年轻一代的关注与支持，让我们有更多的机会介入文学现场，并与同辈学人交流切磋，使得这条漫漫求学路多了几分吾道不孤的暖意。最后，我必须感谢我的家人，他们数十年如一日地支持我的写作与生活，为我的追求保驾护航。谨以此书向所有为我带来教益、帮助和鼓励的师友与亲朋表达最诚挚的感谢。